LE DOSSIER K.

ABONNEMENTS - REABONNEMENTS

Je souhaite m'abonner aux collections suivantes

Merci de préciser le numéro à partir duquel vous le souhaitez

☐ BLADE,   du N° ...
1 an - 8 numéros   44,08 €

☐ L'EXECUTEUR,   du N° ...
1 an - 10 numéros   56,90 €

☐ BRIGADE MOND.   du N° ...
1 an - 11 numéros   60,61 €

☐ HANK,   du N° ...
1 an - 6 numéros   38,57 €

☐ BRUSSOLO,   du N° ...
1 an - 8 numéros   45,60 €

☐ POLICE DES MŒURS,   du N° ...
1 an - 8 numéros   44,08 €

☐ LE CELTE,   du N° ...
1 an - 8 numéros   44,08 €

☐ SAS   du N° ...
1 an - 4 numéros   26,56 €

FRAIS DE PORT par coll 4,90 €   PORT EUROPE par titre 3,50 €,

TOTAL GdV =..

TOTAL GECEP =..,

Paiement par chèque à
GECEP
15, chemin des Courtilles
92600 Asnières
tél. 01 47 98 31 58

Paiement par chèque à
éditions Gérard de Villiers
14, rue Léonce Reynaud
75116 Paris
tél. 01 40 70 95 57

Nom :...............................Prénom...........................

Adresse..

....

Code postal..................Ville...

DU MÊME AUTEUR

(* TITRES ÉPUISÉS)

*N° 1 S.A.S. A ISTANBUL
N° 2 S.A.S. CONTRE C.I.A.
*N° 3 S.A.S. OPÉRATION APOCALYPSE
N° 4 SAMBA POUR S.A.S.
*N° 5 S.A.S. RENDEZ-VOUS A SAN FRANCISCO
*N° 6 S.A.S. DOSSIER KENNEDY
N° 7 S.A.S. BROIE DU NOIR
*N° 8 S.A.S. AUX CARAÏBES
*N° 9 S.A.S. A L'OUEST DE JÉRUSALEM
*N°10 S.A.S. L'OR DE LA RIVIÈRE KWAÏ
*N°11 S.A.S. MAGIE NOIRE A NEW YORK
*N° 12 S.A.S. LES TR OIS VEUVES DE HONG KONG
N° 13 S.A.S. L'ABOMINABLE SIRÈNE
N° 14 S.A.S. LES PENDUS DE BAGDAD
N° 15 S.A.S. LA PANTHÈRE D'HOLLYWOOD
N° 16 S.A.S. ESCALE A PAGO-PAGO
N° 17 S.A.S. AMOK A BALI
N° 18 S.A.S. QUE VIVA GUEVARA
N° 19 S.A.S. CYCLONE A L'ONU
N° 20 S.A.S. MISSION A SAIGON
N° 21 S.A.S. LE BAL DE LA COMTESSE ADLER
N° 22 S.A.S. LES PARIAS DE CEYLAN
N° 23 S.A.S. MASSACRE A AMMAN
N° 24 S.A.S. REQUIEM POUR TONTONS MACOUTES
*N° 25 S.A.S. L'HOMME DE KABUL
*N° 26 S.A.S. MORT A BEYROUTH
N° 27 S.A.S. SAFARI A LA PAZ
N° 28 S.A.S. L'HÉROÏNE DE VIENTIANE
*N°29 S.A.S. BERLIN CHECK POINT CHARLIE
N°30 S.A.S. MOURIR POUR ZANZIBAR
N°31 S.A.S. L'ANGE DE MONTEVIDEO

*N°32 S.A.S. MURDER INC. LAS VEGAS
N°33 S.A.S, RENDEZ-VOUS A BORIS GLEB
*N°34 S.A.S. KILL HENRY KISSINGER !
N°35 S.A.S. ROULETTE CAMBODGIENNE
*N°36 S.A.S. FURIE A BELFAST
*N°37 S.A.S. GUÊPIER EN ANGOLA
*N°38 S.A.S. LES OTAGES DE TOKYO
*N°39 S.A.S. L'ORDRE RÈGNE A SANTIAGO
N°40 S.A.S. LES SORCIERS DU TAGE
N°41 S.A.S. EMBARGO
*N°42 S.A.S. LE DISPARU DE SINGAPOUR
N°43 S.A.S. COMPTE A REBOURS EN RHODÉSIE
N°44 S.A.S. MEURTRE A ATHÈNES
N°45 S.A.S. LE TRÉSOR DU NÉGUS
N°46 S.A.S. PROTECTION POUR TEDDY BEAR
*N°47 S.A.S. MISSION IMPOSSIBLE EN SOMALIE
*N°48 S.A.S. MARATHON A SPANISH HARLEM
N°49 S.A.S. NAUFRAGE AUX SEYCHELLES
N°50 S.A.S. LE PRINTEMPS DE VARSOVIE
N°51 S.A.S. LE GARDIEN D'ISRAËL
N°52 S.A.S. PANIQUE AU ZAÏRE
N°53 S.A.S. CROISADE A MANAGUA
*N°54 S.A.S. VOIR MALTE ET MOURIR
N°55 S.A.S. SHANGHAÏ EXPRESS
*N°56 S.A.S. OPÉRATION MATADOR
*N°57 S.A.S. DUEL A BARRANQUILLA
*N°58 S.A.S. PIÈGE A BUDAPEST
*N°59 S.A.S. CARNAGE A ABU DHABI
*N°60 S.A.S. TERREUR AU SAN SALVADOR
*N°61 S.A.S. LE COMPLOT DU CAIRE
N°62 S.A.S. VENGEANCE ROMAINE

*N°63 S.A.S. DES ARMES POUR KHARTOUM
*N°64 S.A.S. TORNADE SUR MANILLE
*N°65 S.A.S. LE FUGITIF DE HAMBOURG
*N°66 S.A.S. OBJECTIF REAGAN
*N°67 S.A.S. ROUGE GRENADE
*N°68 S.A.S. COMMANDO SUR TUNIS
N°69 S.A.S. LE TUEUR DE MIAMI
*N°70 S.A.S. LA FILIÈRE BULGARE
*N°71 S.A.S. AVENTURE AU SURINAM
*N°72 S.A.S. EMBUSCADE A LA KHYBER PASS
*N°73 S.A.S. LE VOL 007 NE RÉPOND PLUS
*N°74 S.A.S. LES FOUS DE BAALBEK
*N°75 S.A.S. LES ENRAGÉS D'AMSTERDAM
*N°76 S.A.S. PUTSCH A OUAGADOUGOU
*N°77 S.A.S. LA BLONDE DE PRÉTORIA
*N°78 S.A.S. LA VEUVE DE L'AYATOLLAH
*N°79 S.A.S. CHASSE A L'HOMME AU PÉROU
*N°80 S.A.S. L'AFFAIRE KIRSANOV
*N°81 S.A.S. MORT A GANDHI
*N°82 S.A.S. DANSE MACABRE A BELGRADE
N° 83 S.A.S. COUP D'ÉTAT AU YEMEN
N° 84 S.A.S. LE PLAN NASSER
N° 85 S.A.S. EMBROUILLES A PANAMA
N° 86 S.A.S. LA MADONE DE STOCKHOLM
N° 87 S.A.S. L'OTAGE D'OMAN
N° 88 S.A.S. ESCALE A GIBRALTAR
N° 89 S.A.S. AVENTURE EN SIERRA LEONE
N° 90 S.A.S. LA TAUPE DE LANGLEY
N° 91 S.A.S. LES AMAZONES DE PYONGYANG
N° 92 S.A.S. LES TUEURS DE BRUXELLES
N° 93 S.A.S. VISA POUR CUBA
*N° 94 S.A.S. ARNAQUE A BRUNEI
*N° 95 S.A.S. LOI MARTIALE A KABOUL
*N° 96 S.A.S. L'INCONNU DE LENINGRAD
N° 97 S.A.S. CAUCHEMAR EN COLOMBIE
N° 98 S.A.S. CROISADE EN BIRMANIE
N° 99 S.A.S. MISSION A MOSCOU
N° 100 S.A.S. LES CANONS DE BAGDAD
*N°101 S.A.S. LA PISTE DE BRAZZAVILLE
N° 102 S.A.S. LA SOLUTION ROUGE
N° 103 S.A.S. LA VENGEANCE DE SADDAM HUSSEIN
N° 104 S.A.S. MANIP A ZAGREB
N° 105 S.A.S. KGB CONTRE KGB
N° 106 S.A.S. LE DISPARU DES CANARIES
*N°107 S.A.S. ALERTE AU PLUTONIUM
N° 108 S.A.S. COUP D'ÉTAT A TRIPOLI
N° 109 S.A.S. MISSION SARAJEVO
N° 110 S.A.S. TUEZ RIGOBERTA MENCHU
N° 111 S.A.S. AU NOM D'ALLAH
*N° 112 S.A.S. VENGEANCE A BEYROUTH
*N° 113 S.A.S. LES TROMPETTES DE JÉRICHO
N° 114 S.A.S. L'OR DE MOSCOU
N° 115 S.A.S. LES CROISÉS DE L'APARTHEID
N° 116 S.A.S. LA TRAQUE CARLOS
N° 117 S.A.S. TUERIE A MARRAKECH
*N°118 S.A.S. L'OTAGE DU TRIANGLE D'OR
N° 119 S.A.S. LE CARTEL DE SÉBASTOPOL
N° 120 S.A.S. RAMENEZ-MOI LA TÊTE D'EL COYOTE
*N°121 S.A.S. LA RÉSOLUTION 687
N° 122 S.A.S. OPÉRATION LUCIFER
N° 123 S.A.S. VENGEANCE TCHÉTCHÈNE
N° 124 S.A.S. TU TUERAS TON PROCHAIN

N° 125 S.A.S. VENGEZ LE VOL 800
N° 126 S.A.S. UNE LETTRE POUR LA MAISON-BLANCHE
N° 127 S.A.S. HONG KONG EXPRESS
N° 128 S.A.S. ZAÏRE ADIEU

AUX ÉDITIONS GÉRARD DE VILLIERS

N° 129 S.A.S. LA MANIPULATION YGGDRASIL
N° 130 S.A.S. MORTELLE JAMAÏQUE
N° 131 S.A.S. LA PESTE NOIRE DE BAGDAD
*N° 132 S.A.S. L'ESPION DU VATICAN
N° 133 S.A.S. ALBANIE MISSION IMPOSSIBLE
N° 134 S.A.S. LA SOURCE YAHALOM
N° 135 S.A.S. CONTRE P.K.K.
N° 136 S.A.S. BOMBES SUR BELGRADE
N° 137 S.A.S. LA PISTE DU KREMLIN
N° 138 S.A.S. L'AMOUR FOU DU COLONEL CHANG
*N°139 S.A.S. DJIHAD
N° 140 S.A.S. ENQUÊTE SUR UN GÉNOCIDE
*N° 141 S.A.S. L'OTAGE DE JOLO
*N° 142 S.A.S. TUEZ LE PAPE
*N°143 S.A.S. ARMAGEDDON
N° 144 S.A.S. LI SHA-TIN DOIT MOURIR
N° 145 S.A.S. LE ROI FOU DU NÉPAL
N° 146 S.A.S. LE SABRE DE BIN LADEN
*N°147 S.A.S. LA MANIP DU « KARIN A »
N° 148 S.A.S. BIN LADEN : LA TRAQUE
N° 149 S.A.S. LE PARRAIN DU « 17-NOVEMBRE »
N° 150 S.A.S. BAGDAD EXPRESS
*N° 151 S.A.S. L'OR D'AL-QUAIDA
*N° 152 S.A.S. PACTE AVEC LE DIABLE
N° 153 S.A.S. RAMENEZ-LES VIVANTS
N° 154 S.A.S. LE RÉSEAU ISTANBUL
*N° 155 S.A.S. LE JOUR DE LA TCHÉKA
N° 156 S.A.S. LA CONNEXION SAOUDIENNE
N° 157 S.A.S. OTAGE EN IRAK
N° 158 S.A.S. TUEZ IOUCHTCHENKO
N° 159 S.A.S. MISSION : CUBA
N° 160 S.A.S. AURORE NOIRE
N° 161 S.A.S. LE PROGRAMME 111
N° 162 S.A.S. QUE LA BÊTE MEURE
N° 163 S.A.S. LE TRÉSOR DE SADDAM Tome I
N° 164 S.A.S. LE TRÉSOR DE SADDAM Tome II

LA GUERRE FROIDE Tome 1 (20 €)
LA GUERRE FROIDE Tome 2 (20 €)
LE CONFLIT ISRAËLO-PALESTINIEN (20 €)
LA TERREUR ISLAMISTE (20 €)
GUERRE EN YOUGOSLAVIE (20 €)
GUERRES TRIBALES EN AFRIQUE (20 €)
L'ASIE EN FEU (20 €)
LA GUERRE FROIDE Tome 3 (20 €)
LES GUERRES SECRÈTES DE PÉKIN (20 €)
RÉVOLUTIONNAIRES LATINOS (20 €)

AUX ÉDITIONS VAUVENARGUES

LA CUISINE APHRODISIAQUE DE S.A.S. (10 €)
LA MORT AUX CHATS (10 €)
LES SOUCIS DE SI-SIOU (10 €)

GÉRARD DE VILLIERS

LE DOSSIER K.

Éditions Gérard de Villiers

COUVERTURE
photographe : Thierry Vasseur
armurerie : Courty et fils
44 rue des Petits Champs 75002 PARIS

© Éditions Gérard de Villiers, 2006.
ISBN 2-84267-827-3

CHAPITRE PREMIER

L'Audi A8 surgit à vive allure de l'étroite route en lacets venant de Valjevo et se rabattit brutalement juste avant l'endroit où une route encore plus étroite se greffait sur la voie principale indiquée par un panneau de bois portant l'inscription *Pristinja*. Sulejman Brancevo n'eut que quelques secondes pour la suivre des yeux, avant qu'elle ne disparaisse dans la pente raide menant au monastère orthodoxe de *Pristinja*, niché au milieu des bois, presque au fond de la vallée.

Cela lui suffit pour apercevoir le profil de l'homme au volant, des traits épais sous un crâne rasé, et voir brièvement le passager, assis seul à l'arrière.

Sulejman Brancevo, installé sur la terrasse du *Kod Vuka* [1], petit café aux murs roses et au toit de tuiles marron, situé juste devant l'embranchement des deux routes, sentit son pouls grimper comme une fusée. Celui qui conduisait s'appelait Dragoljub Matic et c'était un Serbe bosniaque, membre de la structure clandestine « Preventiva » chargée de protéger Radovan Karadzic, l'ancien président de l'éphémère Republika Srpska, l'entité regroupant les Serbes de Bosnie-Herzégovine.

Et il était presque sûr que l'homme installé sur la

_____
1. « La Tanière du loup. »

banquette arrière de l'Audi 8 était Radovan Karadzic lui-même.

Le criminel de guerre qu'il traquait depuis huit mois, selon les ordres de son chef, Munir Konjic, responsable des services de renseignements des musulmans de Bosnie.

D'ailleurs, un autre indice renforçait sa conviction. Quelques minutes plus tôt, une Audi noire, exactement semblable à celle qui venait de s'engouffrer dans le chemin menant au monastère de *Pristinja*, était passée lentement devant la terrasse du *Kod Vuka*, continuant sur la route principale. Certainement un véhicule «éclaireur» de protection.

Brutalement, la chaise en plastique verte du bistrot lui parut plus confortable qu'un fauteuil club. Il attendait cet instant depuis si longtemps ! Exactement depuis le 13 juillet 1995, lorsque les soldats bosno-serbes du corps d'armée de la Drina l'avaient fait descendre d'une camionnette venant de Srebrenica, avec d'autres prisonniers musulmans.

Pour lui, cela s'était passé très vite. Comme dans un cauchemar, il avait vu les cinq soldats se mettre à tirer sur les prisonniers comme dans un stand de tir. Assourdi par les détonations, il avait eu la présence d'esprit de se laisser tomber à terre, avant d'être touché. Un de ses compagnons de misère, atteint de plusieurs balles, s'était effondré sur lui, le protégeant de son cadavre.

Cela se passait devant l'école du village de Garbavci, à une dizaine de kilomètres de l'enclave musulmane de Srebrenica, tombée deux jours plus tôt, le 11 juillet 1995, aux mains des troupes bosno-serbes, après que le bataillon hollandais de l'ONU chargé de sa protection eut livré la ville sans combattre.

Sulejman Brancevo avait eu beaucoup de chance : dans son secteur régnait une joyeuse pagaille. Les soldats bosno-serbes du général Mladic qui venaient d'exécuter les prisonniers étaient aussitôt repartis chercher d'autres musulmans à abattre. Sulejman Brancevo en avait profité pour écarter le cadavre de l'homme qui lui avait sauvé la vie et courir se cacher dans une école voisine abandonnée.

Le soir venu, il avait gagné la forêt et marché presque vingt-quatre heures avant de rejoindre les lignes bosniaques musulmanes. Pouvant enfin raconter ce dont il avait été témoin. Personne, d'abord, ne l'avait cru. Après s'être emparés de l'enclave musulmane de Srebrenica, située en plein cœur de la zone de population serbe, les soldats du général Mladic avaient laissé partir les femmes et les enfants à travers les bois, en direction de Gorazdé, tenu par les troupes britanniques, tandis qu'on rassemblait tous les hommes de Srebrenica sous le prétexte de les transférer dans des camps, en vue de les échanger contre des prisonniers bosno-serbes.

Le général Ratko Mladic, qui avait dirigé la prise de Srebrenica, s'était fait filmer, souriant, en train de distribuer des bonbons aux enfants qui montaient dans les vieux bus de la Forpronu, sous le regard attendri des soldats hollandais.

Hélas, les 8 000 prisonniers musulmans de Srebrenica, âgés de 16 à 60 ans, n'avaient jamais été échangés ; au fur et à mesure qu'ils atteignaient les points de rassemblement, ils étaient abattus à l'arme automatique. Leurs corps étaient ensuite groupés dans des fosses communes creusées par les soldats bosno-serbes au format réglementaire : 10 mètres sur 5, avec une profondeur de 2,5 mètres. Excavations prévues pour accueillir les chars T.72 de l'armée serbe. Les charniers avaient été répartis un peu partout dans la zone du corps d'armée de la Drina.

Même aujourd'hui, onze ans plus tard, on ignorait combien de musulmans bosniaques avaient été froidement exécutés au cours du plus grand massacre survenu depuis la Seconde Guerre mondiale.

C'est le général Ratko Mladic qui avait mené à bien

le crime de guerre, mais les ordres venaient de plus haut, de Radovan Karadzic, ancien psychiatre devenu président de l'éphémère Republika Srpska. Quatre mois plus tôt, en mars 1995, sa «directive n° 7» avait été très explicite : «Les Serbes doivent pousser la guerre à son paroxysme afin d'obtenir un règlement politique favorable.»

Ce paroxysme avait abouti au massacre de Srebrenica. Le plus important depuis ceux des nazis.

À Srebrenica, s'étaient ajoutés d'autres crimes de guerre : onze ans après, on recensait vingt mille Bosniaques musulmans «disparus». C'était beaucoup pour une guerre civile commencée en juin 1991 à Vukovar.

Un mandat d'arrêt international avait été lancé le 11 juillet 1996 – un an, jour pour jour, après Srebrenica – contre Radovan Karadzic. Le président déchu de la Republika Srpska était, depuis cette date, officiellement recherché comme criminel de guerre. Depuis presque dix ans, il avait échappé à toutes les recherches. Le seul fait d'être presque certain de l'avoir localisé était déjà un miracle aux yeux de Sulejman Brancevo. Fruit d'années de patience, de ténacité, de prudence et de risques. Ceux qui protégeaient Radovan Karadzic, illuminés, politiques bosniaques, mafieux ou popes orthodoxes, n'avaient jamais hésité à utiliser la violence pour décourager les recherches. À tel point qu'à deux reprises, les troupes de la SFOR[1] avaient renoncé à le prendre, craignant des pertes trop lourdes dans leurs rangs.

Heureusement, au fil du temps, la «Preventiva», garde rapprochée de Radovan Karadzic, s'était réduite, passant de cinq cents hommes à une vingtaine de fidèles qui se relayaient auprès de lui. Prêts à tuer pour protéger leur chef bien-aimé.

Maîtrisant son excitation, Sulejman Brancevo alluma une cigarette pour calmer ses nerfs.

1. Détachement de l'OTAN en Bosnie.

Ils n'étaient que deux, à la terrasse ensoleillée du *Kod Vuka*. La route sinueuse allant de Valjevo à Rogacica était peu fréquentée, ne desservant que quelques hameaux perdus dans des collines couvertes de bois touffus.

Le second client, un homme mal rasé à l'allure paysanne, semblait s'ennuyer devant une bière vide. Il était déjà là lorsque Sulejman Brancevo était arrivé et ce dernier se disait que ce n'était pas un hasard... Radovan Karadzic, pour échapper à ceux qui le traquaient, avait mis au point un système de protection très sophistiqué. Dès qu'il se trouvait quelque part, un cercle étroit le protégeait de tout hasard malheureux.

Bien sûr, dans ce coin perdu de Serbie, les étrangers se remarquaient comme une mouche dans un verre de lait...

Heureusement, Sulejman Brancevo, bien que musulman, pouvait passer pour un Serbe.

Une jeune femme surgit de l'intérieur du café, regarda autour d'elle et sourit à Sulejman Brancevo.

Sans l'ombre de moustache brune qui ornait sa lèvre supérieure, Vesna Duskovic aurait été vraiment appétissante... Une mince paysanne avec une chute de reins marquée et des traits réguliers. Serveuse au *Kod Vuka*, elle était l'alibi de Sulejman Brancevo. Lorsqu'il avait quitté Sarajevo deux mois plus tôt, il n'avait, pour réactiver la traque de Radovan Karadzic, qu'un maigre tuyau obtenu après des mois d'enquête en Bosnie serbe.

L'ex-président de la Republika Srpska, entre deux séjours à Belgrade, passait souvent dans le monastère isolé de *Pristinja* pour y rencontrer des amis. Situé au milieu de nulle part, au sud de Valjevo, entre deux villages où tout le monde se connaissait, c'était la planque idéale.

C'est là que Radovan Karadzic recevait certains des messagers qui le mettaient en contact avec la vie « extérieure ». Il surveillait l'évolution des deux sociétés qu'il contrôlait, avec son frère Luka : Komutko, qui distribuait de l'essence et Zradno, des jus de fruits. Il continuait à exercer une influence souterraine sur la Republika Srpska. Certes, celle qui lui avait succédé à la présidence avait été arrêtée et transférée à La Haye [1], mais les idées qui avaient animé cette guerre de libération ethnique étaient toujours vivaces. Le calme apparent qui régnait dans la Bosnie-Herzégovine « unifiée », regroupant Croates catholiques, musulmans et Serbes orthodoxes, était trompeur. Les trois communautés continuaient à se haïr. D'ailleurs, les zones ethniques étaient désormais bien délimitées, tous les villages « mixtes » ayant été épurés.

Sans les militaires de la SFOR, puis de l'EUFOR depuis 2005, la guerre civile aurait repris de plus belle.

Sulejman Brancevo adressa un signe discret à la serveuse qui s'approcha, son plateau à la main.

— Tu finis à quelle heure ?

— Vers sept heures. Tu veux attendre ?

— *Da.*

Ils échangèrent un regard complice. Sulejman Brancevo avait mis trois semaines à séduire Vesna Duskovic. Lorsqu'il s'était arrêté la première fois au *Kod Vuka*, il avait engagé la conversation, se présentant comme représentant en matériel agricole.

Sa halte n'était pas due au hasard : le *Kod Vuka* était « l'observatoire » le plus proche du monastère de *Pristinja*. Il était revenu régulièrement, lui faisant une cour assidue.

Jusqu'au jour où, après son travail, il l'avait entraînée dans les bois pour une « promenade ». Dans un sentier, à quelques pas du monastère, il l'avait plaquée contre un arbre, avait relevé sa jupe de satinette noire, écarté sa culotte presque blanche et pris possession de son

---

1. Siège du TPIY : Tribunal pénal international pour l'ex-Yougoslavie.

ventre pour une rapide cavalcade. Ce procédé cavalier n'avait pas déplu à la jeune serveuse. Dans ce coin, les séducteurs étaient rares…

Cela avait donné à Sulejman Brancevo un prétexte idéal pour repasser régulièrement, au gré de ses « tournées »…

Ravie, Vesna Duskovic, d'abord persuadée qu'elle ne le reverrait jamais, s'était engagée dans une liaison régulière. Désormais, ils allaient s'aimer dans des petits hôtels de Valjevo, car elle habitait avec son père, propriétaire du *Kod Vuka*. Finalement, ce n'était pas un alibi désagréable. À part sa légère moustache et une odeur *sui generis*, Vesna avait un corps ferme, des fesses rondes et bien cambrées. Et, en plus, elle adorait baiser.

Parfois, pour entretenir sa passion, Sulejman lui ramenait quelques « chiffons », comme il disait : des vêtements achetés sur le marché, à Valjevo.

Aux frais des Services bosniaques…

Car, Sulejman Brancevo était en mission. Une mission totalement secrète. Les Services de la nouvelle République de Bosnie-Herzégovine étaient divisés en trois branches indépendantes les unes des autres, croate, musulmane et serbe, chaque branche ayant son autonomie totale.

Personne, absolument personne, ne savait que Sulejman Brancevo était sur les traces de Radovan Karadzic. La branche serbe des Services bosniaques aurait aussitôt alerté le criminel de guerre. D'ailleurs, les cafouillages de la SFOR et des différentes entités chargées de le traquer avaient été tels que même ceux qui voulaient sincèrement le faire arrêter et transférer à La Haye s'étaient découragés.

Les Français et les Britanniques avaient pratiquement renoncé, pour différentes raisons : cela demandait trop de temps et de moyens. Sans parler des risques physiques pour les poursuivants. Les gens qui protégeaient Radovan Karadzic étaient des tueurs qui avaient fait leurs preuves pendant l'épuration ethnique de la Bosnie. Certains, fanatiques, qui continuaient à surnommer les Bosniaques musulmans des « Turcs », considéraient Karadzic comme un Dieu et avaient déjà tué pour le protéger.

D'autres, des mafieux, se servaient de leur « amour » de Karadzic pour couvrir leurs trafics en reversant une petite part pour les frais de cavale du criminel de guerre. Ce qui leur valait l'indulgence des autorités bosniaques ou serbes, toujours admiratives de Karadzic.

Enfin, il y avait l'église orthodoxe qui n'avait jamais refusé son aide au fugitif : tous les monastères de la région lui étaient ouverts, et Dieu sait s'ils étaient nombreux…

Même le fameux monastère d'Ostrog, au Monténégro, envahi en toutes saisons par les touristes, entre Podgorica et Nitsic, ville où demeurait encore la famille de Radovan Karadzic, l'avait accueilli à plusieurs reprises. D'ailleurs son *iguman* [1], un jeune pope barbu et blond, ne s'en cachait même pas…

D'autant que la loi monténégrine était formelle : les monastères n'en relevaient pas. Autrement dit, tout ce que les autorités pouvaient faire, si elles apprenaient la présence de Radovan Karadzic à Ostrog, était de lui demander poliment de partir.

Ni le Monténégro ni la Serbie n'abritant de troupes étrangères, contrairement à la Bosnie, et les autorités locales étant réticentes à entreprendre la moindre action contre le fugitif, Radovan Karadzic pouvait dormir sur ses deux oreilles…

Il ne restait plus qu'une poignée d'irréductibles pour vouloir le capturer et le livrer au tribunal de La Haye afin qu'il y réponde de sa responsabilité dans les crimes de guerre commis durant le conflit et du massacre prémédité de Srebrenica, exécuté par le général Ratko

---

1. Responsable.

Mladic mais ordonné par Radovan Karadzic, qui voulait supprimer définitivement cette enclave musulmane dans le territoire occupé par les Serbes de la Republika Srpska.

Avec un objectif secondaire : terroriser les musulmans des villages voisins, pour qu'ils s'en aillent d'eux-mêmes…

Onze ans plus tard, presque tout le monde avait oublié Srebrenica, sauf ceux qui voulaient venger le massacre de plusieurs milliers de musulmans abattus à la mitrailleuse, mains liées dans le dos avec du fil de fer, comme faisaient les nazis pendant la progression de l'opération «Barbarossa», en Ukraine et en Russie, en juin 1941.

Affecté à la lutte contre les mafias bosniaques, Sulejman Brancevo avait chassé les souvenirs de Srebrenica, lorsque, quelques mois plus tôt, il avait été invité à une conférence organisée par les Nations unies sur les massacres commis en Bosnie. On y avait projeté des photos insoutenables et tout lui était revenu d'un coup. Devant les crânes où adhéraient encore des cheveux, les mâchoires grandes ouvertes sur un dernier cri, les larmes lui étaient venues aux yeux. Et il s'était juré sur-le-champ de retrouver les responsables de cette horreur.

Le général Ratko Mladic était hors de sa portée, protégé par un petit noyau des services de renseignements de l'armée serbe, des gens encore très puissants : les commanditaires du meurtre du Premier ministre serbe Djindjic, assassiné en plein Belgrade en mars 2003, justement parce qu'il se préparait à livrer au tribunal de La Haye le général Mladic.

Il restait Radovan Karadzic. Lui n'était pas protégé *officiellement*, même si de nombreux Serbes dans la police ou l'armée le couvraient à titre individuel.

Le lendemain même, Sulejman Brancevo était allé trouver son chef Munir Konjic, dans les trois petites

pièces qu'il occupait au ministère de l'Intérieur, à la
limite de la ville turque, et lui avait demandé un congé
de six mois sans solde pour tenter de retrouver la trace
de Radovan Karadzic.

Le chef des Services bosniaques avait accueilli sa
requête froidement.

– Beaucoup de gens ont essayé, avec des moyens
considérables. Ils ont tous échoué. Tu vas risquer ta vie
pour rien…

– Alors, je le ferai tout seul ! avait conclu le rescapé
de Srebrenica.

Huit jours plus tard, Munir Konjic l'avait appelé dans
son bureau, situé dans un immeuble encore criblé de
balles.

– J'ai réfléchi, avait-il expliqué à Sulejman Brancevo. Tu vas te consacrer pendant six mois à la chasse
de Karadzic. Mais, *dans* le cadre du service. Sinon, cela
serait déshonorant pour la Bosnie.

– Si cela se sait, avait objecté aussitôt Brancevo, on
me tuera, avant même que je m'en approche.

Munir Konjic l'avait aussitôt rassuré.

– Personne ne le saura. C'est un ordre *secret* que je
te donne, avec l'autorisation du Président. Il restera
enfermé dans mon coffre, mais tu es, à partir d'aujour-
d'hui, en mission officielle. Et tu peux disposer de
beaucoup d'argent pour tes recherches.

– Combien ? avait aussitôt demandé le Bosniaque.

Munir Konjic n'avait pu s'empêcher de sourire.

– Cinq millions de dollars. J'ai déjà deux cent mille
dollars dans mon coffre. Tu me diras simplement de
quoi tu as besoin.

Sulejman Brancevo en était resté bouche bée : la Bosnie était pauvre, et cinq millions de dollars, cela repré-
sentait une somme énorme.

– D'où vient cet argent ?

Le chef des Services bosniaques avait hésité avant de
laisser tomber :

– Des Américains…

– Des Américains ! avait répété Sulejman Brancevo,
incrédule. Ils n'ont jamais rien fait d'utile, sinon distribuer des primes à des voyous qui les « enfumaient » avec
des tuyaux crevés.

– C'est vrai, avait reconnu Munir Konjic, mais ce ne
sont pas les *mêmes* Américains. Celui à qui j'ai soumis
ton projet est installé dans leur base de Tuzla. Il m'a rap-
pelé deux jours plus tard pour me présenter quelqu'un
venu de Washington. Un très haut fonctionnaire de la
Maison Blanche. Lui aussi a réclamé le secret et m'a dit
que tu avais le feu vert de la présidence américaine. Évidemment, ils ne participeront pas à ton enquête, ce qui
serait le plus sûr moyen de la faire rater. Mais ils vont
la financer et, le cas échéant, si tu touches au but, ils
mettront à ta disposition des moyens importants.

– Mais si Karadzic se trouve à Cerna Gora [1] ou en
Serbie ? L'UEFOR ne peut pas aller là-bas.

Depuis fin 2004, la SFOR des Nations unies avait
laissé la place aux forces de l'Union européenne.

– Cela sera une opération clandestine, avait conclu
Munir Konjic. Désormais les Américains pratiquent ce
genre de choses. Acceptes-tu ?

– Bien sûr.

Le chef des Services bosniaques avait pris dans son
coffre des liasses de billets, les avaient enfournées
dans une grosse enveloppe marron qu'il avait tendue à
Sulejman Brancevo.

– Voilà vingt mille dollars. Tu me diras oralement
comment tu les as dépensés.

– Mais, c'est trop ! avait protesté l'agent bosniaque.

Munir Konjic avait souri.

– Je ne veux pas que tu viennes me voir trop souvent
dans ce bureau. Tu sais pourquoi…

Sulejman Brancevo avait commencé son enquête

1. Monténégro.

clandestine. D'abord en reportant sur une carte de la région tous les endroits où Radovan Karadzic avait été signalé au cours des dernières années. À part Belgrade où il ne pouvait pas enquêter, tous se situaient le long de la frontière est de la Bosnie avec le Monténégro et la Serbie.

Des villages isolés, dans des zones difficiles d'accès.

Là-bas, impossible de poser une question directe. On vendait encore des posters du criminel de guerre à la sortie des églises ou des bouteilles de Slibovica avec des étiquettes à son effigie.

Sulejman Brancevo avait compris, en interrogeant quelques gens sûrs et en relisant les rapports de la SFOR, qu'il n'avait guère qu'une piste à explorer. La « Preventiva », la garde rapprochée de l'ancien président de la Republika Srpska .

En effet, Radovan Karadzic n'utilisait *jamais* le téléphone pour communiquer. Depuis 1998, aucun Service n'avait intercepté *une seule* communication où l'on puisse identifier sa voix.

Toutes ses liaisons se passaient par des messagers, très difficiles à intercepter.

Le centre nerveux du dispositif se trouvait à Pale, petite bourgade à vingt kilomètres de Sarajevo, éphémère capitale de la Republika Srpska pendant trois ans. Là, vivaient encore l'épouse de Karadzic, Liliana, avec qui il correspondait régulièrement, et sa fille Dragana, mariée à un habitant du village. La grosse maison de famille, sur le versant nord de la ville, servait encore de QG aux familiers et aux partisans de Radovan Karadzic. Bien entendu, impossible de tirer le moindre renseignement de ces fanatiques.

À un des amis de Sulejman Brancevo envoyé au contact de Dragana Karadzic, sous prétexte de lui vendre une police d'assurance, la fille du criminel de guerre avait fait dire : « Dites-lui que je suis partie en Nouvelle-Zélande. »

C'était la réponse standard réservée à ceux qui ne se présentaient pas à travers une filière sûre.

Par contre, Sulejman Brancevo avait repéré trois noms qui pouvaient constituer une piste. Trois membres de la «Preventiva» habitant toujours Pale, et traînant souvent dans les bistrots du centre-ville, comme le *Scandal*.

C'est sur ces hommes que Radovan Karadzic s'appuyait pour ses rares déplacements. Tous avaient fait partie de la Xe unité de sabotage du corps d'armée de la Drina, soldats vêtus d'uniformes noirs, à qui tuer un homme ne faisait pas plus d'effet que d'écraser un moustique.

Ils disposaient encore d'armes, de munitions et de voitures puissantes, dont la Mercedes noire blindée que Karadzic utilisait jadis pour ses déplacements officiels.

Ces sicaires ne se déplaçaient guère, vivaient entre Pale et Sarajevo, se livrant principalement au trafic de cigarettes arrivant du Monténégro.

Régulièrement, ils venaient s'amuser à Sarajevo dans un des seuls endroits animés de cette ville sinistre, le *Club Jez*, ancien quartier général souterrain des forces bosniaques, transformé par son propriétaire en restaurant et boîte de nuit.

On y trouvait les plus belles putes de Sarajevo, qui se moquaient de la religion de leurs clients.

Déjà, lors de ses enquêtes sur les mafias, Sulejman Brancevo s'y rendait régulièrement, ayant recruté deux barmans comme informateurs. Un soir, il avait repéré Dragoljub Matic au bras d'une superbe brune à la poitrine imposante et à la croupe d'enfer. Le barman lui avait glissé son nom : Biljana.

En deux semaines, Sulejman Brancevo les avait vus plusieurs fois ensemble. Dragoljub Matic, ne dansant pas, passait le plus clair de la soirée à vider une bouteille de scotch Defender. Une fois même, Brancevo les avait suivis jusqu'à Pale, où Biljana avait dormi chez son amant.

Celui-ci, embringué dans divers trafics, voyageait pas mal. Pour ne pas se faire repérer, Sulejman Brancevo avait dit à son informateur qu'il s'agissait de démanteler un trafic de cigarettes, lui promettant une prime s'il l'aidait.

Et puis, un soir, en débarquant au *Club Jez*, il avait repéré Biljana sans son amant, en compagnie de deux copines.

Grâce à la complicité du barman, le contact n'avait pas été difficile… Un businessman esseulé cherchant à se distraire. Une bouteille de Taittinger Comtes de Champagne avait définitivement brisé la glace. Deux heures plus tard, il arrachait sans trop de mal la culotte de Biljana dans une des chambres sinistres de l'hôtel *Holiday Inn*. Ce n'était pas une pute à temps plein, seulement une des innombrables Bosniaques au chômage qui cherchaient à survivre. Sulejman l'avait invitée à dîner le lendemain au *Park Princeva*, le meilleur restaurant de Sarajevo, tenu par des mafieux serbes.

Bizarrement, Biljana avait eu l'air gêné.

— Je préférerais aller ailleurs, avait-elle suggéré. Je ne veux pas qu'on me voie là-bas avec un mec. Le mien est copain de ceux qui tiennent ce restau.

— Et alors ? Tu n'es pas mariée, non ?. avait relevé Sulejman.

Biljana avait baissé la tête, confuse.

— Non, mais mon mec est un méchant. C'est un fou qui n'arrête pas de me parler de la Grande Serbie.

— Il y croit encore ?

La jeune Bosniaque avait fait la moue.

— Je ne sais pas, mais là-bas, à Pale, ils sont tous un peu fous.

Comme pour changer de sujet, elle avait commencé à le sucer. Il s'était laissé faire et, après s'être répandu dans sa bouche, avait annoncé gaiement :

– Il va falloir qu'il se fasse une raison. J'ai envie de te revoir.

Biljana l'avait fixé, effrayée.

– Tu veux vraiment me revoir ? Je croyais que tu étais de passage.

– Banja Luka, ce n'est pas très loin, et puis cela fait plusieurs fois que je t'avais remarquée au *Club Jez*, mais tu étais toujours avec ce type. Je n'ai pas voulu faire de problèmes.

Biljana avait approuvé avec gravité.

– Tu as eu raison. Il est toujours armé et c'est un dingue. Une fois, il a repéré un type qui me draguait. Il s'est levé et lui a dit de sortir. Comme l'autre refusait, il a sorti un pistolet et le lui a enfoncé dans la bouche. Il était prêt à tirer…

– Et personne n'a rien dit ?

– Le patron est intervenu, mais Dragoljub lui a dit que c'était une histoire entre Serbes et de ne pas s'en mêler. Finalement le type est parti sans rien dire…

Sulejman Brancevo buvait du petit-lait. Tout ce que lui disait Biljana collait parfaitement avec ce qu'il savait du garde du corps de Radovan Karadzic… Maintenant, il fallait éclaircir le point principal.

– C'est un pauvre type, avait-il conclu. Radovan Karadzic est en cavale et personne ne l'a vu depuis des années. Il n'a plus aucun poids à Pale. Ce mec t'enfume pour te baiser à l'œil.

Outrée, Biljana s'était redressée, torse nu, sa minijupe remontée sur les hanches, découvrant le corail rose en haut de ses cuisses.

– Pas du tout ! avait-elle protesté avec indignation. Dragoljub voit souvent le docteur Karadzic. D'ailleurs, quand il s'absente de Sarajevo, je suis sûre que c'est pour l'accompagner.

Sulejman avait eu du mal à dissimuler son excitation. L'adrénaline allait lui faire éclater les artères. Depuis le début de son enquête, c'était la *première* fois qu'il tombait sur un début de piste crédible. Il avait réussi à se contrôler assez pour lancer :

– Tu me racontes des conneries ! Tout le monde sait que Radovan Karadzic est en Russie, avec la veuve de Milosevic.

– Pas du tout ! avait affirmé Biljana ; moi, je suis sûre qu'il est en Serbie, du côté de Valjevo.

Ayant lâché cette information, elle l'avait pris dans sa bouche avec une vigueur nouvelle. Mais Sulejman Brancevo n'avait plus le cœur à la bagatelle. Valjevo ? Parmi les informations qu'il avait recueillies sur Karadzic, on avait mentionné un monastère orthodoxe dans la région de Valjevo.

Son cœur s'était mis à charrier des flots de sang dans ses artères et ce n'était pas seulement grâce à la parfaite fellation de Biljana. Excité par ce qu'il venait d'apprendre, il n'avait pu résister au plaisir de retourner la jeune femme sur le ventre et de l'enculer. Biljana avait protesté. Pour la forme.

– Salaud ! Tu es trop gros !

Il n'en avait que faire… Ayant terminé, il lui avait lancé :

– Il te baise comme ça, ton Dragoljub ?

– Il est gentil, lui, avait corrigé Biljana.

– Mais ce soir, il t'a plantée pour une autre bonne femme !

Furieuse, Biljana avait protesté :

– Ce n'est pas vrai ! Lorsqu'il est venu me dire au revoir, il était au volant d'une grosse Audi, parce qu'il avait de la route à faire. Il m'a dit que c'était sa voiture de « service », pour transporter le docteur.

Sulejman Brancevo en avait oublié le plaisir qu'il venait de tirer du cul de cette belle salope. Radovan Karadzic et ses hommes utilisaient *toujours* des Audi A8 noires, planquées dans de discrets garages, en Bosnie.

Il avait pris Biljana dans ses bras.

– Tu es bonne, tu sais ! Tu ne veux pas quitter ce Dragoljub pour venir avec moi ?

Biljana avait baissé les yeux, terrifiée.

– Si je lui dis que je vais avec un autre homme, il est capable de me tuer ou de m'estropier… On peut se voir comme ça, quand il n'est pas à Sarajevo.

– Bon, avait approuvé Sulejman, en apparence contrarié, mais j'aurais préféré t'avoir à plein temps.

En réalité, c'était parfait : ainsi, il saurait quand Dragoljub servait de chauffeur à Radovan Karadzic. Et c'est ce qui s'était produit ! Dès que Biljana lui avait annoncé une nouvelle absence de son amant, Sulejman Brancevo avait mis le cap sur le monastère de *Pristinja*. Le passage devant lui de Dragoljub Matic au volant de l'Audi noire était la récompense de semaines d'effort.

Désormais, Radovan Karadzic se trouvait presque certainement dans le monastère. Il ne restait plus qu'à mettre en place le dispositif de «récupération» pour le capturer.

CHAPITRE II

Sulejman Brancevo était en train de bavarder avec Vesna, effleurant sa taille d'une main légère, lorsque l'Audi noire reparut, venant du monastère. Elle s'arrêta quelques instants à l'intersection et Sulejman Brancevo put constater qu'à part le conducteur, Dragoljub Matic, elle était vide.

Si le passager était bien Radovan Karadzic, celui-ci était resté dans le monastère. L'Audi repartit en direction de Valjevo.

– Dépêche-toi ! lança Sulejman à la serveuse, on va dîner à Valjevo.

– On part dans une demi-heure ! promit Vesna.

Le voisin de Sulejman lui commanda une Slibovica et elle rentra dans le café. Un tracteur passa sur la route principale dans un vacarme effroyable.

Resté seul, Sulejman Brancevo se mit à réfléchir à la suite de l'opération. Soudain, il ressentit une impression bizarre.

L'homme attablé à côté de lui à la terrasse le fixait d'un air absent. Sulejman Brancevo éprouva un brusque pincement de cœur. En dépit de son allure innocente, c'était sûrement un espion local, employé à repérer les étrangers. Il ne l'avait jamais vu lors de ses visites précédentes. Donc, sa présence était liée à celle de Radovan Karadzic.

Désormais, il lui restait un seul problème à résoudre : alerter Munir Konjic qui, à son tour, préviendrait les Américains. Leur base principale se trouvait à Tuzla, mais la CIA possédait une antenne dans l'ambassade américaine de Sarajevo, juchée sur une colline un peu à l'écart de la ville, sur la route de Mostar. L'énorme base CIA qui avait fonctionné jusqu'en 2005 était fermée et il ne restait qu'un centre d'écoutes de la NSA, sur la route de Pale. Il sortit son portable et jura intérieurement. Pas de réseau, ce qui n'avait rien d'étonnant dans ce coin perdu. Il devrait attendre d'être à Valjevo pour communiquer. Mais là-bas, il serait en compagnie de Vesna.

Il fallait absolument qu'il lui fausse compagnie car il ignorait combien de temps Radovan Karadzic avait l'intention de rester dans le monastère. Or, l'opération pour s'emparer de lui demandait une préparation sérieuse. Il était protégé par les hommes de la « Preventiva », lourdement armés et fanatiques, tous anciens des Forces spéciales du Drina Corps, aguerris au combat.

De plus, le monastère de *Pristinja* se trouvait dans un terrain très accidenté.

La seule façon d'opérer était de monter une opération héliportée, très délicate. Les appareils ne devaient pas se faire repérer en franchissant la frontière bosniaque. L'idéal, pour ce faire, était évidemment d'opérer de nuit. Mais dans ce cas, le bruit des hélicos alerterait Radovan Karadzic qui pourrait s'esquiver facilement dans les bois touffus entourant le monastère. Il était donc préférable de frapper au petit matin, de façon à pouvoir cerner les bâtiments.

Une fois Radovan Karadzic appréhendé, il faudrait à peine un quart d'heure aux hélicos pour rejoindre la frontière bosniaque. Ce qui ne laisserait pas aux Serbes le temps de réagir. Seulement, pour que cette opération puisse se dérouler le lendemain à l'aube, il fallait que les Américains soient avertis sans tarder.

– On y va ?

Sulejman Brancevo sursauta. Vesna était plantée devant lui, lourdement maquillée, moulée dans un pull très ajusté et une micro-jupe à la limite de l'indécence. Juchée sur des escarpins qu'il lui avait rapportés de Valjevo, un sac de lainage noir accroché au bras. Ils gagnèrent la vieille Polo de Sulejman Brancevo garée de l'autre côté de la route en face d'une ferme, suivis des yeux par le dernier client du café.

Dès que le *Kod Vuka* eut été avalé par le premier virage, Vesna annonça timidement :

– Je n'ai pas beaucoup de temps. J'ai dit à mon père que tu m'emmenais dîner à Valjevo. Il m'a dit de rentrer tout de suite après.

Le vieux cafetier serbe n'appréciait pas du tout l'assiduité de cet étranger auprès de sa fille… Sulejman Brancevo s'appliqua à paraître contrarié, ravi en réalité. Munir Konjic risquait d'avoir besoin de le joindre durant la nuit. Il se concentra sur la conduite : les virages en épingle à cheveux s'enchaînaient et la chaussée était semée de trous énormes. Soudain, à la sortie d'un virage, il dut braquer à droite : une grosse Audi noire les croisa à vive allure, roulant presque au milieu de l'étroite chaussée.

Le pouls du Bosniaque grimpa en flèche.

– Tiens, c'est la même voiture que tout à l'heure, remarqua-t-il. Qu'est-ce qu'elle fait dans ce bled perdu ?

– Et toi, qu'est-ce que tu y fais ? rétorqua Vesna, vexé.

Sulejman Brancevo posa une main sur sa cuisse, avec un sourire égrillard.

– Moi, j'ai une *bonne* raison de venir.

Vesna retrouva son sourire. Le cerveau de Sulejman s'était mis à phosphorer sérieusement. Et si cette Audi revenait chercher Radovan Karadzic après une courte visite ? En appelant Munir Konjic, il allait déclencher une opération lourde, risquée et coûteuse.

Si les Américains trouvaient le monastère vide, ils seraient furieux et lui serait grillé. Pour ne pas dire plus. Il repensa à autre chose.

— Dis-moi, dit-il soudain, il y avait un drôle de type à côté de moi sur la terrasse. Il est resté deux heures devant une bière vide. J'ai l'impression qu'il me surveillait. C'est un de tes anciens amants ?

Vesna pouffa.

— Ça va pas ? C'est un type qui fait des travaux d'entretien dans le monastère, une sorte de maçon. Il est très pieux et les moines le nourrissent. Quand il a un peu d'argent, il vient prendre une bière au café.

Donc c'était bien une sentinelle…

Ils arrivaient aux premières maisons de Valjevo. Sulejman Brancevo se tourna vers Vesna.

— On va *d'abord* au restaurant ?

Elle n'hésita que quelques secondes.

— Non, on passe à ton hôtel d'abord.

Il se dit qu'elle avait vraiment très envie de baiser. Quelques minutes plus tard, ils s'arrêtaient devant son hôtel. Seul problème : ici, il n'avait aucun prétexte pour fausser compagnie à Vesna et appeler Munir Konjic.

À peine dans la chambre, elle commença à se frotter contre lui. Pour des raisons différentes, ils étaient très pressés. Ce fut une étreinte rapide, violente et primitive. À peine sortie de la salle de bains, Vesna lança :

— *Davai*[1] ! Je meurs de faim. On va manger un *jagnjetina*[2].

Dix minutes plus tard, ils s'arrêtaient devant leur bistrot favori, presque vide. Ils entrèrent. Sulejman dit à la jeune femme en train de s'installer :

— Commande, je vais faire pipi.

Dans les toilettes, il ouvrit son portable et sentit la main qui serrait sa poitrine se desserrer : il y avait du

1. On y va !
2. Agneau rôti.

réseau. Il composa aussitôt le numéro de Munir Konjic et attendit, le cœur battant.

– *Molim*[1] ?

– C'est moi, annonça Sulejman Brancevo. Ça y est, il est arrivé.

*

* *

– Un hélicoptère va venir vous chercher, *sir*, annonça la voix neutre de Peter Gamsing, le nouveau chef de station de la CIA à Vienne. Soyez prêt dans une demi-heure.

Malko faillit s'en étrangler de fureur. Installé dans la bibliothèque du château de Liezen en compagnie d'une bouteille de Taittinger Comtes de Champagne Rosé, il attendait qu'Alexandra ait fini de se préparer.

– *Maintenant* ! C'est une plaisanterie ! Je pars à une soirée chez des amis.

Peter Gamsing ne se troubla pas.

– Ce n'est pas une plaisanterie, *sir*, mais un ordre émanant directement de la Maison Blanche.

Donc de Frank Capistrano, le *Special Advisor for Security* du président George W. Bush, qui avait déjà fréquemment envoyé Malko en mission.

– Je vais où ? insista Malko, furieux.

– Je l'ignore, *sir*. Je suis seulement chargé de vous acheminer à Schwechat d'où un appareil vous emmènera à votre destination. Je suis désolé, *sir*, de ce délai si bref, mais, moi-même, je viens seulement d'être averti. *Have a good trip, sir*[2].

Et en plus, il pratiquait l'humour noir…

Il n'avait pas raccroché depuis trente secondes qu'Alexandra entra dans la bibliothèque, prête à partir pour leur soirée dans un « Schloss » voisin.

1. Allô ?
2. Faites bon voyage, monsieur.

Malko en oublia instantanément la CIA. Alexandra était simplement divine ! Tournant sur elle-même, son éternelle fiancée lui fit découvrir le tailleur pied-de-poule gris, très ajusté, la jupe arrivant aux genoux. Avec ses bas clairs et ses escarpins de douze centimètres, elle respirait l'érotisme par tous les pores de sa peau.

— Tu aimes ? demanda Alexandra. C'est Dior.

Malko se leva comme un automate, mesmérismé. Alexandra l'observait avec un sourire de salope, légèrement déhanchée. Lorsqu'il posa les mains sur sa taille, puis, de la main droite, suivit la courbe d'une hanche jusqu'à la cuisse, sentant sous ses doigts le serpent d'une jarretelle, l'adrénaline se mit à bouillonner dans ses artères.

— C'est de la soie, précisa Alexandra.

La jupe semblait imprimée directement sur sa chute de reins. Sans même réfléchir, Malko poussa la jeune femme vers le bar, l'y accotant. Amusée, elle ouvrit légèrement la veste de son tailleur, découvrant un soutien-gorge assorti. En soie, lui aussi.

L'ensemble aurait fait bander un mort.

Alexandra vit son regard, et ajouta suavement :

— Il faudra faire très attention, si tu veux me baiser dedans. C'est fragile.

Malko avait déjà plaqué la main sur le mont de Vénus de la jeune femme et la massait doucement. Alexandra portait *toujours* une culotte, pour qu'on puisse la lui retirer. Il la sentait glisser sous ses doigts. Son autre main courait le long de sa chute de reins. Son sexe était en train de gonfler comme un ballon. Alexandra s'en rendit compte.

Posant tendrement la main sur lui, elle demanda :

— Tu ne peux pas attendre tout à l'heure, quand on reviendra ?

— Non, fit Malko.

La jupe était merveilleusement souple et il était déjà en train de la retrousser sur les cuisses gainées de bas

clairs. Ses doigts se refermèrent sur le satin du
string blanc. Alexandra émit un léger soupir. D'un
geste décidé, Malko venait de descendre le Zip de son
pantalon d'alpaga.

– C'est vrai que tu es excité ! remarqua Alexandra en
baissant les yeux, quand même flattée d'une telle fougue
après une aussi longue relation.

Gentiment, elle referma les doigts autour du sexe
tendu, comme pour mesurer sa dureté.

Malko avait le souffle court. Ses doigts accrochèrent
l'élastique du string et il tira vers le bas, entraînant le
satin à mi-cuisses. Le regard d'Alexandra chercha le
sien.

– Tu veux vraiment, maintenant ?

Malko avait décidé de ne lui avouer son brusque
départ qu'*après* s'être assouvi. Sinon, de rage, elle était
capable de se refuser. Il en aurait été malade…

– Oui ! souffla-t-il.

Il n'osait même pas l'embrasser pour ne pas entamer
son maquillage parfait. Fébrilement, il acheva de faire
glisser le triangle de satin blanc le long des jambes
d'Alexandra qui eut la complaisance de soulever légèrement le pied gauche pour le dégager. Le string resta
accroché à sa cheville droite, comme un petit fanion
coquin.

Quand Malko plaqua ses doigts sur le sexe de la jeune
femme, il faillit éjaculer sur le champ. Alexandra était
inondée ! Visiblement, cette cour expresse l'excitait
beaucoup. Elle serra plus fort le membre prêt à exploser
entre ses doigts et commença à fléchir les genoux avec
l'intention de s'agenouiller sur la moquette pour le
prendre dans sa bouche.

– Non ! protesta Malko.

D'abord, il était tellement excité qu'il risquait de se
déverser instantanément dans la bouche de sa fiancée.
Ensuite, l'hélicoptère de la CIA risquait d'arriver d'une
minute à l'autre… Alexandra n'insista pas, surprise

quand même. C'était bien rare que Malko refuse l'offrande de sa bouche…

Il posa les deux mains sur ses hanches et fit remonter la soie de la jupe, découvrant le haut des bas, la peau nue et le porte-jarretelles encadrant le triangle blond bien épilé. C'est *lui* qui fléchit légèrement les genoux et s'enfonça d'un coup dans la tanière de miel. Alexandra ferma les yeux de bonheur, accrochée à son cou, en sentant cette bielle brûlante remonter dans son ventre.

Malko demeura immobile quelques secondes, les doigts crispés sur les hanches élastiques. C'était magique. Le bassin en avant, Alexandra l'accueillait le plus loin possible. Elle n'avait même pas déboutonné la veste de son tailleur. Malko, prêt à exploser, ne pensait pas aux fioritures. Il demeura quelques instants immobile, abuté au fond de son ventre, le temps de profiter pleinement de cette sensation merveilleuse.

– Oh ! fit Alexandra.

Il s'était retiré de son ventre, raide comme un manche de pioche. Sans un mot, il fit pivoter Alexandra, la collant contre le bar, et releva sa jupe encore plus haut sur ses hanches, découvrant entièrement sa croupe magnifique. D'elle-même, Alexandra écarta légèrement les jambes et plaqua ses mains contre le rebord du bar, cambrée autant qu'elle le pouvait.

– Ahhh !

Elle n'avait pu empêcher le cri de s'échapper de sa gorge. Malko venait de l'embrocher d'un seul élan, s'enfonçant dans son ventre jusqu'à la garde. Il reprit son souffle, essayant de se mouvoir dans l'étui brûlant le plus lentement possible, afin de prolonger le plaisir. Le regard fixé sur un bronze de Christian Maas, d'un érotisme audacieux, représentant *justement* une femme debout, courbée en avant, offrant sa croupe. Maintenant, plus rien de grave ne pouvait arriver. Alexandra soupirait d'une façon saccadée, follement excitée elle aussi.

Insensiblement, Malko accéléra son rythme et bientôt

ne put pas plus se contrôler qu'une luge lancée sur une pente raide. Les mains crochées dans les hanches de sa fiancée, il la martelait de plus en plus vite.

— Tu vas me faire jouir ! feula Alexandra.

Pour lui, ce n'était pas du futur. Il se répandit en elle avec un cri sauvage, toute sa tension retombée d'un coup. Plaqué à la croupe callipyge, il remercia Dieu de lui donner des moments pareils. Alexandra roucoula, amusée.

— Dis-moi, j'irai chez Dior plus souvent...

Au moins, les dollars de la CIA servaient à quelque chose d'utile. Alexandra ne semblait pas pressée de s'arracher à l'épieu fiché dans son ventre. Fugitivement, Malko regretta de ne pas l'avoir sodomisée.

Soudain, le *vlouf-vlouf* caractéristique d'un hélicoptère troubla le silence. Malko sentit son pouls s'accélérer. La récréation se terminait.

— Tiens ! remarqua Alexandra, les Wittelsbach nous envoient un hélico. Laisse-moi remettre ma culotte.

— Ce ne sont pas les Wittelsbach, avoua-t-il. On vient me chercher...

Alexandra se retourna à la vitesse d'un cobra et il crut qu'elle allait le mordre. La jupe au ras du sexe, les jambes tendues, le regard furibond, elle était magnifique.

— On vient *te* chercher ! répéta-t-elle avec incrédulité. Pour aller où ? Je te signale que nous devons partir *maintenant*. Il y a une heure et demie de route...

Confus, Malko affronta son regard.

— Je ne peux pas venir avec toi, avoua-t-il, penaud. Je viens de recevoir un coup de fil. Tu sais comment ils sont...

Le grondement de l'hélicoptère était devenu assourdissant ! Il était en vol stationnaire, juste au-dessus de la grande cour en face du château. Du coin de l'œil, Malko le vit commencer à descendre doucement dans un nuage de poussière. On ne s'entendait plus parler ! Il vit la bouche ouverte d'Alexandra, mais ne saisit pas ce qu'elle disait, ce qui valait peut-être mieux. Avec des gestes furieux, elle attrapa sa culotte, la remit en place, rabattit sa jupe et sortit de la bibliothèque à grandes enjambées, claquant la porte derrière elle.

Malko, malgré tout, était soulagé. Il avait accompli son fantasme. Cela, on ne pourrait pas le lui reprendre...

À son tour, il quitta la bibliothèque et traversa le hall, gagnant le perron. L'hélico, un Bell civil, venait de se poser dans la cour, sans arrêter son rotor. Alexandra le contourna pour gagner la Jaguar garée un peu plus loin. Malko la vit se mettre au volant et démarrer en laissant la moitié des pneus sur le gravier.

Dans l'état où elle se trouvait, elle était capable de s'offrir au premier homme qui lui plairait, au cours de la soirée Wittelsbach... Le cœur serré, Malko avança à son tour vers l'hélico. Un homme venait de sauter à terre. Taille moyenne, cheveux courts, la quarantaine. Il tendit la main à Malko.

– Hello, je suis Stuart. Vous êtes prêt ?

Malko refoula sa fureur.

– Cinq minutes, lança-t-il en se retournant pour aller chercher un sac de voyage dans sa chambre.

Il prit quand même le temps d'appeler Alexandra sur son portable. La jeune femme répondit à la première sonnerie.

– Salaud ! Tu voulais me baiser avant de partir ! lança-t-elle. Tu le savais. Eh bien, je ne vais pas m'ennuyer chez les Wittelsbach.

Elle coupa, laissant Malko frustré et inquiet. Elle n'était pas d'un tempérament volage, mais elle ne se contrôlait pas.

Cinq minutes plus tard, il prenait place dans l'hélico qui s'arracha aussitôt du sol.

– Vous connaissez ma destination finale ? cria-t-il à Stuart.

L'Américain secoua négativement la tête.

— Non, *sir*, je suis seulement chargé de vous emmener à Schwechat.

*
* *

Ils n'avaient pas échangé un mot pendant les dix minutes du voyage. L'hélico se posa directement sur le tarmac de l'aéroport de Vienne, à côté d'un petit Super-Citation portant une immatriculation américaine. Un homme attendait à côté, petit, très brun, avec un bouc, des lunettes, une veste ouverte sur de magnifiques bretelles jaunes. Peter Gamsing, le nouveau chef de station de la CIA à Vienne, nommé juste après le départ de Porter Gross, le directeur de la CIA acculé à la démission par George W. Bush. Il avança, courbé en deux, vers l'hélicoptère et serra chaleureusement la main de Malko, l'entraînant vers le jet.

— Vite, lança-t-il, nous avons un créneau de décollage qu'il ne faut pas perdre. Sinon, c'est râpé.

— Où m'expédiez-vous ?

— Tuzla !

— Tuzla, en Bosnie ?

— *Yeap !*

— Pourquoi faire, *my God* ?

Le chef de station lui lança un regard à la fois joyeux et plein d'excitation.

— On vous a mis Radovan Karadzic au chaud, mais il ne faut pas le faire attendre ! Ensuite, vous n'aurez plus qu'à le conduire *vous-même* à La Haye et à le remettre à Mme Carla Del Ponte [1] qui l'attend depuis onze ans.

---

1. Procureur du TPIY.

CHAPITRE III

Devant la stupéfaction de Malko, Peter Gamsing sourit. Les réacteurs du Citation avaient commencé à tourner et on ne s'entendait plus.

— On vous expliquera à Tuzla, hurla le chef de station de la CIA.

Il le poussa pratiquement dans l'avion. Malko dut se courber en deux pour monter dans le petit jet au fuselage étroit. À peine était-il installé que la porte fut verrouillée et l'appareil se mit à rouler. Un homme petit et sec, la cinquantaine, le nez important, s'assit à côté d'eux.

— Bonjour, dit-il en anglais. Je m'appelle Munir Konjic, je suis le patron des Services bosno-musulmans et le patron local de la « Tracking Unit¹ » du TPIY.

— Ah bon, fit Malko, interloqué, vous allez m'expliquer pourquoi je suis ici ?

Le Bosniaque dut attendre pour lui répondre que le Citation ait pris de l'altitude et que le vacarme des réacteurs se soit calmé. Tandis qu'ils crevaient la couche de nuages, Munir Konjic se tourna vers lui, avec un sourire un peu contraint.

— Moi-même, je ne suis pas en mesure de vous éclairer complètement. C'est le colonel Harrisson Carter, le

_____
1. Unité de recherche.

chef de la « Task Force Eagle » basée à Tuzla et mon correspondant chez les Américains, qui s'en chargera. C'est à sa demande que je suis venu vous chercher.

Malko allait d'étonnement en étonnement.

– Qui est ce colonel Carter ? Il appartient à la CIA ?

– Non, au Pentagone. La CIA s'est retirée de la chasse aux criminels de guerre. Le colonel Carter appartient au *Defense Humint Service.*

Le service de renseignements du Pentagone... Malko comprenait de moins en moins. Pourtant, à Vienne, c'était la CIA qui l'avait alerté.

– Le colonel Carter, continua le Bosniaque, est à la tête d'une unité de 200 hommes environ, basée à Tuzla, la dernière base américaine en Bosnie. Il dispose de beaucoup d'argent et de moyens importants. Savez-vous qu'il y a une prime de cinq millions de dollars pour la capture de Radovan Karadzic ?

– Non, avoua Malko.

Le Citation avait atteint son allure de croisière et Munir Konjic jeta un coup d'œil sur sa montre.

– Nous arriverons à Tuzla dans une heure dix environ. Cela vous laissera le temps pour le briefing et quelques heures de sommeil.

La nuit était tombée. Malko baissa les yeux sur les aiguilles lumineuses de sa Breitling. Ils seraient en Bosnie vers dix heures trente.

– Pourquoi cette précipitation ? s'étonna Malko.

Le Bosniaque lui jeta un regard surpris.

– On ne vous a pas mis au courant ?

– Le chef de la station de Vienne m'a seulement dit qu'on « m'avait mis Radovan Karadzic au chaud ».

Munir Konjic sourit, un peu amer.

– C'est *presque* exact. Un de mes agents l'a effectivement localisé dans un monastère près de Valjevo, en Serbie. Maintenant il faut aller le chercher. C'est le colonel Carter qui organise l'opération. Je coopère avec sa formation « Eagle Team » depuis longtemps, au titre des

Services bosniaques. Dans le but d'arrêter Radovan Karadzic et de le transférer à La Haye.

– Sans succès jusqu'ici, ne put s'empêcher de souligner Malko.

– Il nous a toujours filé entre les doigts, avoua Munir Konjic. Aujourd'hui tout le monde, y compris les Français et les Britanniques, a pratiquement cessé les recherches. Même les Américains ont considérablement réduit leurs moyens. Moi, depuis que je suis à la tête de ce Service, je consacre encore beaucoup de mon temps à sa capture. Dans le secret le plus absolu, car, en Bosnie et en Serbie, Radovan Karadzic dispose de nombreux appuis et sympathisants.

– Même encore maintenant ? demanda Malko, sceptique.

– Hélas ! Les Bosno-Serbes continuent de le considérer comme un Dieu, comme le sauveur des chrétiens, et excusent tous les massacres dont il est responsable. Nous, musulmans bosniaques, sommes directement impliqués, nous avons nos morts à venger. J'excuse les étrangers : c'est très difficile de mener une enquête dans ces milieux serbes. Et, en plus, les gouvernements européens n'ont pas grand-chose à offrir aux Serbes bosniaques, à part une hypothétique entrée dans l'Europe… D'ailleurs, moi-même je n'ai qu'un agent sur cette affaire, rescapé de Srebrenica. Depuis huit mois, il ne fait que cela, se faisant passer pour un Serbe. Il semble enfin avoir localisé Radovan Karadzic.

– Dans un monastère ?

– Oui. Le monastère de *Pristinja*, au sud de Valjevo. Ce qui n'a rien d'étonnant car l'Église orthodoxe serbe a toujours protégé Radovan Karadzic. Encore aujourd'hui, les *iguman* de nombreux monastères demandent officiellement de prier pour lui. C'est un peu comme avec Oussama Ben Laden : toute la population le protège.

– Vous savez donc où se trouve Karadzic *en ce moment* ?

Munir Konjic eut un sourire réservé.

– Mon agent, Sulejman Brancevo, m'a appelé en fin de journée pour m'avertir. Seulement, nous ignorons combien de temps il va rester dans ce monastère. Aussi, le colonel Carter, après consultation avec Washington, a décidé de lancer l'opération demain matin à l'aube. Ce qui ne laisse pas beaucoup de temps pour la préparer. Je sais qu'on n'attendait plus que vous… Il vous donnera tous les détails.

Le Citation avait commencé sa descente sur Tuzla et ils étaient secoués par les turbulences. Malko ferma les yeux, rêvant à la croupe fabuleuse d'Alexandra. Pourquoi diable avait-on fait appel à lui, alors qu'il y avait deux cents Américains à Tuzla ?

* *

Le Citation se posa en douceur sur l'aéroport militaire de Tuzla et roula jusqu'à l'aérogare, s'arrêtant en face d'une Humwee camouflée d'où émergea un militaire, tête nue, le crâne rasé, avec les sourcils se rejoignant presque. Avant même qu'il ne se présente, Malko repéra sur son uniforme le badge « Colonel H. Carter ».

– *Welcome in Tuzla*, lança l'officier. Vous avez faim ?

Il était dix heures vingt-cinq.

– Modérément, avoua Malko, pensant à Alexandra certainement en train de dîner et de se faire séduire dans le château des Wittelsbach.

– *Well*, allons quand même au mess, dit le colonel Carter, il faut toujours manger quand on en a l'occasion.

Déclaration pleine de bon sens. Ils débarquèrent dans une salle à manger où une ordonnance leur apporta ce qui ressemblait à un très vieux hamburger. L'Américain qui, lui, avait sûrement dîné, commanda un Defender sur de la glace, et Malko une eau minérale. Après quelques bouchées de son hamburger, il repoussa son assiette.

– Colonel, je suis ravi de faire votre connaissance. Il paraît que vous allez m'expliquer ma mission.

– *Wright*, approuva l'officier. Si vous n'avez plus faim, allons dans mon bureau.

Celui-ci se trouvait à l'autre bout de la base, dans un baraquement où on devait grelotter en hiver, avec un gros climatiseur incrusté dans le mur… Des cartes de la région piquetées de lignes et de points de toutes les couleurs couvraient les murs. Sur le bureau, une plaque de cuivre annonçait : « Task Force Eagle ». Le colonel Carter alluma un cigare de mauvaise qualité et lança un sourire chaleureux à Malko.

– *Well*, bienvenue au *Defense Humint Service*, le bras armé du Pentagone. J'ai beaucoup entendu parler de vous.

Cela devenait une rengaine.

– J'ai souvent travaillé avec la CIA, précisa Malko, mais peu avec le Pentagone. Aussi, je ne m'explique pas ma présence, vous avez ici tous les éléments nécessaires à l'opération Karadzic.

– *Well*, *well*, *well*, lança le colonel Carter, vous ne savez pas tout. Munir vous a mis au courant ?

– En gros, oui. Il s'agit de récupérer Karadzic qui se trouverait dans un monastère en Serbie.

– C'est exact, confirma l'Américain. Regardez.

Il se leva et s'arrêta devant une grande carte des Balkans, mettant le doigt sur un cercle rouge.

– Voilà notre base, ici à Tuzla, environ 80 kilomètres à l'ouest de la frontière bosno-serbe. D'après l'agent de Munir Konjic, Radovan Karadzic se trouverait en ce moment dans un petit monastère, au sud de Valjevo, à une cinquantaine de kilomètres de la frontière bosniaque. La région est très accidentée, des collines couvertes de forêts, de profondes vallées, des rivières, des routes étroites et, surtout, une population farouchement hostile aux étrangers. Ce qui oblige à prendre certaines précautions.

– Je suppose que vous avez monté une opération aéroportée ?

– *Right.* Cela nous fait quarante minutes de vol avec les Apache et leur électronique permet de voler au raz des collines pour éviter le repérage radar.

– Vous ne mettez pas les autorités serbes au courant ?

– Pour qu'elles préviennent immédiatement Karadzic ! ricana l'officier américain. Autant y aller avec des haut-parleurs. Non, il s'agit d'une opération 100 % clandestine. J'ai prévu trois appareils pour la partie aérienne.

– Il y a une autre partie ?

– Bien sûr ! C'est la raison de votre présence ici.

– Expliquez-moi.

Le colonel Carter posa son index sur un point au sud de Valjevo.

– Voilà le monastère de *Pristinja*. Il se trouve au creux d'une vallée en contrebas d'une petite route peu fréquentée. La région est extrêmement boisée, et les hélicoptères s'entendent de loin. Si nous arrivons directement au-dessus du monastère, Radovan Karadzic a une chance de s'échapper par un des innombrables sentiers qui sillonnent la vallée. Nos hélicos ne peuvent pas rester longtemps sur zone, sous peine de déclencher un incident grave avec les Serbes. C'est une opération *hit and run*[1].

– Quel serait mon rôle ? demanda Malko, de plus en plus étonné.

– Chef de mission, fit simplement le colonel Carter. Voilà le plan. Huit de mes hommes, entraînés aux opérations spéciales vont partir cette nuit d'ici dans des véhicules banalisés, pour gagner la Serbie.

– Ils passeront avec leurs armes ?

---

1. On frappe et on part.

– Oui, nous connaissons un itinéraire sécurisé, une piste de montagne qui n'est jamais surveillée par les Serbes. Ils auront des Land Cruiser civiles en plaques bosniaques.

– Et si les Serbes les interceptent ?

– Ils ne le feront pas, ils n'arrêtent pas les véhicules bosniaques en plaques RS. Vous partirez sur la route « normale » *via* Zvornik, en Bosnie et Losnica, en Serbie. Il est prévu que vous les retrouviez à l'entrée du village de Donja Kamenika, à une quinzaine de kilomètres à l'ouest de Valjevo. Vous aurez les numéros de leurs véhicules et eux celui du vôtre. Une Ford Cherokee avec une plaque de Belgrade, qui appartient à notre station serbe.

– Et ensuite ? interrogea Malko.

– Il est prévu que vous retrouviez Sulejman Brancevo, l'agent de Munir Konjic, à six heures du matin, à une station Jugol, à l'entrée de Valjevo, sur la droite de la route. Je vous communiquerai le numéro de son véhicule, une Polo. Cette jonction effectuée, vous partirez immédiatement vers le monastère de *Pristinja*, distant d'une demi-heure environ. Les hélicoptères seront déjà en l'air, du côté bosniaque de la frontière. Votre mission consistera, avec l'aide de Sulejman Brancevo, à sécuriser les issues du monastère avec mes hommes. D'après Sulejman, il se trouve dans une voie en cul-de-sac. Dès que ce contrôle d'accès sera effectif, vous appellerez la cavalerie... Les hélicos seront là en vingt minutes. Ils resteront en vol stationnaire et leurs hommes rejoindront le sol grâce à des cordages. En tout, cela fera vingt-quatre combattants aguerris, disposant d'armes automatiques.

– Et comment allez-vous faire sortir Karadzic du monastère ?

– Nous irons le chercher, corrigea l'Américain. Le monastère est tout petit et il ne sera pas difficile de le trouver : le tout est de sécuriser la zone, avant l'arrivée des hélicoptères. Évidemment, s'il sort de lui-même, on le coxe et c'est encore plus facile.

– Il ne dispose pas de protection rapprochée ? demanda Malko qui se méfiait des opérations trop faciles en apparence.

– Si. Quatre ou six hommes, selon Sulejman Brancevo. Vraisemblablement équipés d'armes légères et de grenades. Ils ne seront pas de taille contre les mitrailleuses des Apache. Évidemment, il faudra faire très vite, car la population peut réagir, ainsi que l'armée serbe. Tout doit être bouclé en quinze minutes…

– Vous voulez le prendre vivant ou mort ? interrogea Malko.

Le colonel Carter sursauta.

– Vivant, bien entendu ! Mme Carla Del Ponte l'exige.

– Et s'il se suicide, en se voyant cerné ?

L'Américain demeura muet quelques secondes. Visiblement, il n'avait pas programmé cette hypothèse. Puis il hocha la tête.

– C'est vrai, ces types ne respectent pas la vie humaine ! fit-il d'un air dégoûté. *Well*, il faudra agir très vite.

– Savez-vous si sa protection rapprochée se trouve à l'intérieur du monastère ?

Nouveau silence, puis le colonel Carter avoua :

– Non.

– Ils n'ont pas de « sonnettes » sur la route menant au monastère ?

– Non, d'après Sulejman Brancevo.

Malko regarda la carte. C'était une opération extrêmement hasardeuse, jadis tentée en Bosnie par la SFOR. Cela avait toujours échoué parce que Radovan Karadzic n'était pas au rendez-vous. Mais, en Bosnie, la SFOR était *légale*. Cette fois, on opérait en territoire ennemi. Évidemment, avant que les Serbes n'atteignent ce coin perdu, les hélicoptères seraient loin.

– Et moi, demanda Malko, je repars en voiture?

– *No way!* Vous repartez dans un hélico avec mes hommes. Tous les véhicules seront laissés sur place, après avoir été incendiés.

Malko demeura silencieux, fixant la carte.

– Vous avez une liaison permanente avec ce Sulejman Brancevo? demanda-t-il.

– Non. Par sécurité. Les Serbes et les Russes écoutent tout. Il a fixé le rendez-vous lors de son unique appel à Munir Konjic.

– Donc, on va dans le noir…

Le colonel Carter eut un geste fataliste.

– Nous ne risquons pas de rencontrer une opposition très dangereuse.

– Souvenez-vous de la Somalie, répliqua Malko. Un hélico, c'est *très* vulnérable…

– Vous serez au sol avec mes hommes pour neutraliser les «méchants», conclut le colonel Carter. Et, de toute façon, ce sont les ordres. Je vais vous communiquer tout le bréviaire de communications avec les séquences cryptées et les codes. Vous êtes «Eagle» et Karadzic est «Teddy Bear».

– Colonel, demanda Malko pourquoi faites-vous appel à moi? Vous auriez pu parfaitement mener cette opération, c'est dans vos compétences et ce sont *vos* hommes.

Le colonel Carter eut un sourire gêné.

– Il s'agit d'une opération clandestine et j'appartiens à l'OTAN. Ma capture pourrait créer un grave incident diplomatique…

Tandis qu'une barbouze hors-cadre de la CIA, de surcroît non américaine, cela présentait moins de risques.

– Vous n'étiez pas obligé d'être sur le terrain vous-même…

– J'ai reçu des ordres, trancha le colonel Carter. Directement du Pentagone. Cette opération est placée sous votre contrôle.

– Du Pentagone ? s'étonna Malko.

– Enfin, de la Maison Blanche, avoua à mi-voix le colonel Carter. Il semble que vous soyez connu là-bas…

Brusquement, Malko eut une illumination.

– C'est Frank Capistrano qui l'a demandé ?

– C'est un *finding* [1] du Président, corrigea le colonel Carter, mais cette personne a effectivement mentionné votre nom. Or, vous savez que le nouveau directeur de Langley est un homme de chez nous, le général Hayden. Il ne connaît pas encore bien les agents de sa maison, donc il s'est fié aux conseils de M. Frank Capistrano.

Tout était clair.

L'Américain se leva.

– O.K., je vais vous conduire à votre chambre pour que vous vous reposiez un peu. Vous partirez à deux heures, il faut prendre de la marge, les routes sont mauvaises et il y a beaucoup de camions. En plus à Zvornik, il y a souvent la queue au poste frontière.

Il conduisit Malko à une pièce meublée sobrement. Sur le lit, il y avait un gilet pare-balles en Kevlar, tout le dossier d'opération, ainsi qu'un pistolet automatique Beretta 92, le modèle réglementaire de l'armée américaine.

– Bonne nuit, conclut l'Américain, je vous fais réveiller à une heure et demie.

Visiblement, il n'avait pas d'état d'âme. Resté seul, Malko s'assit sur le lit et composa le numéro du portable d'Alexandra. Il était onze heures et demie. En quelques heures, il avait changé d'univers.

Contre toute attente, Alexandra répondit. Malko perçut derrière elle un brouhaha de musique et de conversations.

– Tout va bien, *schatzy* ? demanda-t-elle, d'une voix un peu trop douce.

– Oui, mais…

_____
1. Un ordre.

– Je m'amuse beaucoup, enchaîna-t-elle. Mon tailleur plaît énormément. En ce moment même, il y a un homme qui me dévore des yeux. Plutôt beau et, paraît-il, très intéressant d'après quelques copines. J'espère que j'arriverai à résister.

Malko n'eut pas le temps d'exploser. Elle avait raccroché. Il rappela, mais cela passa directement sur messagerie. Il alla s'étendre, incapable de trouver le sommeil.

*
* *

Sulejman Brancevo avait la gorge serrée par l'angoisse. Il regarda Vesna, allongée sur le ventre, dormant d'un sommeil lourd.

Après le restaurant, elle avait brusquement annoncé :

– Je n'ai pas envie de rentrer. Tant pis, mon père va gueuler, mais on passe la nuit ensemble. J'ai encore envie de baiser, tu ne viens pas assez souvent…

Le Bosniaque avait bien essayé de la raisonner, mais elle était têtue comme une mule.

– Il faut juste que je sois là-bas à sept heures, pour ouvrir le café, avait-elle précisé.

Sulejman Brancevo avait senti le sang se retirer de son visage. Il ne pourrait jamais être au rendez-vous fixé à six heures du matin avec les hommes du colonel Harrisson Carter, à l'entrée de Valjevo.

Or, après sa conversation avec Munir Konjic, il avait fermé son portable, par prudence, et ne comptait pas le rouvrir, pour ne pas risquer une interception des services d'écoutes serbes du KOS[1]. Celui-ci connaissait certainement le numéro de Munir Konjic, un de ses adversaires. Un appel à son intention venant de Valjevo pouvait les alerter. Or, ils entretenaient des contacts étroits avec leurs homologues bosno-serbes.

---

1. Kontra Obavestonjina Sluzba : Services de renseignements de l'armée serbe.

De toute façon, la présence de Vesna empêchait tout nouvel appel…

Il continua à tourner dans sa tête les termes du problème, cherchant désespérément une solution. Au mieux, il aurait une heure et demie de retard au rendez-vous. Les Américains allaient-ils attendre ?

CHAPITRE IV

Malko sursauta, arraché à sa torpeur par le grondement d'un camion venant de Valjevo. Il s'était brièvement endormi. Mécaniquement, il baissa les yeux sur les
aiguilles lumineuses de sa Breitling : cinq heures trente.
Les hommes du colonel Carter avait une demi-heure de
retard.

Ce n'était pas bon signe.

Le jour commençait à se lever et, dans une demi-
heure, il ferait jour. Il descendit de la Cherokee arrêtée
sur l'aire d'une petite station-service fermée à l'entrée
de Donja Kamenica, respirant à pleins poumons l'air
frais pour se réveiller. Un autre camion passa, en sens
inverse. Il y avait très peu de circulation sur la route n° 4,
à cette heure.

Il bâilla. Finalement, il n'avait pas dû dormir plus
d'une heure et demie. Son voyage depuis Tuzla s'était
déroulé sans histoires. À Zvornik, un policier endormi
avait à peine regardé ses papiers.

Un peu plus tard, la sonnerie de son portable l'avait
fait sursauter. Ce n'était qu'un message de bienvenue du
réseau serbe. Il attendit encore un quart d'heure en faisant les cent pas, guettant la route venant de Losnica.
Rien.

À cinq heures quarante-cinq, il se décida à actionner
le « Blackberry » crypté remis par le colonel Carter, avec

son kit opérationnel. La veste en Kevlar était encore sur le siège arrière… Il fallait prendre une décision : son prochain rendez-vous était à six heures, dans un quart d'heure, à l'entrée ouest de Valjevo, à quinze kilomètres de là, avec Sulejman Brancevo, l'agent bosniaque chargé de les guider jusqu'au monastère de *Pristinja*. Qu'allait faire celui-ci s'il ne voyait personne ?

Le colonel Carter répondit avant même la fin de la première sonnerie.

– Ils ne sont pas là, annonça Malko. Et il est presque six heures… *We are running late* [1]…

Pris de court, le colonel Carter explosa, invoquant en termes orduriers la descendance du Christ, puis se reprit aussitôt.

– Ils sont pourtant partis à l'heure. J'y étais.

– Joignez-les.

– Ils ne répondront pas, j'ai imposé le silence radio, par sécurité. Même en crypté. C'est trop sensible.

– Qu'est-ce que je fais ? L'agent de Munir Konjic nous attend à six heures. Dans sept minutes. S'il ne voit personne, il pensera que l'opération est annulée.

– Allez le rassurer ! Mes hommes, eux, vous attendront, ils sont disciplinés. Et, dans le doute, ils rompront le silence radio.

Malko sauta dans la Cherokee. Dix minutes plus tard, il s'arrêtait à la station Jugol, à l'entrée de Valjevo. Elle venait tout juste d'ouvrir et aucun véhicule ne s'y trouvait. Il se gara loin des pompes et regarda autour de lui.

Pas de Sulejman Brancevo. Pourtant, il n'était que six heures sept.

C'est *lui* qui était peut-être en retard. Or, il n'avait aucun moyen de le joindre.

Son pouls s'accéléra : une vieille Jugo rosâtre s'approchait, venant de Valjevo. Elle mit son clignotant et

---

1. Nous sommes en retard.

s'arrêta à la station. Un jeune barbu en émergea, se servit d'essence, paya et repartit.

Les minutes s'écoulaient, comme des gouttes d'eau qui tombent régulièrement. À six heures vingt-cinq, son « Blackberry » sonna. C'était le colonel Carter, visiblement soulagé.

– Ils sont à l'endroit convenu, annonça-t-il. Ils s'étaient perdus dans la montagne, aboutissant à un cul-de-sac. De votre côté, c'est O.K. ?

– Ce n'est pas O.K., dut avouer Malko.

Nouvelle bordée de jurons. Suivie d'un long silence. Visiblement le colonel Carter réfléchissait à se faire péter les méninges. Il dit enfin d'une voix tendue :

– Les hélicos tournent en rond au-dessus de Zvornik. Ils ne peuvent pas attendre éternellement, les Serbes vont finir par les repérer et s'alarmer. J'appelle Munir. J'espère que *lui* a les moyens de joindre son gus.

– Et moi ? J'attends ici ?

– Non. Allez récupérer mes gars, je ne peux plus les joindre à nouveau.

Malko remonta dans la Cherokee. Cette fois, à la sortie de Donja Kamenica, il aperçut immédiatement deux Land Cruiser en plaques serbes, portant encore le maca-ron SCG[1], désormais obsolète. Un des occupants du premier véhicule en descendit et vint vers lui.

Il avait beau être en civil, il y avait écrit « Marine » sur son front bas et lisse, prolongeant un crâne passé au papier de verre.

Heureusement, tous les voyous de la région se rasaient le crâne. Ils esquissa un salut militaire et se reprit aussitôt, annonçant à voix contenue :

– Lieutenant Arrow, à vos ordres, *sir*. Désolé pour ce retard. On s'est perdus.

– Nous repartons jusqu'à l'entrée de Valjevo, ordonna Malko. Il y a une station-service Jugol sur la

---

1. Serbia Cerna Gora (Serbie et Monténégro).

droite. Celui qui va nous guider jusqu'au monastère doit nous y attendre. Ensuite, nous suivrons ses instructions.

– O.K., *sir*, fit le lieutenant Arrow.

Nouveau demi-tour et ils foncèrent en direction de Valjevo. Malko priait pour qu'ils ne tombent pas sur des policiers serbes. Les huit Américains sentaient les « forces spéciales » à des kilomètres…

Tout en roulant, il baissa les yeux sur sa Breitling. Six heures quarante-sept. Il avait désormais trois quarts d'heure de retard sur l'horaire. Pourvu que Sulejman Brancevo l'ait attendu.

Le jour se levait et des lambeaux de brume traînaient encore sur la route. Sulejman Brancevo était rongé par l'angoisse. D'autant qu'il n'avait pas rouvert son portable. Vesna, elle, flottait sur un petit nuage rose. Elle soupira :

– C'était vachement sympa !

Ils avaient encore fait l'amour au réveil.

– On recommencera, promit le Bosniaque.

Il y avait très peu de chances pour qu'il la revoie jamais. À chaque virage, sa tension nerveuse augmentait, tandis qu'il calculait l'heure à laquelle il pourrait se retrouver au rendez-vous fixé à six heures. Il aurait au moins une heure et demie de retard.

Pourvu que les Américains attendent !

Il évita de justesse un tracteur. Encore trois virages et le petit café apparut. La terrasse était déserte, les volets fermés, mais le pouls de Sulejman Brancevo s'emballa.

Une Audi 8 noire était garée en face du bistrot. Impossible de distinguer ses occupants à travers les vitres teintées.

En une fraction de seconde, la panique submergea Sulejman Brancevo. Machinalement, il freina brutalement et Vesna fut projetée dans le pare-brise.

– Eh, qu'est-ce qui te prend ! lança-t-elle, furieuse.

– Pardon, bredouilla le Bosniaque, j'ai fait une fausse manœuvre.

Il s'arrêta devant le *Kod Vuka*, le cœur battant la chamade, le regard glué à l'Audi. Essayant de se persuader que sa présence n'avait rien d'alarmant.

– Tu as déjà des clients ! croassa-t-il.

Vesna s'en moquait visiblement, elle lui glissa une langue de quatre kilomètres dans la bouche et soupira :

– Reviens vite.

Ils étaient encore enlacés lorsque la portière de son côté fut ouverte de l'extérieur. Sulejman Brancevo tourna la tête et sentit son estomac se liquéfier. Dragoljub Matic, d'un regard froid de lézard, le fixait méchamment. Au même moment, l'autre portière s'ouvrit, actionnée par une sorte de bûcheron au visage plat, au torse comme une barrique. De la main gauche, il prit Vesna par le bras et la tira brutalement à l'extérieur.

– Hé, lança-t-elle, tu…

D'un puissant revers, l'homme l'envoya valdinguer sur la terrasse vide où elle s'effondra sur le sol de ciment.

Sulejman Brancevo se sentit saisi au collet et Dragoljub Matic l'arracha de la voiture, sans effort.

Son visage contre le sien, il lança :

– Il me semblait bien que je t'avais reconnu hier. Tu es souvent au *Club Jez*…

– *Da*, balbutia Sulejman Brancevo.

– Il paraît que tu es même un putain de flic. Descends ton froc !

Comme Brancevo ne bougeait pas, Dragoljub déboucla brutalement sa ceinture, l'arracha de ses passants et en cingla le visage du Bosniaque avec une brutalité glaciale.

– Descends ton froc ! répéta-t-il. Et ton slip !

Tremblant, Sulejman Brancevo obéit. Vesna s'était relevée et observait la scène, terrifiée. Le Bosniaque laissa tomber son pantalon sur ses chevilles et baissa son slip aux genoux. Dragoljub Matic posa les yeux sur son sexe recroquevillé, mais visiblement circoncis, et cracha :

– Saloperie de Turc !

Il lui envoya un formidable coup de genou dans le bas-ventre. Sulejman Brancevo se plia en deux, avec un hurlement de bête, et vomit, perdant aussitôt connaissance sous l'abominable douleur.

Il était exactement sept heures dix.

Le pouls de Malko grimpa. Une voiture était arrêtée à l'écart des pompes de la station Jugol, une Toyota blanchâtre avec une plaque bosniaque : 432 H 856. Il stoppa et les deux Land Cruiser en firent autant. Sautant de sa Cherokee, il se dirigea vers le véhicule arrêté. Les vitres étaient couvertes de buée et il ne pouvait distinguer l'intérieur. Discrètement, il donna un petit coup à la glace avec sa chevalière.

La vitre descendit aussitôt, dévoilant le visage mal rasé d'un très jeune homme aux cheveux longs et au regard hostile. À côté de lui, Malko aperçut une blonde efflanquée à la jupe très relevée sur des cuisses maigres. Visiblement, ces deux-là étaient en train de se prouver leur affection.

– *Gospodine* Brancevo ? demanda Malko.

Le jeune homme lui jeta un regard noir et une phrase dépourvue d'aménité, avant de remonter la glace. Malko comprenait assez de serbo-croate pour comprendre que ce jeune homme n'aimait pas être dérangé…

Ce n'était pas Sulejman Brancevo, l'homme des Services bosniaques… Il regagna la Cherokee, rejoint par le lieutenant Arrow, nerveux lui aussi.

– Ce n'est pas lui ?

– Non, répondit Malko, et je n'ai aucun moyen de le joindre. On va attendre.

Il regarda sa Breitling : sept heures et quart. Sulejman Brancevo avait une heure et quart de retard…

Pourquoi ?

Plus ils attendaient, plus Radovan Karadzic avait de chances de s'esquiver. Et qu'était-il arrivé à l'agent bosniaque ? Il décida qu'à huit heures, il contacterait le colonel Carter.

***

Sulejman Brancevo tenta d'ouvrir les yeux, en entendant la porte du sous-sol du *Kod Vuka* s'ouvrir. Mais les coups de poing dont on l'avait bourré une demi-heure plus tôt avaient tellement tuméfié ses paupières, éclatant au passage ses arcades sourcilières, qu'il n'aperçut qu'un trait de lumière et de vagues silhouettes. Depuis qu'on lui avait fait baisser son pantalon et révéler sa circoncision, les deux membres de la « Preventiva » s'étaient servis de lui comme d'un punching-ball.

Ensuite, on lui avait attaché les poignets et les chevilles avec du fil de fer. Tout son corps lui faisait mal et il mourait de soif, se demandant s'il arriverait à boire, avec ses lèvres éclatées.

Il sentit qu'on le soulevait et qu'on l'appuyait au mur.

– Alors, tu te sens bien, le Turc ?

Les Serbes s'obstinaient à appeler tous les Bosniaques « Turcs » en souvenir de l'invasion ottomane qui les avait poussés à la conversion.

Sulejman Brancevo était bien incapable de parler. De plus, il savait que cela ne servait à rien. Ici, personne ne lui viendrait en aide. Sauf l'expédition américaine destinée à récupérer Radovan Karadzic. Après l'avoir « attendri », les deux Serbes l'avaient interrogé, le menaçant de le découper vivant avec leurs couteaux de chasse, de lui couper le sexe en rondelles… Il n'ignorait pas qu'ils iraient jusqu'au bout, alors, il avait parlé, pour éviter des souffrances inutiles, avouant qu'il était un agent des Services bosniaques, donnant le nom de son chef, Munir Konjic, expliquant ensuite qu'il avait été chargé de retrouver la piste de Radovan Karadzic.

Lorsqu'il avait mentionné ce nom, Dragoljub Matic, le plus féroce, s'était signé respectueusement, comme devant une icône…

Il avait parlé de tout, sauf des hélicoptères…

C'était sa seule chance de survie. Minuscule.

En ce qui concernait Radovan Karadzic, il était sans illusion : le leader bosno-serbe était déjà loin.

Celui qui venait de le traiter de Turc le lâcha et il glissa le long du mur, jusqu'au sol.

– Tu as une visite ! lança le Serbe d'un ton joyeux.

– Saloperie de Turc ! lança la voix aiguë de Vesna Duskovic.

La serveuse du *Kod Vuka* se tenait devant lui. Il aperçut vaguement ses bottes et le bas d'un jean, avant de recevoir le premier coup de pied, en plein dans le scrotum. La douleur lui arracha un hurlement étranglé. Il essaya de se recroqueviller pour échapper aux coups de botte. Vesna tournait autour de lui, déchaînée, frappant ses reins, son visage, mais s'acharnant surtout sur son entrejambe qu'il tentait désespérément de protéger.

La pointe de la botte frappa son testicule gauche à toute volée, le faisant remonter dans le scrotum !

Sous la douleur atroce, Sulejman Brancevo perdit connaissance.

Déjà, Dragoljub Matic repoussait Vesna sans ménagement.

– Ça suffit ! fit-il. On a encore besoin de lui. Va en haut faire du café.

La serveuse serbe était déchaînée, elle aurait voulu lui arracher les yeux avec ses ongles. Bien entendu, quelques minutes plus tôt, il lui avait fallu convaincre les deux Bosno-Serbes qu'elle n'avait pas été complice du musulman. Ce qui n'avait pas été facile. Ils avaient commencé par la battre, puis Dragoljub Matic avait posé un tisonnier sur la cuisinière après avoir ouvert le gaz en grand.

— Si tu continues à mentir, on va te mettre ça dans le cul. Ça nettoiera le foutre du Turc.

Vesna s'était roulée par terre en hurlant, jurant qu'elle était une bonne Serbe, qu'elle s'était fait abuser par un voyou, et les deux hommes avaient bien voulu accepter ses excuses.

Sulejman Brancevo fut relevé de nouveau et ses deux bourreaux le traînèrent jusqu'au rez-de-chaussée, l'installant sur une chaise de l'arrière-boutique. Il avait fallu retenir le père de Vesna pour qu'il ne vienne pas massacrer Sulejman Brancevo à coups de serpe.

Lui était un bon Serbe.

* *

La circulation était désormais intense sur la route de Valjevo. Pour ne pas se faire trop remarquer, les deux Land Cruiser étaient parties faire un tour, tandis que Malko guettait tous les véhicules qui s'arrêtaient à la station Jugol.

Pas de nouvelles du colonel Carter. Malko avait décidé de « démonter » à huit heures, si rien de se passait. Cette défection sentait mauvais. La police serbe risquait d'intervenir et, avec les deux 4×4 bourrés d'armes de guerre, et comme passagers des Américains militaires « en permission », ce qui était officiellement interdit par les accords de Dayton, cela risquait de tourner mal.

Les deux Land Cruiser revenaient. Le lieutenant Arrow descendit et s'approcha de Malko.

— Du nouveau, *sir* ?

— Non. S'il n'y a rien de nouveau dans un quart d'heure, on « démonte ».

*   *
*

Les élancements dans son bas-ventre empêchaient Sulejman Brancevo d'apprécier le soulagement de ne plus être attaché. Affalé sur une chaise de l'arrière-boutique du *Kod Vuka*, il se demandait ce qu'on allait lui faire. Ses bourreaux lui avaient même offert un café brûlant qu'il n'avait pu boire à cause de ses lèvres éclatées.

Tassé sur la chaise en plastique, le menton sur la poitrine, il savourait ce moment de calme relatif. Dragoljub Matic attira une chaise et s'installa en face de lui. Ses petits yeux luisaient de méchanceté.

– Le Turc, lança-t-il – visiblement, il répugnait à prononcer un nom musulman –, on va te demander un petit service avant de te laisser partir dans ton pays de merde, où on reviendra bientôt.

Sulejman Brancevo ne répondit même pas. Ils ne *pouvaient* pas le laisser partir, puisqu'il était capable de les identifier. Mais quelques minutes de répit étaient bonnes à prendre.

– *Dobre*[1], bredouilla-t-il, que voulez-vous ?

Dragoljub prit un vieux téléphone posé sur la table de bois de la cuisine et l'approcha du Bosniaque, dont les chevilles étaient encore entravées par le fil de fer.

– Tu vas téléphoner à ton copain Munir, annonça-t-il d'une voix douce, pour lui dire qu'il y a eu un changement et que tu attends tes copains devant le monastère. Ils seront contents…

Le Bosniaque faillit dire « non » tout de suite, puis se rappela qu'il s'agissait sûrement d'une expédition héliportée, comme dans le passé. Autrement, il était impossible de pénétrer en Serbie avec un détachement armé de l'OTAN. Dans ce cas, il avait encore une chance infime de s'en sortir, car les Serbes risquaient d'être surpris par

_____

1. Bon.

les hélicos. Bien sûr, ils voulaient monter une embuscade aux soldats de l'OTAN. Ici, ils pouvaient le faire en toute impunité, contrairement à la Bosnie, puisque les Américains étaient entrés illégalement en Serbie.

Devant son silence, Dragoljub Matic releva le bas de son pantalon et arracha d'un étui fixé à son mollet un énorme couteau de chasse.

Tenant la lame à l'horizontale, d'un geste sec et précis, il en piqua la pointe dans la poitrine de Sulejman Brancevo, l'y enfonçant de quelques millimètres. Le Bosniaque sursauta, poussa une exclamation de douleur. Pourtant, ce n'était rien, comparé à ce qu'il avait subi.

– *Dobre*, lança le Bosno-Serbe. Je n'ai pas le temps de discuter. Je vais t'enfoncer ça jusqu'au cœur. À mon avis, il ne faut pas plus de trois ou quatre centimètres. On va vite y arriver. Et tu ne pourras plus téléphoner qu'au Diable.

Instinctivement, Sulejman Brancevo se recula, mais fut vite bloqué par le dossier de sa chaise. Concentré, son bourreau enfonçait très lentement la lame, les lèvres serrées. On aurait entendu une mouche voler.

Sulejman Brancevo se tortilla un peu, essayant de visualiser la lame effilée se faufilant entre ses côtes. Il savait que ce serait trop tard lorsque la pointe atteindrait le cœur.

– *Da*, souffla-t-il, je vais téléphoner.

– *Dobre*, *dobre*, approuva Dragoljub Matic, tu connais le numéro par cœur ou tu veux qu'on te le donne ? Celui qui est dans ton portable ?

Inutile de jouer au plus fin.

Le poignard toujours piqué dans sa poitrine, Sulejman Brancevo composa d'une main mal assurée le numéro du portable de Munir Konjic.

Lequel décrocha instantanément. D'abord, sans répondre. Sulejman Brancevo comprit qu'il était intrigué de ne pas pouvoir identifier le numéro appelant.

– C'est moi, Sulejman, souffla-t-il. Ici, les portables

ne passent pas. Je n'ai pas pu venir, je n'étais pas seul.
Je vous attends devant l'entrée du monastère. C'est
facile à trouver.

– Tout va bien ? interrogea Munir Konjic, visiblement inquiet et étonné.

– Oui, oui ! assura Sulejman Brancevo.

Il n'eut pas le temps d'en dire plus… Dragoljub avait
coupé la communication. Il eut un sourire satisfait.

– *Dobre*, répéta-t-il. J'espère qu'on ne va pas
attendre tes amis trop longtemps.

Son regard luisait de méchanceté froide. Sulejman
Brancevo avait honte et souffrait. Se raccrochant aux
hélicoptères. Ces voyous ne tiendraient pas longtemps
devant les Apache ou les Blackhawk de l'OTAN. Il y
avait déjà eu un affrontement à Pale entre « Tchekniks »
et SFOR, qui avait tourné à la déconfiture de la garde
rapprochée de Radovan Karadzic.

Rien que cette idée lui donnait le courage de tenir. Il
sentit qu'on lui mettait dans la main un petit verre.

– Tiens, fit Dragoljub bonhomme, ça va te faire du
bien.

À l'odeur, le Bosniaque reconnut de la Slibovica,
de l'alcool de prune. Malgré ses lèvres éclatées, il se
força à la boire d'un trait. Il fallait tenir encore un peu.
Il referma les yeux, imaginant les hélicoptères de combat fondant sur ses bourreaux et les réduisant en bouillie.

Brusquement, il ressentit une sensation de chaleur
dans la poitrine. Il crut d'abord que c'était l'effet de
l'alcool, avant qu'un spasme ne secoue tout son corps.
En un éclair, il réalisa que la pointe du poignard venait
d'atteindre son cœur et s'y enfonçait avec lenteur.

*
**

Le « Blackberry » de Malko sonna alors qu'ils étaient
déjà à dix kilomètres de Valjevo, sur le chemin du
retour.

– Contact rétabli ! annonça le colonel Carter d'un ton très militaire. Munir vient de m'appeler : son type a eu un problème mais il vous attend devant le monastère. J'ai regardé sur la carte : il vous faut environ vingt-cinq minutes pour y arriver à partir de Valjevo.

– Nous sommes repartis vers l'ouest, objecta Malko. Il faut compter quarante minutes, au mieux.

– O.K., il est huit heures dix, je vous donne un quart d'heure pour sécuriser le périmètre du monastère afin d'éviter la fuite de «Teddy Bear». Les Apache seront sur zone à neuf heures quinze. Mes hommes ont la liaison directe avec eux. *Good luck.*

Malko avait ralenti. Il s'arrêta sur le bas-côté, imité aussitôt par les deux Land Cruiser. Déjà, le lieutenant Arrow courait vers la Cherokee.

– Demi-tour, ordonna Malko, on va sur l'objectif.

Il lui expliqua le changement de programme, et l'officier américain demanda aussitôt :

– On s'équipe tout de suite ?

– Non, au dernier moment, nous allons traverser Valjevo.

– O.K., je monte avec vous, suggéra l'officier. J'ai une liaison VHF avec mes hommes, ce sera plus simple.

Trois minutes plus tard, ils repartaient vers Valjevo qu'ils traversèrent sans encombre. Une petite ville provinciale serbe, sans intérêt. Ensuite, ils faillirent se perdre dans des croisements mal indiqués, avant de trouver l'étroite route de montagne à deux voies menant à Ragacica, qui montait et descendait sans arrêt entre deux murailles vertes. La route sinuant à flanc de coteau suivait la vallée d'une petite rivière, la Kolumbara, invisible à l'abri des frondaisons.

Ils ne croisèrent que deux véhicules ; le ciel était d'un bleu intense. Cette petite route déserte et mal entretenue traversait le massif montagneux pour rejoindre une douzaine de kilomètres plus loin la frontière bosniaque

matérialisée par la Drina, une rivière profonde au cours
impétueux.

Les virages succédaient aux virages. Le lieutenant
Arrow et Malko scrutaient la route sur la droite. D'après
la carte, une voie secondaire se greffait à un moment sur
la route principale, menant au monastère. Soudain
Malko vit un bâtiment rose, là où la route se scindait en
deux. Il ralentit et le lieutenant Arrow s'exclama :

– C'est là, *sir* !

Il désignait un panneau en bois aux lettres délavées
annonçant : « Pristinja », sur le côté d'un chemin en
pente filant vers le fond de la vallée.

Malko ralentit, examinant rapidement les alentours.
La terrasse du bistrot était vide, un tracteur était garé en
face, un homme en train de farfouiller dans le moteur.

Personne d'autre.

Le calme absolu, bucolique.

– On y va ! lança-t-il au lieutenant Arrow. Prévenez
vos hommes.

Lentement, il s'engagea dans le chemin pentu. Environ trois cents mètres plus bas, il distingua un espace
découvert, cerné par la forêt très dense. À gauche, un
sentier descendait en pente douce jusqu'au monastère.

Il s'arrêta le long de la paroi végétale et descendit,
méfiant. Le Beretta 92 donné par le colonel Carter était
glissé sous sa veste, dans son dos. Malko baissa les yeux
sur sa Breitling. Neuf heures sept. Ils étaient légèrement
en avance. Les hélicos ne seraient là que huit minutes
plus tard.

Où était Sulejman Brancevo ?

Le silence était absolu, à part quelques chants d'oiseaux. Malko lança au lieutenant Arrow, debout à côté
de la Cherokee :

– Dites à vos homme de se déployer !

Surpris que l'officier ne réponde pas, il tourna la tête
vers lui. Le lieutenant Arrow semblait transformé en statue de sel. Il fixait l'entrée du monastère, une grande

porte en bois sombre divisée en deux parties, surmontée d'une croix, protégée par un auvent de tuiles rouges. Ce qui ressemblait à un épouvantail à oiseaux était cloué à la grande porte, juste sous la croix.

– *My God !* lâcha le lieutenant Arrow d'une voix blanche.

Malko sentit une perle de sueur froide glisser le long de son dos.

Ce qui était cloué à la porte du monastère de *Pristinja* n'était pas un épouvantail, mais un homme.

Sulejman Brancevo était bien au rendez-vous.

Horrifié, Malko descendit le sentier, s'immobilisant en face de l'entrée du monastère. D'énormes clous de charpentier fixaient le supplicié au bois sombre. Un dans chaque paume, les bras écartés comme un Christ en croix, un dans chaque pied et un cinquième émergeant de la poitrine, enfoncé vraisemblablement dans le cœur.

Des mouches tournaient autour des blessures récentes et la fade odeur du sang frais se mélangeait à celle des aiguilles de pins. Le mort avait les yeux clos, le visage tuméfié, sa tête pendait sur sa poitrine.

Comme une chouette à la porte d'une grange.

Malko s'ébroua, réprimant une nausée. Son cerveau s'était remis à fonctionner. Cette mise en scène macabre était très mauvais signe.

Une rafale de fusil d'assaut brisa le silence et le pare-brise de la première Land Cruiser s'étoila de plusieurs impacts. Impossible de distinguer le ou les tireurs dissimulés dans l'épaisse forêt entourant le monastère. Malko réalisa en un éclair que son gilet pare-balles était resté dans la Cherokee.

CHAPITRE V

Au moment où Malko allait s'élancer en direction des trois véhicules, il se rendit compte qu'il avait plus de vingt mètres à parcourir sous le feu des tireurs invisibles. Une autre rafale claqua et les glaces latérales arrière de la seconde Land Cruiser volèrent en éclats. Un des Américains en train de sauter à terre boula avec un hurlement, se tenant le genou à deux mains.

Malko fit demi-tour, criant à l'intention du lieutenant Arrow :

– Au monastère, vite !

En deux bonds, il eut atteint le mur d'enceinte. Celui-ci ne mesurait guère plus d'un mètre cinquante, surmonté d'une crête de tuiles rouges.

Malko se hissa d'un bond et retomba de l'autre côté, dans le jardin du monastère. Imité quelques secondes plus tard par le lieutenant Arrow.

Accroupis à l'abri du mur, ils sortirent leurs armes, et regardèrent autour d'eux. Sur leur droite, un bâtiment blanc d'un étage, séparé par une pelouse ornée d'un pin magnifique, d'un ensemble de bâtiments de pierre sur-montés de curieuses toitures coniques marron. L'une d'elles était surmontée d'une croix : sûrement la chapelle.

Aucun signe de vie.

Impossible de savoir si on ne les guettait pas.

Après quelques instants de silence, une violente

fusillade éclata de l'autre côté du mur. Malko identifia le bruit plus clair de M 16. Les hommes du lieutenant Arrow ripostaient. Il y eut plusieurs longues rafales de Kalachnikov, des bruits de verre brisé. Ceux qui avaient monté cette embuscade étaient certainement dissimulés dans la pente boisée, face à l'entrée du monastère. Invisibles.

Le lieutenant Arrow se mit à parler dans sa VHF et se tourna vers Malko.

— On a deux blessés, dont un grave. Une balle dans la poitrine. Mes hommes sont cloués au sol derrière les véhicules. Impossible de localiser les tireurs.

De nouveau, le silence était retombé. Un calme irréel. Malko comprit soudain pourquoi ils avaient pu franchir le mur d'enceinte sans essuyer le feu de leurs adversaires. Les Serbes n'avaient pas voulu tirer en direction de ce lieu saint…

Les tirs reprirent de l'autre côté du mur. Assourdi par les détonations, Malko n'entendit pas les hélicos arriver. Brusquement il aperçut l'imposante masse d'un Apache immobilisé en vol stationnaire au-dessus du monastère. Une forte odeur de caoutchouc brûlé fut rabattue par le vent.

Le lieutenant Arrow hurlait dans sa radio. Les deux hélicos se balançaient au-dessus de leur tête, dans un fracas de fin du monde. Malko aperçut les mitrailleurs postés aux ouvertures latérales, prêts à arroser la forêt. Par deux câbles lancés vers le sol, les hommes du lieutenant Arrow commencèrent à descendre.

Six commandos cagoulés pénétrèrent dans le cimetière, armés de M 16 à crosse pliante.

Malko était sans illusion : Radovan Karadzic était parti depuis longtemps.

— On fouille tout, hurla le lieutenant Arrow. Nous avons quinze minutes.

Une nacelle était en train de descendre d'un des deux hélicos, pour évacuer les blessés.

Malko, pistolet au poing, rejoignit les soldats en train de faire sauter les portes du bâtiment blanc. La visite fut rapide : toutes les pièces étaient vides. Des chambres et des bureaux. Tandis que les commandos filaient vers le fond du jardin où on apercevait un bâtiment plus petit, Malko se dirigea vers l'église, au centre, suivi du lieutenant Arrow.

Au moment où ils s'apprêtaient à y entrer, une longue rafale partit d'un des Apache.

– Ils ont une caméra thermique, cria le lieutenant Arrow, ils ont dû repérer un « bandit ».

L'hélico se balançait, face à la pente boisée presque verticale. Il lâcha encore deux rafales, bien que les tirs hostiles aient cessé. L'effet dissuasif des Apache. En quelques minutes, les deux blessés furent hissés à bord d'un des hélicos qui prit de l'altitude et disparut dans un grondement de rotor.

Le vent rabattait maintenant sur eux un nuage épais de fumée noire et une forte odeur d'essence : les deux Land Cruiser et la Cherokee brûlaient comme des torches.

Quel échec !

Une fois de plus, les Serbes bosniaques avaient marqué un point.

L'Apache restant se dandinait toujours au-dessus d'eux, comme un gros insecte venimeux.

Les soldats revenaient du fond du monastère, bredouilles : ils avaient trouvé des cellules de moines, ouvertes mais vides. Déjà, ils couraient vers le câble du dernier hélicoptère pour remonter à bord.

– Fouillons l'église ! dit Malko. Ensuite, nous…

Le lieutenant Arrow, accroché à la radio, lui fit signe de se taire, puis lança :

– *Sir*, l'appui aérien vient de recevoir l'ordre de regagner la base immédiatement. C'est le colonel Carter qui en prend la responsabilité. Il craint une réaction serbe…

– Et nous ?

Qu'allaient-ils faire, sans véhicule, dans un univers hostile, avec peut-être encore des Serbes embusqués dans les bois avoisinants ?

— Ils ont trouvé un itinéraire de repli pour nous, expliqua l'officier. Nous allons descendre à partir d'ici jusqu'au fond de la vallée, pour rejoindre une petite rivière, la Skrapez. Elle mène jusqu'à la Drina, qui matérialise la frontière entre la Bosnie et la Serbie. En face, à Facovici, il y a un détachement allemand de l'UEFOR qui viendra nous récupérer par la rivière. Cela ne représente qu'une dizaine de kilomètres.

Malko jura intérieurement. Toujours le même principe : *cover your ass*[1] !

Le second Apache venait de disparaître à son tour après avoir récupéré tous les hommes, et le silence retomba. Un chien aboya. Malko eut une pensée pour l'agent bosniaque cloué au portail comme une chouette. C'était abominable de l'abandonner ainsi, mais il ne maîtrisait pas l'opération.

— J'ai un GPS, annonça le lieutenant Arrow, ils nous suivront à la trace. Nous avons peu de chances de rencontrer des éléments hostiles.

Les six survivants venaient de les rejoindre et de se déployer dans le jardin.

— O.K., conclut Malko, furieux, mais avant de partir nous allons fouiller cette église et ensuite, placer ce pauvre mort dans une position décente.

Il poussa la porte de l'église. Tombant immédiatement sur une vieille femme, la tête couverte d'un foulard, le visage fermé, vêtue d'une robe noire descendant jusqu'aux chevilles. Elle marmonna quelques mots indistincts et lui désigna une table près de l'entrée, couverte de bougies et de cartes postales. Cela sentait l'encens et des bougies brûlaient partout. Médusé, le lieutenant Arrow échangea un regard avec Malko.

1. Ouvrir le parapluie.

– Elle est sourde ou quoi ?

Une seconde femme surgit de derrière l'autel dominé par une énorme croix orthodoxe encadrée d'icônes et d'enluminures.

– Où puis-je trouver quelqu'un ici ? demanda Malko.

– Je ne sais pas.

– Où sont les moines ?

– Je ne sais pas. Vous voulez acheter quelque chose ?

Elle ne pouvait pas ne pas avoir entendu les coups de feu et les hélicos. Soit elle s'en moquait, soit elle se moquait de lui.

Malko inspecta rapidement l'église et ils ressortirent. Toujours le même silence irréel.

Ils contournèrent la chapelle, découvrant au fond du jardin un bâtiment ancien à un seul étage, jouxtant un poulailler et un jardin potager. Plusieurs portes étaient ouvertes, du linge séchait à l'extérieur. Malko passa la tête par une des portes, vit une chambre meublée uniquement d'un lit, de crochets dans le mur et d'un gros crucifix. Des vêtements étaient entassés dans un coin ; une des cellules des moines.

Le lieutenant Arrow inspecta les autres cellules.

– Il n'y a personne, annonça-t-il. Il faut y aller.

Frustré, Malko ordonna :

– Je veux voir le bâtiment visité par les commandos, avant de partir.

C'était facile : toutes les portes avaient été enfoncées par les soldats américains. Là, c'était nettement plus luxueux et il y avait même un téléphone dans l'entrée. Malko visita trois chambres propres et vides. Dans la dernière, il aperçut un livre tombé par terre et le ramassa. Il était écrit en cyrillique et Malko déchiffra facilement le titre : *Ima Coda ? Nema Coda*[1] !

Le nom de l'auteur lui sauta aux yeux : Radovan Karadzic. Il le feuilleta : plusieurs pages avaient été

---

1. C'est un miracle ? Ce n'est pas un miracle !

annotées, d'une écriture pattes de mouche. Vraisemblablement par l'auteur… Il mit le livre dans sa poche.

Radovan Karadzic avait donc bien séjourné dans ce
monastère.

Le lieutenant Arrow commençait à devenir nerveux.

– *Sir*, dit-il, Tuzla me signale un accroissement des
conversations radio des Serbes, il faut filer… Mes
hommes se sont occupés du mort. Vous voulez voir ?

– Oui, dit Malko.

Le corps de Sulejman Brancevo était allongé
devant le portail, recouvert d'un poncho. Impossible
de l'emmener.

– Nous avons trouvé l'itinéraire de repli, annonça le
lieutenant Arrow. Suivez-moi.

Ils rentrèrent dans le monastère, le traversèrent, par-
venant à une barrière de bois donnant sur un sentier qui
s'enfonçait dans les bois.

Ils franchirent la barrière à la queue leu leu, suivirent
un étroit sentier descendant vers le fond de la vallée. Pas
un bruit. Le lieutenant Arrow marchait en tête, Malko
sur ses talons. Frustré et le cœur plein de haine pour ceux
qui avaient supplicié Sulejman Brancevo. Ils étaient
tombés dans un piège.

Brutalement, cet itinéraire de repli lui parut trop
facile, trop évident. Il se rapprocha de l'officier américain pour le mettre en garde. C'est alors qu'il aperçut,
au milieu du sentier, une touffe de végétation bizarrement placée. En un éclair, il se souvint d'un incident,
trois ans plus tôt, à Belgrade…

D'un coup d'épaule, il déséquilibra le lieutenant
Arrow qui allait marcher dessus, le faisant tomber sur
la pente en dévers. D'un geste, il arrêta ceux qui le
suivaient. Accroupi, il examina la touffe d'herbes. Le
lieutenant s'était relevé, éberlué. Malko désigna le sol.

– Regardez, c'est probablement une mine !

L'officier s'accroupit à son tour et jura.

– *Jesus-Christ!* J'ai l'impression que vous avez raison. On va vérifier.

Il ordonna à ses hommes de se mettre à couvert en contrebas et ils les rejoignirent. Quand tous furent à l'abri, un des Américains tira une courte rafale de M 16. Même prévenus, ils sursautèrent à la détonation qui fit jaillir un jet de terre. Une mine bondissante. Si l'officier avait marché dessus, lui et Malko auraient été déchiquetés…

Ils se redressèrent, choqués.

– O.K., conclut le lieutenant Arrow, regardez bien où vous mettez les pieds, désormais.

* * *

Il y avait beaucoup plus de monde que d'habitude à la terrasse du *Kod Vuka*. Une douzaine de paysans du voisinage et deux moines, la soutane serrée dans une large ceinture de cuir.

L'explosion sourde venant du ravin les fit sursauter puis des cris de joie fusèrent.

– Un Turc en moins! hurla un des moines, la barbe en éventail.

Vesna Duskovic surgit aussitôt du bistrot avec une bouteille pleine d'un liquide incolore, de la Slibovica distillée dans une des fermes voisines. Un produit naturel. On remplit les petits verres et tous portèrent un toast. Un des popes se leva, trois doigts levés en signe de ralliement, et lança :

– Que Dieu continue à nous aider à protéger le frère Radovan!

Aussitôt, tous les assistants répondirent en chœur, y compris Vesna :

– Dieu nous aide!

Puis le second pope se leva à son tour et lança d'une voix de stentor, aussitôt accompagné par tous les assistants :

– Tant que la terre tournera autour du soleil, Karadzic ne sera pas arrêté !

– Radovan, notre joie ! renchérirent ses voisins.

On termina la bouteille de Slibovica puis les moines évoquèrent pour les paysans le souvenir de Draza Mihaj-lovic, un chef *tcheknik* qui s'était caché plus d'un an dans la région, à la fin de la Seconde Guerre mondiale, avant d'être trahi par le chef de sa garde, qui l'avait livré aux Titistes.

Il n'y avait plus rien à boire. Les paysans regagnèrent leurs fermes et, bientôt, il ne resta plus sur la terrasse que les deux popes. Ils étaient encore en train de discuter lorsqu'une voiture de police blanc et bleu s'arrêta devant le *Kod Vuka*. Un policier en sortit, l'autre restant au volant. Il s'approcha d'un des popes, s'inclina pour lui baiser la main, courbé en deux, se signa, et demanda humblement :

– On nous a signalé des coups de feu, vous avez entendu quelque chose ?

– Rien ! firent les deux popes en chœur.

– Ça sent le brûlé, ici, remarqua le policier.

– C'est vrai, il y a des voitures qui brûlent en bas, près du saint monastère, reconnut un des popes, mais personne dedans. Vous pouvez aller voir.

Il fit un signe de croix en direction du policier.

– Frère, priez pour nous ! Dieu nous regarde !

Le policier, de nouveau, lui baisa la main et revint à la voiture.

– Ces saints hommes n'ont rien vu, dit-il à son collègue... Mais il y a des voitures qui brûlent, en bas.

– Allons voir.

Ils descendirent la voie en pente, jusqu'aux épaves des deux Land Cruiser et de la Cherokee qui finis-saient de se consumer. L'odeur de caoutchouc brûlé était encore pestilentielle. En examinant les lieux, ils découvrirent le corps du supplicié.

– Appelle Valjevo et demande des instructions, ordonna le chef.

Ils se signèrent devant le mort. En Serbie, la religion faisait encore partie de la vie courante. Et on n'entrait pas dans un monastère sans une raison impérative, sauf pour prier. Le plus jeune proposa :

– Je vais mettre un cierge pour ce pauvre mort. Que Dieu lui pardonne ses péchés.

*
* *

Malko marchait comme un automate, la sueur dégoulinant dans son dos. Ce sentier où ils pataugeaient depuis près de trois heures semblait ne pas avoir de fin. Parfois ils étaient obligés de marcher dans le lit de la rivière, avec de l'eau jusqu'aux genoux, mais ils n'avaient plus trouvé de mines.

Enfin, à travers une trouée, Malko aperçut la Drina ! Une rivière d'un vert profond au cours rapide, matérialisant la frontière bosniaque. Ils se retrouvèrent sur la route qui épousait son cours, à proximité d'un restaurant avec une grande terrasse déserte. Ils s'y installèrent, après avoir dissimulé leur armement dans des sacs de sport. Le lieutenant Arrow était déjà au téléphone.

– Un bateau vient nous chercher dans un quart d'heure, annonça-t-il. La berge juste en face est accessible.

Malko se sentait vidé.

Il détestait les échecs. Surtout quand il y avait mort d'homme. Même s'il ne connaissait pas ce Bosniaque, qui avait donné sa vie pour retrouver Radovan Karadzic, le criminel de guerre. Décidément, on jouait de malheur avec lui : toutes les tentatives s'étaient régulièrement soldées par des fiascos.

Vingt minutes plus tard, personne n'était venu prendre de commande...

– Les voilà ! annonça le lieutenant Arrow.

Une grosse vedette remontait le courant de la Drina, arborant le drapeau allemand. Ils se hâtèrent de gagner la rive et sautèrent dans l'embarcation, accueillis par le colonel Carter en personne, mais en civil.

L'officier serra longuement la main de Malko.

— Mes deux hommes ont été opérés, ils sont hors de danger, annonça-t-il.

— Tant mieux, dit Malko, mais le résultat de notre expédition est un échec cuisant. Ils nous attendaient et Karadzic était parti depuis belle lurette…

— Je sais, reconnut l'officier avec tristesse. Cela aurait pu être pire…

Ils ne dirent plus rien jusqu'au cantonnement allemand. Une Ford noire avec un chauffeur attendait le colonel Carter. Celui-ci annonça à Malko :

— Prenez une douche et reposez-vous un moment. Ensuite, je vous emmène à Sarajevo.

— À Sarajevo ? Pas à Tuzla ?

— Oui. Munir Konjic veut vous débriefer pour tenter de comprendre ce qui s'est passé.

— Pas de réaction serbe ? demanda Malko.

— Si, ils ont repéré les Apache à leur retour, heureusement tout près de la frontière, et l'OTAN a prétendu qu'ils s'étaient perdus.

— Et les voitures ?

— Comme je vous l'ai dit, elles ne mèneront nulle part. Les Serbes sauront que nous avons mené une opération clandestine mais ils ne pourront rien prouver.

— Bien, conclut Malko, filons sur Sarajevo.

En retrouvant le *Holiday Inn*, le plus grand hôtel de Sarajevo, Malko sentit les souvenirs remonter dans sa mémoire. C'était en 1992, pendant le siège de Sarajevo par les Bosno-Serbes, et le *Holiday Inn* se trouvait sur la ligne de feu, à trois cents mètres des lignes serbes, le long de la fameuse « Sniper Allee » qu'il fallait parcourir en voiture blindée…

Aujourd'hui, de paisibles tramways circulaient le long de l'avenue, tout pimpants, offerts par l'Autriche, et les derniers étages du *Holiday Inn*, détruits par les obus serbes, avaient été reconstruits. Comme les deux tours de bureaux tout à côté, qui n'étaient plus que des carcasses noircies. En dépit de ces améliorations, la ville semblait endormie : c'était redevenue une petite cité provinciale des Balkans, tirée par trois fois de l'anonymat au cours du siècle précédent. D'abord, par l'attentat contre l'empereur François Joseph d'Autriche qui avait déclenché la Première Guerre mondiale. Ensuite, par les Jeux olympiques de 1976 et enfin, par le siège de quarante-deux mois, durant lequel l'armée bosno-serbe avait déversé sur la ville des milliers d'obus tous les jours.

Aujourd'hui capitale d'une Bosnie-Herzégovine composite, où Croates, musulmans et Serbes se haïssaient cordialement, elle avait perdu les deux tiers de sa population et végétait.

Le colonel Carter sauta de la voiture et pénétra dans le hall sombre et désert. Deux employées bâillaient à la réception, l'hôtel semblait abandonné, mort, avec son grand atrium et le bar désert abrité par une tente métallique pendant du plafond.

À frissonner de tristesse !

Les deux hommes traversèrent le lobby, puis d'interminables couloirs pour ressortir sur la façade ouest où se trouvait la *breakfast room*, prolongée par une terrasse. Celle-ci était vide à l'exception d'un homme qui leur tournait le dos, face au jardin public qu'il fallait jadis traverser à toute vitesse en sortant du garage souterrain, pour ne pas être tiré comme un lapin par les *snipers* serbes embusqués en face…

L'homme se retourna, lorsqu'ils le rejoignirent.

C'était celui avec qui Malko avait voyagé dans le Citation de la CIA.

Malko fut frappé par la tristesse qui imprégnait son visage émacié. Le Bosniaque lui serra longuement la main.

— Merci pour les risques que vous avez courus.

— C'est mon métier, répondit Malko.

— Je sais que vous n'avez pu ramener Sulejman, enchaîna Munir Konjic. Je ferai l'impossible pour récupérer son corps et lui donner une sépulture décente. Ils l'avaient beaucoup abîmé ?

— Oui, dit Malko.

Munir Konjic n'insista pas. Malko n'avait pas envie de donner de détails ni le Bosniaque d'en demander... Le colonel Carter rompit le silence.

— Je suis obligé de vous laisser. Munir vous ramènera à Tuzla et ensuite, je vous reprendrai en compte.

— Café ? demanda Munir Konjic, quand il se fut éloigné.

Une serveuse aux collants filés apporta un café turc avec un carré de loukoum et un thé pour le Bosniaque.

— Savez-vous comment ils l'ont démasqué ? demanda Malko.

— Non, avoua Munir Konjic. Sulejman était prudent, c'était un bon professionnel, mais il avait un motif personnel dans cette affaire : le massacre de sa famille à Srebrenica par les forces spéciales bosno-serbes et son sauvetage miraculeux. Peut-être cela l'a-t-il conduit à commettre des imprudences. Mais il ne pensait qu'à cela. C'était bien le seul, car j'ai l'impression que les Américains n'ont jamais vraiment cherché à attraper Karadzic... Même dans ce dernier épisode. Ils n'ont fait que fournir de l'argent et de la logistique.

Le silence retomba puis le Bosniaque continua, comme pour lui-même :

— Je ne pouvais empêcher Sulejman d'aller de l'avant, mais, au fond, je n'ai jamais cru qu'il parviendrait à infiltrer le système Karadzic. L'expérience a prouvé qu'il dispose de plusieurs cercles concentriques de protection, extrêmement efficaces. Dès qu'il se déplace, une protection locale se met en place et il s'agit *toujours* de zones où il est adulé, où chaque habitant est prêt à le protéger.

— On ne saura peut-être jamais ce qui s'est passé, remarqua Malko.

— Peut-être, reconnut le Bosniaque.

— Vous allez continuer votre traque ?

Munir Konjic eut un geste désabusé.

— Oui, bien sûr, mais je viens d'être mis sur la touche. On trouve que je m'occupe trop de Karadzic et des criminels de guerre. Je n'ai même plus de budget pour les recherches !

— Mais, à Tuzla, le colonel Carter m'a dit qu'ils avaient beaucoup d'argent.

— Bien sûr, mais ils ne donnent qu'à un organisme, pas à un individu… C'est regrettable.

Malko sentit qu'il y avait anguille sous roche. Munir Konjic n'avait pas voulu le voir seulement pour le débriefer.

— Vous avez une autre piste que celle explorée par Sulejman Brancevo ?

— Oui, avoua le chef des Services bosniaques. Tandis que Sulejman continuait son opération, moi, je travaillais aussi sur l'entourage de Radovan Karadzic. Et j'ai trouvé quelque chose d'exploitable.

— Quoi ?

Munir Konjic n'eut pas le temps de répondre. Le « Blackberry » de Malko sonnait. C'était le colonel Carter, dégoulinant de respect.

— *Sir*, dit-il, je viens de recevoir un message à votre intention en provenance de la Maison Blanche. Il faudrait que vous rappeliez une certaine personne d'urgence, dès que vous serez de retour à Tuzla.

— Merci, dit Malko.

Se tournant ensuite vers le Bosniaque, il demanda :

— Alors, quelle est votre idée ?

Le Bosniaque dit à voix basse :

— La seule façon d'attraper Radovan Karadzic, c'est qu'il soit trahi par un des siens. Comme tous les fugitifs, le dernier étant Abu Moussa Al-Zarkaoui… Or, je crois avoir repéré quelqu'un de son entourage très proche, quelqu'un qui sait *toujours* où il se trouve, car il fait partie du « premier cercle ». Un ancien du bataillon antisabotage. Il a besoin d'argent. De beaucoup d'argent qu'il doit à des gens *très* dangereux. Je suis certain qu'on pourrait obtenir un deal… Mais cela se passe à Belgrade où je ne peux aller et il faudrait une somme importante. *Forget it !*

— Dites-m'en plus, fit Malko.

Le Bosniaque secoua la tête.

— À quoi bon, je ne suis pas un rêveur. Sans argent, je n'ai aucune chance d'aboutir. Les gens qui protègent Karadzic sont tous des fanatiques… des brutes insensibles. Ils ne bougeront que pour sauver *leur* peau.

— Donnez-moi votre numéro de portable, insista Malko.

Une petite idée s'était mise en route dans sa tête. La capture de Radovan Karadzic était une question *morale*. La juste punition d'un génocidaire. Il se sentait « appelé », après cette tragique incursion en Serbie. Certaines missions étaient plus honorables que d'autres.

Tandis que Munir Konjic notait son numéro de portable, il se dit que l'appel de Frank Capistrano allait peut-être faire rebondir la traque de Radovan Karadzic.

CHAPITRE VI

La voix chaude et rocailleuse de Frank Capistrano tranchait avec la froideur du bureau de la «Task Force Eagle» installée dans un des bâtiments de la base de l'OTAN de Tuzla.

— Vous voyez que je ne vous ai pas dérangé pour rien! lança à Malko le *Special Advisor for Security* de la Maison Blanche. Ce salaud de Karadzic était bien dans le coin!

Ce devait être de l'humour et Malko réagit aussitôt :

— Quand nous sommes arrivés, il était parti depuis longtemps et l'agent bosniaque envoyé au contact a payé de sa vie. Chaque tentative de capture de Karadzic s'est soldée par un échec. Vous savez ce que m'a dit l'homme qui a envoyé Sulejman Brancevo au massacre, ce matin même ?

— Non…

— Que les Américains n'avaient *jamais* vraiment voulu attraper Radovan Karadzic. Que toutes les opérations spectaculaires menées par la SFOR ou l'OTAN étaient de l'intox. Comme la prise de l'usine Famos, à Pale, en avril 1998, avec quatre cents hommes, des blindés et des hélicoptères. Même les enfants du village savaient que Radovan Karadzic était parti de là six mois plus tôt… Je ne suis pas loin de partager cette opinion.

Le silence se prolongea tellement que Malko se

demanda si la communication «protégée» n'avait pas été interrompue, mais la voix caverneuse de Frank Capistrano le rassura. Celui-ci semblait las et désabusé.

– Malko, dit-il, je vais vous avouer un secret d'État, qui explique tout. C'est vrai : en 1996, exactement le 19 juillet, à Dayton, il y a eu un accord secret conclu entre Radovan Karadzic et l'envoyé de la Maison Blanche, Richard Holbrooke. Les termes en étaient simples : Radovan Karadzic se retirait de la vie politique en échange d'un abandon des poursuites contre lui...

– C'est monstrueux ! laissa tomber Malko. C'est Karadzic qui a déclenché le nettoyage ethnique de la Bosnie et les massacres qui en ont été la conséquence.

Frank Capistrano soupira comme un éléphant blessé.

– En 1996, dit-il, Slobodan Milosevic était encore à la tête de ce qui restait de la Yougoslavie, les forces de l'ONU étaient en pleine déconfiture. Il fallait arrêter la guerre et nous n'étions pas encore en position de force. À l'époque, il n'était pas question de bombarder la Serbie. L'influence de Radovan Karadzic était encore à son apogée. Il nous tenait la dragée haute. Obtenir son effacement politique a été une victoire pour nous. Il fallait faire la paix à tout prix. Et n'oubliez pas : personne ne parlait encore du massacre de Srebrenica..

– Les choses ont évolué depuis, remarqua Malko. Nous sommes en 2006...

– Exact ! reconnut Frank Capistrano. Mais je vous rappelle une évidence. C'est vrai : jusqu'au début 1998, nous n'avons pas cherché à arrêter Karadzic. Les forces des Nations unies non plus. Pourtant, il ne se cachait absolument pas, il vivait à Pale, dans sa maison familiale, et paradait dans une Mercedes blindée, entouré de ses gardes du corps.

– Quand a-t-il disparu ? demanda Malko.

– En janvier 1998, au moment du Noël orthodoxe. Il a quitté Pale, et, depuis, personne ne l'a jamais revu et on n'a même pas entendu le son de sa voix.

– Il mourra de vieillesse et aura un enterrement aussi triomphal que celui de Milosevic, conclut Malko. J'aurais mieux fait de rester à Liezen. Moi aussi, j'aurais pu prendre une balle dans la tête.

Il y eut un court silence, puis le conseiller de la Maison Blanche dit d'une voix basse, contenue et tranchante :

– Il ne mourra pas de vieillesse, *for God's Sake* ! Parce que vous allez l'attraper.

Malko faillit exploser.

– Ce qui s'est passé aujourd'hui ne vous suffit pas ?

De nouveau, Frank Capistrano souffla comme un pachyderme blessé.

– *Look*, fit-il, cette expédition n'avait pas été montée par nous. Bien sûr, nous étions au courant, par Tuzla, mais nous ne nous y sommes engagés qu'à la fin, pour un soutien logistique qui nous a d'ailleurs coûté deux blessés. Désormais, la situation est différente.

– En quoi ? s'étonna Malko. Karadzic est retourné dans une de ses innombrables planques et les Bosno-Serbes le vénèrent plus que jamais ! Munir Konjic, le seul qui le traquait vraiment, vient d'être écarté de ses fonctions

Il se tut. Un sergent venait d'entrer dans le bureau avec un pot de café. On était dans une base militaire… Dès qu'il fut sorti, Malko entendit la voix de Frank Capistrano. Grave et déterminée.

– *My friend*, je vais vous dire en quoi la situation a changé. D'abord, le président George W. Bush ne se sent plus lié par l'accord Richard Holbrooke. Depuis, on a découvert l'étendue du rôle néfaste de Radovan Karadzic, et il y a eu la création du tribunal de La Haye.

– Il n'a recueilli que quelques seconds couteaux, remarqua Malko. Ni Mladic ni Karadzic.

– C'est vrai, dut reconnaître l'Américain. Pourtant, depuis 1999, on les cherche *vraiment*. Hélas, ils ont eu le temps de s'organiser et Mladic est toujours protégé par des éléments des services de renseignements militaires serbes qui terrorisent la classe politique de Belgrade. Le Premier ministre Djindjic a été assassiné il y a trois ans pour avoir livré Milosevic à La Haye et vouloir en faire autant avec Mladic. Nous affamerons les Serbes s'il le faut, mais ils livreront Ratko Mladic.

Belle envolée lyrique. Malko commençait à fatiguer.

— Frank, dit-il, j'ai eu une *très* longue journée. Je suis fatigué. Que voulez-vous me dire, *exactement*?

Il sentit brusquement Frank Capistrano libéré.

— Ceci, lança le *Special Advisor*. En novembre prochain, il y a l'anniversaire des accords de Dayton qui ont mis fin à la guerre en Bosnie-Herzégovine.

— Tout le monde l'a oublié, remarqua amèrement Malko.

— En novembre, continua Frank Capistrano, il y a *aussi* les élections «mid-term», très importantes pour le président George W. Bush. Le renouvellement de tout le Congrès et d'un tiers du Sénat. Or, sa popularité est au plus bas et il n'a pas beaucoup de bonnes nouvelles à annoncer au peuple américain… C'est le bordel en Irak et en Afghanistan, tandis que l'Iran et la Corée du Nord nous défient ouvertement. Sans parler du Liban… Alors, s'il pouvait annoncer la capture de Radovan Karadzic par une équipe américaine, cela ferait bon effet ! Tout en montrant au monde que les Européens sont incapables de gérer leur «*turf*».

Un ange passa, rougissant de honte devant ce constat cynique. Décidément, les politiciens ne changeraient jamais.

Devant le silence de Malko, l'Américain insista :

— Vous connaissez *très* bien cette zone, vous parlez russe et j'ai confiance en vous. Si quelqu'un peut attraper Radovan Karadzic, c'est vous.

— Merci, dit Malko, qui se méfiait toujours des flatteurs, mais par où vais-je commencer ? La «Task Force Eagle» ne semble pas très motivée…

– *Forget* la «Task Force Eagle», laissa tomber le *Special Advisor*, et ne comptez que sur vous-même. Il y a un *finding* du Président pour cette affaire, vous avez carte blanche et, n'oubliez pas, une prime de cinq millions de dollars pour celui qui ramènera Karadzic à La Haye. Nous le voulons *vivant*, pas en plusieurs morceaux. En plus, vous aurez la reconnaissance éternelle de Carla Del Ponte, qui en a fait un cas personnel... Vous qui aimez les jolies femmes...

– Ne blasphémez pas ! soupira Malko, vous n'avez jamais vu sa photo dans les journaux ?

– O.K., O.K., fit Frank Capistrano, conciliant. Que puis-je faire pour vous ?

Malko était en train de repenser à ce que lui avait dit Munir Konjic.

– Je veux bien essayer, dit-il, pas pour sauver George W. Bush, mais parce que je pense que le monde serait mieux sans Karadzic. Mais j'aurais besoin de beaucoup d'argent.

– Tuzla a tout ce qu'il faut, assura aussitôt Frank Capistrano, même s'ils ne s'en servent pas. Je vais faire donner des ordres pour qu'on vous remette les sommes dont vous aurez besoin sans aucune question. Vous ne rendrez compte qu'à moi-même. Je les préviens.

Le colonel Carter passa la tête par la porte et s'excusa : la conversation durait déjà depuis un certain temps. Malko mourait aussi de faim.

– D'accord ! dit-il, mais je ne rendrai compte à personne d'autre qu'à vous. Pour l'instant je n'ai besoin de rien, mais cela peut changer. J'ai peut-être une idée.

Après avoir raccroché, il regagna le bureau du colonel Carter qui semblait soucieux.

– Je vous avais prévu une liaison pour Vienne, mais il est trop tard, annonça-t-il. Vous allez être obligé de coucher ici.

– Je ne vais plus à Vienne, dit Malko. Je voudrais une voiture pour me conduire à Sarajevo, à l'hôtel *Holiday*

Inn. Et demain, j'ai besoin de cent mille dollars en billets de cent, que vous me ferez porter à l'hôtel. C'est une instruction de la Maison Blanche. Ensuite, je ne vous demanderai plus rien pendant un moment.

* *
*

La rue Mehmeda Spahe était une petite voie bordée d'immeubles de l'époque communiste, encore criblés d'éclats, juste derrière Marsala Tita, en plein centre de Sarajevo. Malko s'y était rendu à pied, à partir de l'*Holiday Inn*. Une seule nuit là l'avait déprimé. Tout était sale, à l'abandon, désert, les vitrines vides et poussiéreuses. Pire que pendant la guerre.

Il sonna à l'interphone du numéro 7. Une heure avant, il avait appelé l'ancien chef des Services bosniaques, lui faisant part de sa visite. Munir Konjic lui ouvrit. Il était en bras de chemise, pas rasé, mais accueillant et, surtout, intrigué. Après avoir servi à Malko l'éternel café turc, ils prirent place dans un petit canapé et Malko entra dans le vif du sujet.

– Hier, vous m'avez dit que vous aviez peut-être une piste pour « retourner » un proche de Karadzic, dit-il. C'est exact ?

Munir Konjic lui jeta un regard surpris.

– C'est bien sûr exact mais c'est une opération extrêmement difficile, pour laquelle il faut beaucoup d'argent, de la patience et une discrétion absolue. (Il sourit légèrement avec tristesse.) Sans parler d'une bonne dose d'abnégation, car nous avons affaire à des gens qui ne reculent devant rien. Moi, désormais, je suis seul et je n'ai que ma retraite qui me suffira tout juste à survivre.

Malko lui rendit son sourire.

– Je crois avoir ce qui vous manque. Depuis hier soir, je suis chargé par le gouvernement américain, dans le plus grand secret, de m'emparer de Radovan Karadzic. Avec des pouvoirs et des fonds illimités.

Munir Konjic ne sauta pas de son fauteuil en criant de joie, mais jeta à Malko un regard incrédule.

– Vous êtes certain que vos amis ne vous « enfument » pas ? Cela fait des années que la « Task Force Eagle » se tourne les pouces. Prétendant que, pour la santé morale des Balkans, il est important que les pays concernés se livrent *eux-mêmes* aux recherches.

– Je pense que cette fois, c'est sérieux, expliqua Malko. Parce que quelqu'un a une très bonne raison de vouloir que Radovan Karadzic se retrouve à La Haye.

Il lui résuma sa conversation avec Frank Capistrano et le Bosniaque se détendit.

– Si le président des États-Unis a besoin de cela pour ses élections, c'est différent, reconnut-il. Mais qui va vous aider dans votre enquête ? Les trois services de renseignements en cause, les Serbes, les Bosniaques et les Monténégrins, ne sont pas sûrs et encore, c'est une litote… Quand ils ne renseignent pas directement Karadzic.

– Je n'ai pas l'intention de m'appuyer sur eux, précisa Malko. Si j'arrive à le localiser, je sais que j'aurai tous les moyens matériels nécessaires, mais, pour l'enquête elle-même, il suffit d'avoir un fil à tirer. Il me semble que vous avez ce fil.

Munir Konjic demeura longtemps silencieux, comme s'il pesait le pour et le contre. Puis laissa tomber :

– C'est vrai, j'ai peut-être un fil. Mais nous avons été déçus tant de fois que je n'ose plus y croire ! Vous êtes comme le Messie : j'aurais donné n'importe quoi pour réussir à capturer Karadzic, quand j'étais aux affaires. Si je pouvais y parvenir maintenant, ce serait merveilleux.

– Quel est votre fil ?

– Depuis longtemps, je me suis penché sur la « Preventiva », les hommes chargés de la protection de

Karadzic. Ils étaient une centaine au départ et ne sont
plus qu'une vingtaine ; pour des raisons d'argent, et
aussi parce qu'il n'en a plus besoin. *Tous* sont origi-
naires de Pale ou des environs, ont servi dans les forces
spéciales bosno-serbes et survivent grâce à différentes
activités illégales. Ce sont des gardes du corps classiques
mais ils font aussi du renseignement. Bien entendu, ils
se connaissent tous et sont impossibles à infiltrer.

— Quelle est votre idée, dans ce cas ? demanda Malko.

— Je me suis intéressé à un certain Borislav Lukic. Un
des plus anciens membres de la « Preventiva ». Après
des histoires de trafic de drogue en Bosnie, il a été obligé
de filer à Belgrade où il se trouve en ce moment.

— Il ne travaille plus pour Karadzic ?

— À l'occasion, mais il peut savoir à n'importe quel
moment où il se trouve et on l'utilise encore ponctuel-
lement comme courrier. Radovan Karadzic a pleine
confiance en lui. C'est un fidèle.

— Alors, où est la faille ?

— C'est un joueur. Comme il n'a pas de travail suivi,
il passe son temps au casino de l'hôtel *Serbia*, à Belgrade. Il joue énormément aux machines à sous et fait
des parties de poker avec des voyous qu'il rencontre là.
Peu à peu, il a accumulé beaucoup de dettes.

— Combien ?

— Cinq cent mille dinars [1].

— Ce n'est pas colossal, remarqua Malko.

— Non, c'est vrai, dans l'absolu, reconnut le Bosniaque, mais, pour Borislav Lukic, c'est une somme
énorme qu'il ne peut pas réunir. Et ceux à qui il la doit
sont des gitans qui vivent le long de la Sava. Des gens
dangereux, liés au gang de Zemun. Ils sont devenus très
insistants ces derniers temps et j'en ai eu vent.

— Comment ?

Munir Konjic sourit :

---

1. Environ 7 500 dollars.

– Ils l'ont emmené sur une de leurs péniches et lui ont tranché au sécateur l'auriculaire de la main gauche… Et promis que, s'il ne les remboursait pas, ils lui trancheraient un doigt toutes les deux semaines.

Évidemment, c'était motivant.

– Il n'a pas demandé l'aide de ses anciens copains ?

Le Bosniaque acquiesça :

– Si, bien sûr, mais ils ont refusé de l'aider. Le business ne marche pas très bien.

Malko regarda Munir Konjic.

– Vous pensez qu'on peut l'acheter ? Qu'il dira où se trouve Karadzic ?

Le Bosniaque eut un geste évasif.

– C'est une chance. Il a *très*, *très* peur. Ces gitans sont féroces et se moquent qu'il soit un héros de l'épuration ethnique. Ils veulent leur argent, lui veut garder ses doigts..

C'était normal.

– À propos, demanda Malko, à votre avis, où pourrait se trouver Radovan Karadzic, *maintenant* ? Il était vraiment dans ce monastère, j'y ai trouvé un livre de lui, annoté.

– Cela ne m'étonne pas, confirma le Bosniaque. Il a un système très sophistiqué de protection car il s'appuie alternativement sur les anciens de la Republika Srpska, les voyous qui l'entouraient et l'Église orthodoxe. Il ne faut pas oublier que celle-ci a toujours pris partie pour les Serbes, et cela ne remonte pas aux dernières années.

– Même du temps des communistes ? s'étonna Malko.

Munir Konjic soupira, avec un sourire amer.

– Oui ! Milosevic était très malin. Le 28 juin 1989, il a autorisé un rassemblement religieux, à Kosovo Polié, au Kosovo, où, pour la première fois depuis cinquante ans, une liturgie officielle et publique a été autorisée pour le clergé orthodoxe. De ce jour, l'Église orthodoxe a toujours soutenu l'expansionnisme serbe. Au nom de la revanche sur l'occupation turque.

« Or, à leurs yeux, Radovan Karadzic personnalise ce "barrage" antimusulman. Durant la guerre civile en Bosnie, les *iguman* de toutes les communautés religieuses faisaient prier tous les jours pour que les Serbes chassent les musulmans du pays. Jamais ils ne se sont élevés contre les massacres de l'épuration ethnique. À leurs yeux, elle était tout à fait justifiée… D'ailleurs, depuis le début de la cavale de Karadzic, celui-ci a effectué de nombreux séjours dans différents monastères, dont celui d'Ostrog, au Monténégro, visité pourtant tous les jours par des centaines de touristes. D'habitude, il tourne entre trois ou quatre endroits sûrs. Quand il sent le danger s'approcher, il file se réfugier dans un monastère pour quelques semaines ou quelques mois. Et il est très habile.

« En mai 2001, il a écrit une lettre rendue publique au patriarche Pavle, chef de l'Église orthodoxe serbe, l'homme qui lui assurait sa protection. Lettre portée par un messager demeuré anonyme. La voilà, je l'ai fait traduire.

Il tendit le document à Malko, qui lut :

« Bien qu'il n'y ait pas eu de massacres causés par notre politique et ayant reçu la bénédiction de notre église, je dois vous expliquer que je me suis tu pendant six ans pour ne pas servir d'alibi aux erreurs de la nouvelle politique dans la région, et non pas parce que je n'ai rien à dire… »

Munir Konjic pointa l'index sur le papier.

– À l'époque on commençait à beaucoup parler de Srebrenica…

Radovan Karadzic continuait ainsi sa missive :

« Quand la vérité sera connue, la partie serbe n'aura pas à avoir honte. Au contraire ! Le rôle de la communauté internationale dans les événements de Srebrenica éclatera au grand jour ! »

La lettre se terminait par des formules d'une extrême déférence. Malko la rendit au Bosniaque, remarquant :

– Apparemment, le patriarche l'a cru...

– Il a *voulu* le croire, souligna Munir Konjic. L'Église orthodoxe serbe est en pointe dans le combat contre l'islam. Ils n'ont jamais renoncé à effacer l'occupation turque des Balkans. Ils rêvent, un peu comme les sionistes qui continuent à réclamer «Eretz Israël», le Grand Israël, de la Méditerranée à l'Irak... Voilà pourquoi le «frère» Radovan est si bien accueilli dans les monastères...

– À propos, enchaîna Malko, je l'ai constaté moi-même, la frontière bosniaque ne se trouve qu'à quelques kilomètres du monastère de *Pristinja* et comporte d'innombrables possibilités de passage. Il doit être retourné en Bosnie.

– Non, je ne crois pas, répliqua Munir Konjic. Il nous a crus plus malins que nous le sommes et a pensé que nous allions établir un piège le long de la Drina. Pour le coincer, lorsqu'il passerait en Bosnie. Non, je pense qu'il est resté en Serbie, peut-être dans un autre monastère du côté de Sombor, au nord, où il a déjà séjourné. Mais je pense qu'il est plutôt à Belgrade.

– À Belgrade ? s'étonna Malio.

– Il y compte plusieurs planques, confirma le Bosniaque, et y a séjourné longuement jusqu'en 2003. Malheureusement, on n'a jamais réussi à savoir où. Il était là quand un de ses petits-fils est né. Quelqu'un l'a croisé dans la rue ! Je sais aussi qu'il a souvent circulé habillé en pope, ce qui, en Serbie, est le meilleur déguisement possible. Aucun policier n'osera demander ses papiers à un pope. Dans une grande ville où on compte des amis, c'est facile de se cacher.

– Il a beaucoup d'amis à Belgrade ?

– Des dizaines, à commencer par son frère Luka, des intellectuels, comme Dusan Jovanovic, l'animateur du Comité pour la solidarité nationale, son comité de soutien. Et aussi, d'autres, moins recommandables, des anciens du SDB, reconvertis dans divers business.

– Donc, conclut Malko, vous pensez que je dois commencer par Belgrade.

Munir Konjic sourit.

– À Belgrade, il y a aussi Borislav Lukic, l'ancien de la « Preventiva ». J'ai une idée pour tenter de l'approcher sans prendre trop de risques. Un ami sûr qui vous aidera.

CHAPITRE VII

Borislav Lukic fut réveillé par la douleur dans sa main gauche. Une sorte de brûlure interne avec des élancements brefs, des picotements, qui lui donnaient une furieuse envie de se gratter. Il se retourna sur le ventre, allongea son bras et, involontairement, heurta le mur de sa main gauche. Poussant aussitôt un hurlement sauvage !

Il venait de cogner son moignon tout frais ! Le souffle coupé, il hoqueta, des larmes plein les yeux, se tenant la main gauche avec la droite, contemplant le pansement taché de sang que Zoran le gitan avait appliqué sur sa main gauche, après lui avoir tranché l'auriculaire gauche avec un sécateur. Une amputation rituelle, en quelque sorte. Cela remontait à une semaine déjà, mais la douleur s'estompait à peine. Il se dressa sur son séant, attrapa la bouteille de Slibovica posée au pied du lit et en but une lampée au goulot. Sa façon à lui de se laver les dents. Faute d'argent, il avait dû renoncer au Defender « Success », beaucoup plus cher car importé.

L'alcool de prune le réchauffa, irritant son gosier, lui faisant oublier fugitivement sa douleur et sa haine. Il faisait une chaleur de bête dans le petit studio dont il ne payait plus le loyer depuis quatre mois, au quatrième étage de la rue Ohridska, dans un immeuble noirâtre jamais ravalé, au confort improbable, dont les parties communes tombaient en ruines, faute d'entretien. Ce qui valait quand même mieux que de coucher sous un pont de la Save.

Peu à peu, la douleur de sa main s'estompa. Il savait qu'on peut vivre sans l'auriculaire gauche, mais l'humiliation de cette amputation le rongeait comme un cancer… Il jeta un coup d'œil sur le pistolet mitrailleur Skorpio posé sur la carpette usée, à côté du lit, à portée de main. Chaque soir, il réprimait une furieuse envie d'effectuer une descente sur la péniche de Zoran et de l'exterminer, lui et toute sa famille… Seulement, c'était du rêve : à Belgrade, on ne touchait pas aux gitans. Ils étaient des milliers et si on en attaquait un, on était mort. Ils le poursuivraient à travers toute l'ex-Yougoslavie et le démembreraient vivant.

La punition de ceux qui s'attaquaient au clan.

Borislav Lukic avait faim : sa vieille montre indiquait trois heures, ce qui devait être à peu près exact. Il s'arracha à ses draps gris de crasse et se traîna jusqu'à la minuscule kitchenette. Farfouillant dans le frigo, il trouva un morceau de feta et une tomate.

Avec un morceau de pain et une bière, cela faisait un repas tout à fait convenable… Il s'installa à la table, torse nu, vêtu de son vieux caleçon, et se mit à mâcher, regardant machinalement la télé noir et blanc. Ici, tout datait du communisme, même le papier peint et la plomberie qui gouttait en permanence.

Après avoir déjeuné, le Bosniaque se remit à feuilleter un petit carnet d'adresses. Cherchant qui pourrait l'aider. À Belgrade, il ne connaissait pas grand monde, à part Liliana Dimitrievic, sa copine, chanteuse de « turbo-folk », fascinée par sa carrière d'épurateur ethnique et son membre épais et trapu, à son image. Ses amis, éparpillés en Bosnie, n'étaient guère plus argentés que lui. Il restait sa mère, qui le suppliait, chaque fois qu'il l'appelait, de venir se réfugier dans son village de Pedravno, où il serait en sécurité. Quoi qu'il ait fait…

Seulement, le garde du corps de Radovan Karadzic n'avait pas envie d'aller s'enterrer là-bas pour vivre aux crochets de sa vieille mère.

Il essayait de trouver un job, attendait plusieurs réponses.

Hélas, il y avait toujours quelque chose qui clochait. Un de ses copains, actif dans la protection de leur idole, le dépannait de temps à autre de quelques milliers de dinars pour qu'il ne meure pas de faim… Il remit ce qui restait du fromage dans le frigo, embrassa rituellement l'icône de Sainte-Sava épinglée sur le mur lépreux et se prépara à s'habiller. À cause de sa main blessée, il ne pouvait plus prendre de douche, ce qui lui fournissait un excellent prétexte pour ne se laver que succinctement.

Il s'aspergea d'eau de Cologne bon marché, et allait se raser quand un grelottement imperceptible le fit sur-sauter : l'interphone, qui ne marchait que par intermit-tence. Son pouls fit un bond. Il n'aimait pas les visites impromptues. Méfiant il décrocha et lança :

– *Molim ?*

– C'est moi, annonça la voix fraîche de Liliana Dimitrievic.

Une bonne surprise. Il n'osait plus appeler la chan-teuse de turbo-folk, ne pouvant même pas l'inviter à dîner. En toute hâte, il s'arrosa d'une dose supplémen-taire d'eau de Cologne et se regarda dans la glace, gri-sâtre elle aussi. À cinquante ans, avec son visage carré, ses traits réguliers, son allure de bûcheron, il plaisait aux femmes. Pas de graisse, beaucoup de muscles et une férocité naturelle qui les faisait flipper…

Il ouvrit au premier coup de sonnette, après avoir passé un maillot de corps à la blancheur douteuse, toujours pieds nus, et son pouls s'envola.

Liliana Dimitrievic se tenait dans l'embrasure, entiè-rement vêtue de noir, y compris les lunettes envelop-pantes. Ses longs cheveux dégringolaient le long de son dos, sa bouche d'un rouge éclatant mettait en valeur son nez aquilin. Le tailleur noir s'ouvrait sur un chemisier de même couleur, tendu par sa poitrine refaite. Lorsqu'elle passa devant lui, Borislav vit que sa jupe noire était fendue si haut qu'elle découvrait le haut des bas noirs. Une brutale poussée d'adrénaline lui fit monter le sang au visage. Liliana était toujours sexy mais s'habillait d'habitude discrètement, en pantalon et vêtements flous. Aussi cette apparition porno-chic le clouait-elle au sol.

– Pourquoi t'es habillée comme ça ? demanda-t-il.

– Je viens de faire une séance de photos pour *Kurir*, dit-elle. Ils voulaient un truc sexy. Tiens, je t'ai apporté des antibiotiques.

Elle sortit une boîte de son sac et la jeta sur le lit. Aussitôt le Bosniaque aperçut la liasse de billets attachée par un élastique à la boîte. Son premier réflexe fut de l'arracher et de la lui rendre. Liliana avait compris et lui sourit tendrement.

– Il faut que tu ailles voir un médecin, que tu guérisses vite. J'ai parlé à un de mes copains : ils cherchent un videur au *Sanjak Club*. Seulement il faut qu'il ait *deux* bonnes mains. Tu n'as plus eu de nouvelles de ces salauds ?

– Non.

Elle secoua ses longs cheveux blonds.

– Même les flics en ont peur. Ils ont remplacé la bande de Zemun.

Borislav eut un geste volontairement optimiste.

– Ne t'en fais pas, ils m'ont eu une fois par surprise. Maintenant, je fais attention. Et quand j'aurai un job, je leur rendrai leur putain de fric.

Ils se turent, face à face. Brusquement, le Bosniaque sentit son sexe durcir sous son caleçon. Son regard croisa celui de la jeune chanteuse et il comprit la véritable raison de sa visite. Elle était venue se faire baiser.

Instinctivement, il se rapprocha, à la toucher. Quand il plaqua la main sur son ventre, Liliana fit une sorte de grimace et son visage se mua en un masque sexuel. À son tour, elle allongea la main, empoignant le sexe à travers le caleçon. L'idée de ce mâle bien membré la faisait couler. S'habiller en star porno-chic l'avait beaucoup excitée. Pendant quelques secondes, ils s'activèrent l'un sur l'autre et on n'entendit que leurs respirations haletantes, puis Borislav fit d'une voix âpre :

– Viens.

Il la prit par la main, l'entraînant vers la cuisine, l'accotant à la petite table. Comme elle voulait ôter ses lunettes, il l'arrêta.

– Non, reste comme ça.

Ses veines charriaient du feu. Il avait l'impression de baiser un fantasme, une créature d'un autre monde. D'un geste preste, il fit jaillir son sexe épais, l'astiquant légèrement, les yeux fixés sur les lunettes noires. Il voyait la poitrine de Liliana se soulever rapidement, il eut l'impression que ses lèvres avaient augmenté de volume.

Il tendit la main et défit les boutons du chemisier, découvrant le soutien-gorge noir qui ne couvrait les seins que très partiellement. La vue des longues pointes brunes durcies qui semblaient le regarder accrut son excitation. Docile, Liliana attendait, les mains sur le rebord de la table. Derrière les lunettes noires, elle ne quittait pas des yeux le gros sexe dressé, l'imaginant déjà en train de se frayer un passage dans son ventre.

Borislav se mit à frotter lentement son membre massif sur le tissu noir de la jupe. Des deux mains, il saisit les pointes des seins de Liliana et se mit à les tordre lentement, donnant en même temps de petits coups de queue sur le ventre de la jeune femme. Il la sentit frémir, à chaque effleurement. Il en oubliait la douleur de sa main.

– Baise-moi un peu, demanda Liliana d'une voix étranglée.

Le Bosniaque posa la main sur l'ourlet de la jupe, puis remonta, en l'entraînant, jusqu'à ce qu'il attrape la culotte. D'un léger coup de hanches, Liliana l'aida à la faire descendre le long de ses cuisses.

Jusqu'aux chevilles.

Lentement, Borislav fit remonter la jupe jusqu'à découvrir le triangle blond, puis il s'approcha encore, nichant son sexe dressé entre les cuisses de la jeune femme. Son gland frôlait l'ouverture de son sexe. Il s'offrit un petit plaisir, demanda de sa voix cassée :

– Tu veux que je te la mette ?

– *Da ! Da !* supplia Liliana d'une voix mourante.

D'un long coup de reins, Borislav envahit enfin son ventre. Elle était si excitée qu'il arriva au fond sans même s'en apercevoir. Les jambes ouvertes en compas, les mains accrochées au rebord de la table, Liliana frémissait de tout son corps. Ce gros sexe la rendait folle.

Borislav commença à coulisser lentement en elle, observant son visage se refléter dans les lunettes noires.

Les deux mains – bien que sa gauche le gêne – sur les hanches de Liliana, il accéléra ses coups de reins, soulevant presque la jeune femme du sol à chaque poussée. Liliana râlait, la tête rejetée en arrière. De se faire baiser ainsi, dans cette tenue, debout dans une cuisine, l'excitait prodigieusement. Lorsqu'elle sentit le sperme de son amant frapper ses muqueuses, son orgasme se déclencha, irrépressible, et elle cria de toute la force de sa voix de chanteuse, clouée par ce membre puissant qui coulait au fond d'elle.

Borislav avait l'impression d'être vissé au sol. Il se retira enfin et recula, le souffle court. En cette seconde, il n'avait plus aucun souci…

D'elle-même, Liliana s'accroupit et prit le sexe qui sortait du sien dans sa bouche, comme pour en extraire les dernières gouttes de volupté. Borislav faillit crier, tant la sensation était forte et pleine de rêve. Cette créature sculpturale au regard dissimulé par les lunettes noires, en train d'enfourner dans sa grosse bouche rouge un sexe luisant de ses propres sucs…

Hélas, cela ne dura pas.

Liliana se redressa, jeta un coup d'œil à sa montre et souffla :

– Il faut que j'y aille !

Le temps de remettre sa culotte, elle était dehors. Avant de partir, elle embrassa son amant.

– Tu viens me voir au *Pirana*, ce soir ?

Tous les soirs elle chantait dans un restaurant, installé sur une péniche ancrée sur la Save, ses meilleurs succès de turbo-folk, spécialité serbe mélangeant la musique folklorique, le rap et le rock.

– Ouais, promit Borislav.

La porte refermée, il se laissa tomber sur son lit. Encore dans ses rêves. Machinalement, il caressait son sexe revenu à une taille plus modeste, repensant aux moments fulgurants qu'il venait de vivre.

Quelle éblouissante salope, cette Liliana ! Il se doutait, certes, qu'il n'était pas le seul à profiter de son ventre, mais au moins, en ce qui le concernait, elle était sincère. C'était la voix des ovaires, sans calcul.

Sans même s'en rendre compte, il s'assoupit.

*
* *

Malko était arrivé depuis un quart d'heure au *Club des Écrivains*, au début de Kneza Mihaila, la grande voie piétonne du centre de Belgrade, lorsqu'il vit surgir un homme de grande taille, avec des lunettes carrées, l'air énergique. Il se dirigea aussitôt vers Malko et demanda en anglais :

– Vous êtes l'ami de Munir ?

– Oui.

– Vladimir Djorgevic, dit-il en s'asseyant en face de lui. Je suis content de vous voir. Munir m'a averti.

Le *Club* ne recevait plus grand monde, sauf quelques intellectuels et des journalistes de passage. Depuis la fin de l'époque Milosevic, il ne se passait pas grand-chose à Belgrade, comme figée entre deux époques, paralysée par une classe politique indécise et peureuse.

Malko examina son vis-à-vis qui venait de commander un Defender avec beaucoup de glace. Munir Konjic lui avait juré qu'il pouvait avoir toute confiance en lui. Bras droit de l'ancien ministre de l'Intérieur Mihailovic, supervisant la BIA[1], il avait été mis à l'écart pour ses opinions trop peu « serbes ». C'est-à-dire qu'il plaidait pour la capture de Mladic.

— Munir vous a expliqué la raison de ma présence ici ? demanda Malko.

— Oui. Nous communiquons en utilisant des cabines publiques, il faut être prudent. Djindjic est mort pour ne pas l'avoir été assez... Je sais que vous cherchez à capturer Radovan Karadzic et je vous approuve. Il faut que la Serbie tire un trait sur son passé. Sinon nous deviendrons la Corée du Nord de l'Europe...

— Vous pensez qu'il peut être à Belgrade ?

— Il y a déjà été.

— Où ?

— On n'a jamais réussi à le savoir, même en surveillant son frère Luka. Quand j'étais à la BIA, j'avais plusieurs types triés sur le volet qui recherchaient son réseau de soutien. Je vous donnerai le dossier, il y a peut-être encore des choses utiles à exploiter.

— Merci. Pour l'instant, j'ai un souci immédiat : entrer en contact avec un des gardes de Karadzic, Borislav Lukic, qui se trouve à Belgrade. D'après Munir, il pourrait savoir où se trouve Karadzic, car il travaille toujours pour lui.

— Oui, il m'en a parlé. C'est possible, car, j'ai vérifié, Borislav Lukic fait vraiment partie du premier cercle de la « Preventiva ». Mais n'oubliez pas, s'approcher de ces gens-là quand on n'est pas de leur côté, c'est comme plonger dans de la lave en fusion...

---

1. Services serbes : Bezbebnosti Informativ Agencide.

– Je sais, reconnut Malko, mais je dois essayer.

– *Dobre*, conclut le Serbe, j'ai pensé à une approche possible, depuis le coup de fil de Munir. Le hasard fait que j'ai peut-être un moyen de «tamponner» Borislav Lukic. Je vais vous l'expliquer.

Il ajouta avec un sourire :

– Mais si vous prenez une balle dans la tête, il ne faudra pas m'en vouloir.

CHAPITRE VIII

Quand Borislav Lukic se réveilla, il faisait presque nuit. Il avait la bouche pâteuse, la main l'élançait et il n'avait pas le moral en dépit de son éblouissante récréation sexuelle. Machinalement, il attrapa la bouteille de Slibovica posée près du lit et en avala une bonne lampée, puis se leva.

Son tête-à-tête avec Liliana l'avait apaisé sexuellement, mais ne résolvait pas ses problèmes matériels. Il prit son portable et appela son vieux copain Momcilo Bokan, dit «Luna». Une des chevilles ouvrières de la «Preventiva». C'est lui qui embauchait des gens sûrs pour des tâches ponctuelles : porter un message, convoyer un arrivage de drogue, surveiller un point chaud, éliminer ou terroriser un adversaire.

Borislav Lukic devait, coûte que coûte, trouver de l'argent, sinon les gitans étaient capables de l'amputer de tous ses doigts... Ils ne connaissaient qu'une chose : la férocité.

Et «Luna» gérait une partie des finances de la «Preventiva», donc, s'il le voulait, il pouvait résoudre son problème.

– *Da ?*

«Luna», ne disait jamais «*molim*» et attendait toujours que son interlocuteur s'identifie.

– C'est moi, Pedravno, annonça Borislav Lukic.

Au cas où ils seraient écoutés, ils s'identifiaient par le nom de leur village.

– *Dobre*, ça va ?

– Tu n'as rien pour moi ?

Il ne voulait pas présenter sa demande par téléphone. Courte hésitation, puis « Luna » dit d'une voix lente :

– Peut-être, dans quelques jours. Je te rappelle.

Avec lui, les conversations n'étaient jamais longues. Borislav avala une seconde rasade d'alcool de prune. Si Momcilo Bokan acceptait de lui prêter de l'argent, il allait se retirer chez sa mère à Pedravno pour quelques mois, le temps que son doigt cicatrise.

Son regard tomba sur le médicament apporté par Liliana Dimitrievic. Il en avala deux comprimés et prit les billets attachés à la boîte. Ce n'était pas une somme considérable : 50 000 dinars [1]. De quoi tenir un mois. Il les mit dans sa poche et se dit qu'il irait bientôt retrouver Liliana au *Pirana*. Seulement, il était encore un peu tôt.

Insidieusement, la tentation commença à le tarauder. Depuis sa « punition », il s'était juré de ne plus jouer, ni au casino ni au poker. D'ailleurs, pour le poker, il n'avait pas assez d'argent… Mais il restait le casino de Slavija, juste en bas de la rue Save, à deux pas de chez lui.

Trois minutes plus tard, il s'engageait dans l'escalier aux murs lépreux et verdâtres. Depuis longtemps, l'ascenseur ne fonctionnait plus. La rue Save descendait en pente douce jusqu'au *Slavija*, vieil hôtel de l'ancien régime dominant la place du même nom. Tout en marchant, Borislav Lukic se jurait qu'il ne jouerait pas, qu'il se contenterait d'écouter le cliquetis des machines à sous qui lui manquait tant. Plusieurs Lada 1500 grises de la *Milicija* étaient garées en épi devant le *Slavija*. Il y avait un commissariat un peu plus haut. Borislav Lukic se sentit littéralement aspiré et monta les marches menant au *lobby* du *Slavija*.

---

1. Environ 700 dollars.

L'ambiance était toujours aussi sinistre, avec les vieux fauteuils rouges, la moquette usée jusqu'à la corde, les touristes miteux et une vague odeur de chou. Seuls les touristes désargentés descendaient encore au *Slavija*, même pas climatisé, dinosaure de l'époque Tito. Les néons rouges encadrant le départ de l'escalier menant au casino du premier étage ressemblaient pour Borislav à l'entrée du paradis. Il ne put résister et se retrouva quelques instants plus tard dans l'unique salle du casino. Un bien grand mot pour ce modeste établissement. Au fond, un bar où s'accrochaient quelques ivrognes buvant à l'œil, à gauche, une table de roulette où deux croupières au sourire et à la poitrine fanés attendaient le client, en jouant machinalement avec leurs piles de jetons.

Le long des murs, des dizaines de machines à sous, luisantes de tous leurs néons. Le cliquetis de la plus proche suffit à accélérer le pouls de Borislav Lukic.

Serrant ses billets au fond de sa poche, il fila à la caisse à côté du bar et fit de la monnaie. Ensuite, il gagna la machine qui lui portait chance, au milieu de la rangée de gauche, et commença à jouer. Le cliquetis des rouleaux lui faisait l'effet du Prozac.

Bercé par le bruit répétitif, il en oublia le monde extérieur. Lorsque les trois rouleaux s'arrêtaient dans la bonne formation, le bruit métallique des pièces dégringolant dans le réceptacle métallique équivalait à une piqûre de cocaïne...

Volontairement, il laissa les pièces s'y accumuler, mesurant des yeux son modeste trésor.

Il sursauta quand une voix bonhomme demanda derrière lui :

– Alors, Borislav, la chance est avec toi ?

Il se retourna et eut l'impression qu'une main géante le clouait à son tabouret. Deux des cousins de Zoran le Gitan le contemplaient avec un mauvais sourire, les mains dans les poches...

* *
*

Malko dut se pencher en avant pour entendre ce que lui disait Vladimir Djorgevic, tant le Serbe parlait bas. Ils étaient pourtant à peu près les seuls clients du *Club des Écrivains*, très loin du bar, et personne ne pouvait surprendre leur conversation.

– Quand j'étais à la BIA, j'ai fait établir des dossiers sur tous les Bosniaques «sensibles» séjournant à Belgrade, expliqua le haut fonctionnaire. Borislav Lukic en faisait partie. Bien entendu, j'avais l'interdiction de les ennuyer. Comme tous les «nationalistes», il était protégé par les autorités.

– Encore maintenant?

– Bien sûr. Lukic survit de petits boulots et de trafics minables, travaillant un peu pour la bande de Zemun. Il a une maîtresse, une très belle fille, chanteuse de turbofolk, la Ceça[1] du pauvre, qui chante régulièrement dans un petit resto fréquenté par les nostalgiques de la Grande Serbie, le *Pirana*. Elle s'appelle Liliana Dimitrievic. Ce n'est pas une politique, mais elle est fascinée par tous ces miliciens qui ont combattu pour la Grande Serbie. Vous voulez passer par elle pour approcher Lukic?

Malko approuva.

– O.K., continua le Serbe, mais il faut agir avec une grande prudence. Il se trouve que cette fille n'a pas que Borislav Lukic comme amant. Elle est la maîtresse d'un vieux marchand d'armes de 82 ans qui ne doit pas lui faire beaucoup de mal, mais surtout, elle a comme amant occasionnel un type qui fait depuis longtemps partie de mon réseau, Jovan Oric.

– À quel titre? demanda Malko.

Vladimir Djorgevic eut un geste évasif et un sourire entendu.

1. Vedette de la chanson en Serbie.

– C'est un bon informateur, il connaît beaucoup de monde, il inspire confiance. Un peu play-boy, un peu businessman, malin, beau parleur.

– Il est sûr ?

– Avec moi, oui. Il ne peut se permettre de me doubler. Il a *aussi* besoin de protection politique.

– *Dobre*, conclut Malko. Quelle est votre idée ?

– Vous parlez russe, n'est-ce pas ?

– Oui.

– Je vais vous présenter à Jovan comme un journaliste des *Izvestia* de Moscou venu faire un reportage sur le « turbo-folk », spécialité serbe. Je dirai à Jovan qu'il a une bonne occasion de faire la promotion de sa copine Liliana Dimitrievic.

– Il ne va pas y croire une seconde, s'il est malin.

Vladimir Djorgevic eut un large sourire.

– Bien sûr que non, mais il ne posera pas de questions. Il ne veut pas savoir.

– Comme vais-je le rencontrer ?

– Je l'attends.

– Ce Jovan n'a pas un profil rassurant, remarqua Malko.

Le Serbe eut un sourire entendu.

– Jovan Oric ne « dérape » que lorsque c'est sans danger. *Moi*, il ne me trahira pas, parce que, si je révélais certaines choses à certaines personnes, il se retrouverait dans le Danube, avec du fil de fer autour du cou… Donc, il est sûr…

– Et ensuite ?

– C'est à vous de jouer, sourit Vladimir Djorgevic. J'ignore si cela marchera, mais c'est la seule façon d'entrer en contact avec Borislav Lukic. Vous avez *une* carte à jouer : la dette qu'il a envers Zoran le Gitan. Celui-ci vit sur une péniche minable ancrée sur la Save, mais peut vous sortir un million de dollars en cash en cinq minutes. Même Borislav Lukic en a peur. Or, il ne peut pas rembourser sa dette.

– Il pourrait trahir Karadzic si on l'aide ?

Le Serbe eut un geste fataliste.

– Depuis que le monde existe, il y a des traîtres. L'argent est un excellent motif. De toute façon, c'est la seule méthode pour tenter de le retourner.

– Vous n'avez pas une photo de lui ?

– Si, fit-il avec un sourire.

Malko examina le cliché : un homme aux traits frustes, trapu, avec de gros sourcils, un peu dégarni, plutôt petit.

– Tiens, voilà Jovan ! enchaîna Vladimir Djorgevic.

Un homme de haute taille, aux cheveux presque orange, venait de faire son entrée. Un peu bellâtre, mais le regard vif sous sa crinière incroyable. Il serra la main des deux hommes et Vladimir Djorgevic demanda ironiquement.

– Qu'est-ce qui est arrivé à tes cheveux ?

Jovan Oric soupira.

– Oh, je me suis trompé de teinture. Ça va passer.

Il se lança dans une longue explication, fumeuse à souhait, tout en observant Malko à la dérobée. Massif, il était plutôt sympa, volubile, très méditerranéen. Vladimir Djorgevic attaqua dès que le nouveau venu eut commandé un scotch Defender avec de la Vedavoda[1].

– Tu vois toujours ta copine Liliana ?

– Oh, ça dépend, fit Jovan Oric évasivement, je l'ai emmenée en Égypte une semaine, elle était très contente. Et puis, de temps en temps, je lui offre une babiole, un chiffon. (Il eut un rire gras et complice.) Les femmes, il faut bien les traiter… Elles veulent toute la même chose : des fringues, un appart dans le centre et voir le monde.

– Elle chante toujours au *Pirana* ?

– Oui. Ça la nourrit.

Jovan Oric n'avait encore posé aucune question sur Malko : on le sentait rôdé à la discipline des services. On ne questionne jamais le premier.

1. Eau minérale.

– *Dobre*, reprit Vladimir Djorgevic. Je te présente un très bon ami. Il travaille pour les *Izvestia*, le quotidien russe, et veut faire un reportage sur le turbo-folk. J'ai pensé que ta copine Liliana serait contente qu'on parle d'elle.

Le visage de Jovan Oric s'éclaira.

– Bien sûr ! Je vais la lui présenter. Ce soir, s'il est libre. On va dîner au *Pirana*… Je vous invite. C'est quoi votre nom ?

– Dimitri, fit Malko. Dimitri Iakouchine.

– Bien. Vous habitez où ?

– Au *Hyatt*, chambre 714.

– Je viens vous chercher à neuf heures ; avant, il n'y a personne là-bas.

Il regarda sa montre. Il semblait toujours en mouvement, sa nervosité naturelle se manifestant par un bégaiement intermittent. Malko le sentait intrigué : il ne croyait pas une seconde au conte de fées de Vladimir Djorgevic, mais n'osait pas poser de question. Le haut fonctionnaire serbe laissa tomber d'une voix détachée :

– Dis à ta copine que tu as rencontré Dimitri à Moscou. Tu y vas souvent, non !

Jovan Oric eut un rire un peu forcé.

– C'est vrai, oui.

Il était verrouillé. Avant de partir il lança :

– Vous allez voir, Liliana est extra. Et belle fille…

On le sentait plutôt partageur, ce qui était la marque d'une bonne nature. Quand il fut sorti, Malko remarqua :

– Vous ne lui avez pas parlé de Borislav Lukic.

Le Serbe eut un sourire ironique.

– Il se serait sauvé en courant… Il aime rendre service, mais il n'est pas fou. Ces gens de la «Preventiva» sont des tueurs. Il serait obligé de changer de nom et d'aller vivre au bout du monde. Voilà mon portable. Mais *officiellement*, je ne pourrai rien faire. Je préfère même ne pas dîner avec vous, afin de ne pas vous compromettre…

Décidément, à Belgrade, le temps s'était arrêté.

* *
*

Sa chemise collée par la transpiration à son « mar-cel », Borislav Lukic regardait fixement les rouleaux de la machine à sous tourner. Ils s'arrêtèrent dans une bonne configuration et aussitôt une pluie de pièces dégringola dans le réceptacle. L'un des deux jeunes gitans poussa une exclamation joyeuse.

– Dis donc, tu es riche !

Il se pencha à l'oreille du Bosniaque et souffla :

– Ça va te permettre de rendre son argent à Zoran.

La gorge serrée, Borislav Lukic dut s'y reprendre à trois fois pour prononcer un mot.

– Je le lui rendrai bientôt, promit-il. J'ai trouvé un job…

– *Dobre*, *dobre*, approuva le jeune gitan.

Sa main s'était posée sur l'épaule de Borislav, pater-nelle. D'abord avec légèreté, puis les doigts s'enfoncè-rent dans son épaule comme des serres et il reprit :

– Justement, Zoran veut te voir. On allait chez toi quand on s'est arrêtés ici. Au cas où… Prends tes sous, il ne faut pas gaspiller l'argent.

Les deux jeunes gitans efflanqués se ressemblaient. Bruns, les cheveux bouclés, en jean et baskets, avec une fine moustache et des yeux luisant de méchanceté. Comme Borislav ne s'arrachait pas de son tabouret, il sentit une violente piqûre dans le côté et poussa un cri.

Le gitan au diamant dans l'oreille se pencha et fit d'une voix insistante :

– Je t'ai dit que Zoran voulait te voir.

Borislav Lukic regarda autour de lui, ne voyant que quelques joueurs accrochés à leur machine, le barman et des croupières : personne pour lui venir en aide, et puis, à quoi bon ? Les gitans savaient où il habitait et avaient tout leur temps. Il se leva et ils s'écartèrent un peu, tandis qu'il gagnait l'escalier. Ils lui emboîtèrent le pas.

En traversant le hall, Borislav Lukic réprima l'envie de courir jusqu'à la réception pour demander du secours. Mais les gitans s'éclipseraient et l'attendraient dehors. En plus, ils n'avaient sûrement pas d'armes à feu sur eux, seulement des couteaux. La moiteur de l'extérieur le frappa en plein visage. Belgrade vivait sous les orages qui rendaient l'atmosphère irrespirable. Les gitans se dirigèrent vers une très vieille BMW sans couleur et il s'assit à l'arrière. Après avoir remonté Nemanjina, ils descendirent le long de la Save pour gagner l'île Ciganlija, tout en longueur et couverte de bois, au milieu de la Save. C'est le long de sa rive nord que s'alignaient les péniches des gitans.

Après avoir suivi un des rares chemins carrossables de l'île, ils stoppèrent en face de la passerelle de bois, jetée au-dessus de l'eau croupie de la Save, reliant la péniche à la terre. Borislav Lukic s'y engagea la gorge serrée, suivi de ses deux accompagnateurs. Il connaissait le chemin et descendit de lui-même l'escalier de bois menant à la pièce principale de la péniche, éclairée par de petits hublots au ras de l'eau, avec une grande table de bois, des bancs et, au fond, une estrade. C'est là que les gitans donnaient parfois des spectacles pour les touristes.

Zoran, le chef du clan, était assis sur un des bancs, ses longs cheveux blonds rejetés en arrière, la moustache épaisse soulignant la grosse lèvre supérieure. Il sourit, découvrant ses dents gâtées.

– Je m'inquiétais ! lança-t-il d'une voix faussement amicale.

– Pourquoi ? s'étonna Borislav Lukic, en s'asseyant en face de lui.

Le gitan accentua son sourire. Il avait vraiment l'air d'une hyène.

– Tu sais quel jour on est ?

– Oui, jeudi.

– Tu n'as plus que quatre jours, sinon…

Il ouvrit un tiroir et en sortit un énorme sécateur qu'il

posa sur la table. Celui qui avait servi à trancher l'auriculaire de Borislav Lukic, dix jours plus tôt.

Celui-ci avala difficilement sa salive.

– J'aurai l'argent, je te le promets sur la tête de ma mère.

Zoran ne se départit pas de son sourire ironique, découvrant ses dents pourries. Le serment de son débiteur ne semblait pas l'impressionner.

– Cousin, fit-il de sa voix tranchante, je voulais seulement te dire que moi, je n'oublie pas. Je suis content que tu puisses me rembourser. Comme ça, nous resterons bons amis…

Tout en parlant, il jouait avec le sécateur, arborant toujours son sale sourire. Borislav Lukic réussit à maîtriser sa voix en se levant.

– *Dobre*. Je viens te voir dans quatre jours.

Il se leva sans que Zoran bronche. Les deux jeunes gitans lui emboîtèrent le pas et, tandis qu'il regagnait le pont, il entendit Zoran lancer :

– On se revoit dans quatre jours, cousin !

Sans un mot, les deux gitans le ramenèrent au *Slavija*, repartant aussitôt.

Borislav Lukic n'avait vraiment plus envie de jouer. Il s'en alla à pied vers chez lui, broyant des idées noires. S'il avait eu encore la moindre illusion sur ses chances de ne pas payer sa dette, c'était fini. Zoran était parfaitement capable de lui sectionner un second doigt, s'il ne le payait pas. Et pire…

Il n'y avait plus que Momcilo Bokan qui puisse le sortir de là.

*
* *

À peine l'entrée du *Pirana* franchie, on basculait dans un autre monde. Installé sur une péniche ancrée au centre de Belgade, le restaurant-boîte de nuit était devenu la coqueluche des voyous nationalistes de

Belgrade qui venaient s'y défouler et y étaler leurs
succès féminins.

À chaque table de bois paradait un play-boy croulant
sous d'énormes chaînes d'or, entouré d'une demi-dou-
zaine de filles énamourées, vêtues à la limite de la
décence, quand elles n'exhibaient pas volontairement
leur culotte pour chauffer leur partenaire…

Parfaitement kitsch, comme le décor.

Ici, on ne servait pas de Slibovica, ça faisait « plouc »,
mais de la bière et surtout du whisky, infiniment plus
chic. Des bouteilles de Defender « 5 ans d'âge » trô-
naient pratiquement sur toutes les tables. Ou alors, les
clients buvaient à la bouteille du Gorki Lis, sorte de
Fernet-Branca.

Au fond de la salle bondée, un orchestre de cuivres
jouait à se faire péter les poumons, accompagnant une
chanteuse sûrement payée au décibel… Jovan Oric,
Malko sur ses talons, se fraya un chemin à travers les
tables, impérial. Apparemment, il connaissait tout le
monde. Il s'arrêta devant une blonde moulée dans un
fourreau rouge, les cheveux relevés en chignon, seule à
une table.

Elle se leva pour l'embrasser et il hurla à son oreille :

– Liliana, je te présente un ami journaliste russe qui
s'intéresse au turbo-folk… Dimitri.

Liliana Dimitrievic serra la main de Malko avec un
sourire mécanique et les deux hommes s'installèrent à
la table. Grand seigneur, Jovan Oric commanda aussitôt
du champagne.

Trois minutes plus tard, le garçon se faufila entre les
tables avec une bouteille de Taittinger Comtes de Champagne, que Jovan régla sur-le-champ avec une énorme
liasse de dinars. Ils trinquèrent et ensuite, la conversation
fut réduite au strict minimum, à cause du bruit. Entre les
clients et l'orchestre, c'était l'apocalypse. Courageux,
Jovan Oric détaillait à l'oreille de sa copine tout l'intérêt
que son ami présentait pour elle et, progressivement, les

traits plutôt figés de la chanteuse s'adoucirent considérablement. Elle adressa même à Malko un long regard qui,
selon les codes en vigueur dans le monde occidental, était
déjà une fellation.

– Elle va chanter ! hurla Jovan Oric à l'oreille de
Malko.

Effectivement, après un *break*, Liliana Dimitrievic
gagna la scène avec un déhanchement sensuel qui
déchaîna les spectateurs, s'empara du micro comme
d'un sexe et se mit à vociférer les paroles d'une chanson
turbo-folk…

La salle était en délire. Elle interpréta plusieurs chansons, avec un sens du rythme certain, chantant aussi bien
avec son bassin qu'avec sa gorge. Elle virevoltait pour
faire admirer aux spectateurs une chute de reins somp-
tueuse, accentuée par la soie rouge de la longue robe.

Après une pause, elle reprit le micro et d'une voix cassée fit une annonce, accueillie par des glapissements de
joie. Malko saisit le nom de « Karadzic » et se pencha
vers Jovan Oric.

– Qu'est-ce qui se passe ?

Le serbo-croate était quand même très différent du
russe…

– Liliana va chanter un de ses grands succès, *Ne
livrez pas nos frères*, expliqua Jovan Oric.

Liliana se lança, extatique. La statue de la Liberté !
Jovan traduisait à Malko au fur et à mesure.

« Ils nous offrent une fortune pour te livrer / Ils
distribuent des tracts avec ta photo / Aucune somme
d'argent, à aucun moment / Ne nous poussera à livrer
Radovan / Tu seras libre / Ils ne peuvent pas rester
éternellement ici. »

C'était du délire. Les spectateurs hurlaient de joie.
Jovan Oric se pencha à l'oreille de Malko.

– Elle a vendu des dizaines de milliers de disques de
cette chanson, depuis 1998.

Un gaillard de deux mètres dix se dressa au milieu de

la salle, visiblement éméché, monta sur une table et hurla :

— Si tu as besoin de gardes, Radovan, les gars de Romanija te protégeront !

Il tituba et s'effondra dans les bras de ses amis, sous les applaudissements du public... Liliana Dimitrievic regagna sa table, ovationnée debout, et s'assit à côté de Malko, lui offrant une vue imprenable sur son profond décolleté. Ses seins étaient moulés par la soie rouge. Il se dit qu'elle ne devait pas porter grand-chose dessous. Jovan Oric lança un clin d'œil à Malko.

— Allons prendre un verre dans un endroit plus tranquille, suggéra-t-il. Comme ça, vous pourrez bavarder...

Dès qu'ils furent dehors, Liliana Dimitrievic prit familièrement le bras de Malko. Elle était apprivoisée.

— Vous aimez ce que je chante ? demanda-t-elle en mauvais russe.

— Beaucoup ! affirma Malko.

Son « tamponnage » allait être délicat... Il était au cœur des fous furieux, mais, hélas, c'était par eux qu'il devait passer pour trouver Radovan Karadzic.

Dix minutes plus tard, ils s'arrêtaient en face d'un restaurant-bar, le *Que Pasa ?*, près de Kneza Mihailova. La salle était presque vide, la musique « normale ». Ils s'installèrent tous les trois dans un box, Malko commanda à son tour une bouteille de Taitttinger, on trinqua à la Serbie et Jovan, presque sans bégayer, compléta ses explications.

— Mon ami Dimitri veut faire connaître le turbo-folk en Russie, dit-il. Mais pas à travers Ceça, qui a trop mauvaise réputation. Alors, j'ai pensé à toi.

Évidemment, le mari de Ceça, grande vedette du turbo-folk, était Arkan, un ex-voyou qui avait été liquidé en plein hall de l'*Hôtel Intercontinental* par plusieurs rafales d'armes automatiques, trois ans plus tôt...

– *Dobre, dobre !* roucoula la chanteuse, son regard humide plongé dans celui de Malko.

Sa mission commençait *très* bien, mais risquait de ressembler au supplice du pal. Si les fans de Liliana Dimitrievic avaient su qui était réellement Malko, ils l'auraient écharpé sur place.

CHAPITRE IX

Borislav Lukic, allongé sur son lit étroit, ruminait sa haine nourrie de Slibovica. Fantasmant une descente dans la péniche de Zoran, équipé d'un lance-flammes bien rempli. L'idée de voir ces salauds de gitans griller comme des moutons lui redonna un peu le moral.

Pourtant, une évidence s'imposait à lui : les gitans ne se laisseraient pas fléchir. Ou il les remboursait, ou il se retrouvait amputé à vie.

Et les machines à sous du *Slavija* n'allaient pas lui procurer l'argent dont il avait besoin. Son seul espoir reposait sur Momcilo Bokan, son vieux copain de la « Preventiva ». S'il n'arrivait pas à l'attendrir, il était mal parti.

* *
*

Le *Que Pasa ?* était presque vide. Comme la seconde bouteille de Taittinger Comtes de Champagne Blanc de Blancs commandée par Malko. Liliana et Jovan buvaient comme des trous, n'ayant pas souvent l'occasion de s'évader avec un produit de cette qualité.

Liliana Dimitrievic, par l'intermédiaire de Jovan, avait longuement évoqué sa jeune carrière, puis elle s'était plongée dans une discussion animée à voix basse avec son compatriote qui ne semblait pas ravi de ses

propos. Ils parlaient très vite, en serbe, et Malko ne pouvait saisir que quelques mots. Il comprenait pourtant
qu'il s'agissait d'argent. La jeune femme se leva ensuite
et disparut vers les toilettes.

– Il y a un problème ? demanda Malko.

Jovan Oric eut un geste gêné et un bégaiement
embarrassé.

– Oh, fit-il, elle voudrait un peu d'argent si on prend
des photos d'elle. Les magazines la paient, ici. Mais je
vais la convaincre, ajouta-t-il, très sûr de lui.

– Pourtant, un reportage, c'est bon pour elle, remarqua Malko.

Jovan Oric émit son rire chevalin.

– Bien sûr, mais l'argent c'est pour son jules. Elle est
maquée avec un Bosniaque qui n'a pas un rond. En plus,
il joue…

Liliana Dimitrievic réapparut dans un grand envol
rouge.

– Ce n'est pas un problème, assura Malko, le journal
est riche…

– *Dobre ! Dobre !* Je vais lui dire. Et puis, il faut
qu'elle comprenne comme c'est important pour elle.

Dès qu'elle fut revenue à la table, le Serbe se lança
dans une grande explication et Liliana s'épanouit aussitôt. Elle adressa à Malko un regard plein de reconnaissance, et il se crut obligé de préciser :

– Est-ce que mille dollars, cela lui convient ?

Liliana coula de bonheur en entendant cette proposition. Il était une heure du matin et ils étaient les derniers
clients du *Que Pasa ?*. Malko paya une addition mons-
trueuse et, aussitôt dehors, Jovan Oric proposa :

– Je dois retrouver des amis pas loin d'ici. Pouvez-vous raccompagner Liliana avec ma voiture ? Je
passerai la récupérer demain au *Hyatt*.

On peut dire qu'il y mettait du sien…

Malko se retrouva au volant de la Land Cruiser,
Liliana à ses côtés.

La nuit, Belgrade était désert. La chanteuse habitait le quartier de Karaburma, à l'est. Elle le guida jusqu'à un modeste immeuble moderne de quatre étages.

– J'ai très belles photos, dit-elle, en mauvais russe. Vous voulez voir ?

Elle était déjà hors de la voiture. Malko la suivit. Ils montèrent à pied au deuxième. Pas d'ascenseur. Liliana habitait un petit studio en désordre avec des fringues accrochées partout aux murs. Il régnait une chaleur de bête : pas de clim. La chanteuse désigna un minicanapé verdâtre à Malko et plongea dans un cagibi, dont elle ressortit avec une liasse de photos.

Elle étala les clichés sur la table basse. Lorsqu'il les eut regardés, Malko n'ignorait plus grand-chose de son anatomie.

C'étaient des photos de lingerie ou de maillots de bain, plus une où Liliana était entièrement nue, de dos, avec un grand feutre noir. Et des photos de scène, dans la longue robe rouge qu'elle portait, ou en microjupe et bottes incrustées d'argent.

– Vous êtes très belle ! commenta Malko. Ça vaut les mille dollars…

– *Spasiba ! Spasiba !* roucoula Liliana Dimitrievic. Vous, très bon, très grand journaliste.

En tout cas, la couverture de Malko avait viré au béton. Soudain, Liliana eut une moue enfantine.

– Pas à boire ici, seulement Coca-Cola !

– Ça ne fait rien, assura Malko.

Elle ramassa la photo avec le feutre noir.

– Vous aimez ?

– *Da.*

D'un geste rapide et inattendu, elle passa la main dans son dos et descendit d'un coup le Zip de la robe, jusqu'aux reins, puis, d'un tour de hanche, s'en débarrassa, apparaissant en string rouge assorti.

– Vous voir, dit-elle, je pas changé…

Lentement, elle tourna sur elle-même, et se retournant, mutine :

– Vous aimez moi ?

Jovan Oric l'avait bien briefée. Comme Malko ne bougeait pas, elle se retourna et vint appliquer son corps longiligne contre le sien, comme un cataplasme érotique. Le visage levé vers lui, elle souffla :

– *Spasiba. Spasiba bolchoi !*

Un peu gêné, Malko recula.

– Il est tard…

– *Ne !*

Liliana était déjà accroupie devant lui et s'affairait sur son pantalon. Avec un parfait naturel, elle sortit ce qu'elle voulait et se lança dans une douce fellation, inattendue mais efficace. Il aurait fallu être un ermite en fin de vie pour résister. Malko se laissa aller. En très peu de temps, Liliana vint à bout de lui. Tandis qu'il criait de plaisir, elle le but comme une femme bien élevée puis se redressa et s'étira.

– Comme ça, moins chaud.

Malko avisa sur la commode, une photo. Un homme aux traits brutaux. Suivant son regard, Liliana dit aussitôt :

– C'est cousin de Bosnie. Borislav.

C'était l'homme de la photo remise par Vladimir Djorgevic. Borislav Lukic. Malko avait quand même progressé. C'était le moment de faire encore avancer les choses. Il prit des billets dans sa poche et en compta dix de cent dollars.

– Pour les photos, dit-il.

Liliana Dimitrievic protesta pour la forme, mais garda les billets. Elle griffonna au dos d'une petite photo d'elle un numéro : 116 111 5387, et la tendit à Malko.

– Vous appelle demain.

**

Momcilo Bokan se réveilla à l'aube et alla s'étirer face au Danube. Ce petit appartement du quartier de Dorcol, au nord de Belgrade, était sa base lorsqu'il se trouvait dans la capitale serbe. Appartenant à un Bosniaque serbe exilé aux États-Unis qui en payait les charges, anonyme dans un bloc de cent cinquante appartements, il était parfait pour l'homme chargé de la sécurité de Radovan Karadzic.

Ancien des forces spéciales de la division Drina, Momcilo Bokan ne s'était jamais mis en avant, mais avait toujours vécu dans l'ombre de l'ancien président de la Republika Srpska. Il n'était pas intéressé, restait sobre comme un chameau et n'avait qu'une seule motivation : la Grande Serbie. Radovan Karadzic était son dieu. L'ancien psychiatre s'était rendu compte de cette adoration, et, au fil des ans, avait fini par se reposer entièrement sur lui pour sa sécurité. Patron officieux de la «Preventiva», Momcilo Bokan, dit «Luna», était la seule personne qui savait *toujours* où se trouvait le fugitif.

Il régnait sur un groupe de gardes rapprochés, disposant d'une flotte de véhicules, d'armes et d'argent, et se reposait sur un réseau complexe de soutien logistique : courriers, relais, planques en Serbie, au Monténégro ou en Bosnie. Par sécurité, même les membres de la famille de Radovan Karadzic ignoraient son nom, ne traitant qu'avec ses adjoints. Lorsque Luka, le frère de Radovan, ou Liliana, son épouse, voulaient communiquer, ils laissaient un message codé sur un des vingt numéros répertoriés. Ce message était transmis et c'est Momcilo Bokan qui organisait le ramassage ou la transmission. En sens inverse, lorsque Radovan Karadzic désirait prendre contact avec quelqu'un, il donnait un ordre à Bokan qui en faisait son affaire sans le tenir au courant des détails.

En plus, une section de la «Preventiva» écoutait les communications des organismes attachés à sa perte, lisait les journaux et interrogeait régulièrement les taupes pro-Karadzic qui pullulaient dans les services de sécurité des trois États.

Enfin, Momcilo Bokan avait à sa disposition, sur un préavis de quelques heures, une équipe de tueurs capables de réagir à une menace ponctuelle.

C'est ainsi qu'un guetteur bénévole avait signalé la présence d'un étranger près du monastère de *Pristinja* où Radovan Karadzic séjournait régulièrement. L'homme entretenait une liaison avec une fille du coin. Il avait été suivi à son insu et les hommes de la « Preventiva » avaient découvert qu'il n'était pas ce qu'il prétendait être. C'est ainsi qu'un membre de la « Preventiva », Dragoljub Matic, en amenant Radovan Karadzic au monastère, l'avait formellement identifié comme un agent des services bosno-musulmans.

Pourtant, Radovan Karadzic n'avait pas renoncé à son séjour à *Pristinja*. L'ex-président de la Republika Srpska n'obéissait pas toujours aux impératifs de sécurité dans ses déplacements. Il aimait s'isoler pour lire, réfléchir ou converser avec des membres du clergé orthodoxe qui partageaient ses idées.

Ou encore s'enfermer pour écrire dans un endroit inviolable. Jamais les autorités serbes ou monténégrines n'envahissaient un monastère… Momcilo Bokan, une fois l'agent musulman démasqué, l'avait respectueusement prévenu qu'il devait partir, sans lui donner plus de détails. Radovan Karadzic ignorait le sort réservé à celui qui avait voulu le faire arrêter.

La veille de l'opération commando, vers dix heures du soir, une Audi 8 noire blindée était venue le chercher à *Pristinja* pour l'emmener à Belgrade. Par prudence, Radovan Karadzic avait revêtu une tenue noire de moine, ce qui le mettait à l'abri des investigations. Une seconde Audi ouvrait la route, reliée à la première par radio, afin de déjouer tout piège éventuel. À onze heures et demie, l'ancien chef de la Republika Srpska avait rejoint l'appartement mis à sa disposition à Dorcol. Il aimait bien Belgrade, car il pouvait y rencontrer certains membres de sa famille et c'était moins dangereux que la Bosnie...

Momcilo Bokan avait aussitôt tendu autour de lui un filet de protection invisible, composé de plusieurs cercles. D'abord, dans l'appartement voisin, quatre hommes lourdement armés, qui veillaient à tour de rôle. Un itinéraire de fuite avait été repéré, menant à un terrain vague où stationnait une voiture anonyme.

L'immeuble où résidait Karadzic était entouré de guetteurs, des gens insoupçonnables qui se relayaient, pour alerter du moindre fait anormal...

Des fidèles eux aussi.

Enfin, une équipe planquée dans l'appartement de Momcilo Bokan écoutait les communications de la BIA et de la police.

Afin d'éviter les indiscrétions, une seule personne avait physiquement accès à Radovan Karadzic : Momcilo Bokan. En ce moment Radovan Karadzic s'était laissé pousser la barbe, mais il la rasait parfois. Il ne se servait *jamais* d'un téléphone, même public. Toutes ses communications s'effectuaient par messager.

Justement, après avoir fait sa toilette, Momcilo Bokan prit une lettre remise par Karadzic et destinée à son épouse à Pale. Il faudrait la lui remettre, et ensuite, attendre sa réponse.

C'était le « travail » dont il avait parlé à Borislav Lukic. Ce dernier, possédant un passeport bosniaque, semblait tout désigné. Momcilo Bokan sortit et gagna à pied des cabines publiques, non loin du complexe sportif de Dorcol, une horreur communiste pas entretenue, situé au bord du Danube à quelques centaines de mètres. Il dut en essayer trois avant d'en trouver une qui fonctionne pour appeler Borislav Lukic.

Ce n'est qu'à la dixième sonnerie que le Bosniaque répondit, d'une voix pâteuse.

– Tu devrais taper moins sur la Slibovica, avertit sévèrement Bokan, c'est pas bon.

On ne pouvait pas faire confiance à un ivrogne.

Réveillé, Borislav Lukic protesta avec indignation.

– Je n'ai pas bu ! Hier soir, j'avais très mal à ma main et je me suis shooté avec des drogues… Maintenant, ça va.

– *Dobre* ! dit Momcilo Bokan, rassuré. Attends-moi à l'arrêt du tram, juste avant le pont Stari Savski, je passerai dans une heure.

– *Dobre*, confirma le Bosniaque.

Quand il eut raccroché, il regarda le pansement de sa main, ce qui raviva sa haine pour Zoran le Gitan. Pourvu que Momcilo Bokan lui vienne en aide. Il s'habilla et allait partir quand la sonnette grelotta.

– C'est moi, annonça Liliana.

– Merde, je m'en vais, grogna le Bosniaque.

Il ne pouvait pas rater le rendez-vous avec Momcilo Bokan.

– J'en ai pour une minute, c'est important, insista la chanteuse.

– Je descends.

Ils se retrouvèrent dans le petit hall miteux.

– Qu'est-ce que tu voulais ?

Liliana Dimitrievic plongea la main dans son sac et en retira un rouleau de billets. Borislav reconnut immédiatement des billets de cent dollars. Liliana les lui tendit.

– Il y a mille dollars, fit-elle simplement. Ça devrait t'aider.

Il la regarda, estomaqué.

– Où tu as trouvé ça ?

– Mon copain Jovan m'a présenté un journaliste russe qui veut faire un reportage sur moi. Il m'a acheté des photos.

Borislav Lukic, sans illusion, lui jeta un regard ironique.

– Dis donc, tu as dû bien l'envoyer en l'air pour ce prix-là…

– Il ne m'a pas sautée ! protesta Liliana. Et cet argent, j'aurais pu le garder.

– C'est vrai, reconnut le Bosniaque en lui flattant la croupe. Tu es une bonne fille et, en plus, tu as un sacré cul…

Il l'embrassa et partit en courant attraper le tram.

* *
*

Jovan Oric était venu récupérer sa voiture au *Hyatt* comme convenu. Il demanda aussitôt à Malko :

– Ça c'est bien passé avec la petite ?

– Très bien !

Le Serbe lui jeta un regard en coin. Visiblement, il ignorait le but véritable poursuivi par Malko. Celui-ci demanda :

– Vous saviez que Liliana a un copain bosniaque ?

Jovan Oric fit la grimace.

– Oui, mais elle ne le montre pas. Je crois que c'est un type dangereux. Il ne faut pas toucher.

– Pourquoi dangereux ?

Jovan Oric eut un geste évasif.

– Il faisait partie des forces spéciales en Bosnie. Je crois qu'il a eu des problèmes là-bas.

– Vous savez où il habite ?

– Non.

Malko n'insista pas : il était en train de franchir la ligne rouge. Il allait être obligé d'agir par lui-même. Comme s'il avait senti le danger, Jovan l'avertit :

– Si vous n'avez pas besoin de moi, je vais à Nis aujourd'hui.

– Pas de problème, fit Malko.

Jovan Oric parti, il appela Liliana Dimitrievic. Au bruit, il devina qu'elle était dans la rue, quand elle répondit. Déjà ronronnante.

– Je peux vous inviter ce soir à dîner ? proposa-t-il.

– *Da*.

– *Dobre*, je viendrai vous chercher.

Il ne tenait pas à ce qu'on la voie avec lui. Elle lui donna son adresse. À Belgrade, les murs avaient des yeux... Ça n'allait pas être facile de « tamponner » Borislav Lukic, même avec l'aide involontaire de la chanteuse.

*
* *

Borislav Lukic attendait à la station de tram située à l'entrée du pont Stari Savski lorsqu'une Jougo verte surgit et s'arrêta devant lui. Momcilo Bokan était au volant et il se hâta de sauter dans le véhicule. Les deux hommes s'embrassèrent trois fois, à la Serbe, puis Bokan démarra immédiatement, longeant la Save. Il détestait les lieux publics pour les rendez-vous. Il y avait toujours des mouchards.

Il fit demi-tour et s'engagea sur le pont, en direction de Belgrade.

– Tu peux être à Pale demain, vers midi ? demanda-t-il.

– Oui.

Momcilo Bokan tira de sa poche intérieure une enveloppe sans la moindre inscription et la lui tendit.

– À Pale, tu vas au bar *Carnivore* et tu laisses l'enveloppe au barman. De la part de Dragovic. Le soir, tu iras à Lukavica, au *Bar des Amis*. Tu demanderas Momcilo de la part de Slobodan. Il te donnera une autre enveloppe que tu me remettras. *Dobre ?*

– *Dobre*.

Momcilo Bokan lui tendit un rouleau de dinars.

– Voilà pour tes frais et un peu d'argent pour toi. Tu sais que nous ne sommes pas riches... Qu'est-ce que tu as à la main ?

Comme Borislav Lukic ne répondait pas, il insista :

– Tu as eu un accident ?

– Non, avoua le Bosniaque, ce sont ces ordures de gitans de la Save, à qui je dois de l'argent. Ils m'ont coupé le petit doigt.

Ils s'étaient arrêtés en face de la gare des bus. Momcilo Bokan secoua la tête.

– Tu continues à jouer… Tu peux quand même aller là-bas, avec ta main ?

– Bien sûr, jura le Bosniaque. Mais je voudrais te demander un service.

– Vas-y.

– J'ai besoin de fric pour rembourser ces types. Sinon, ils vont me massacrer. Tu peux m'aider ?

Momcilo Bokan secoua lentement la tête et soupira.

– Tu sais bien que ce n'est pas possible. Chaque dinar est utilisé pour la protection du frère Radovan. Même pour mon propre frère, je ne pourrais pas en distraire. Va te réfugier à Pedravno, ils n'iront pas te chercher là-bas. Allez, fais bon voyage.

Borislav Lukic sortit de la voiture sans un mot. Son dernier espoir venait de s'envoler.

*
* *

Les voitures stationnaient sur une petite place en bordure du Danube, ensuite les gens continuaient à pied le long d'un sentier au bord du fleuve qui desservait les restaurants flottants alignés le long de la rive.

Liliana Dimitrievic arborait une tenue presque modeste, un tailleur noir, chemisier et bas assortis, quand même très sexy. Quand ils eurent franchi la passerelle de bois jetée au-dessus d'une eau croupissante reliant le *Stava Koliba* à la terre ferme, un garçon leur donna tout de suite une table avec vue sur le Danube. On aurait dit un chalet de montagne à cause du bois omniprésent. Un orchestre de cinq musiciens – clarinette, accordéon, contrebasse, violon et guitare – se déplaçait le long des tables. C'était bondé.

Après avoir commandé un Defender « 5 ans d'âge » pour la chanteuse et une Stolychnaya pour lui, de la Vodavoda et une bouteille de Vranac[1], Malko sourit à Liliana. Toute la journée, il avait pensé à un plan et en avait imaginé un.

Un *long shot*, qui dépendait à ce stade de Liliana Dimitrievic, mais s'il fonctionnait, Malko avait une bonne chance de remonter jusqu'à Radovan Karadzic.

1. Vin serbe.

CHAPITRE X

Radovan Karadzic, assis à une table face au Danube, la fenêtre ouverte, corrigeait les épreuves de sa dernière œuvre, un roman intitulé *Chronique de la nuit magique*. Trois éditeurs serbes se battaient pour le publier. Depuis qu'il était en cavale, l'ex-président de la Republika Srpska avait beaucoup écrit. D'abord, les innombrables lettres lui permettant de rester en contact avec les siens. Aucun membre de sa famille, à l'exception de sa bru, ne l'avait physiquement vu depuis des années, mais ils savaient toujours ce qu'il faisait.

Ensuite, il avait écrit de longs mémoires pour son éventuelle défense, des pièces de théâtre et des livres.

Il acheva sa relecture, ôta ses lunettes et contempla l'eau calme du Danube qui semblait immobile. Un fleuve majestueux et utile. Radovan Karadzic regarda un gros bateau qui devait remonter vers la Hongrie. Il était triste, à cause de l'interruption involontaire de sa retraite au monastère de *Pristinja*, où il avait souhaité méditer sur la mort, un an plus tôt, d'un de ses meilleurs amis, Nikola Starovic, directeur de l'hôpital de Foça, en Bosnie. Terrassé par une crise cardiaque, en plein hôpital…

Nikola Starovic était son ami depuis quarante ans, ils avaient commencé à faire de la politique ensemble. Depuis sa cavale, c'est lui qui veillait sur sa santé, se rendant discrètement où Radovan Karadzic se trouvait. Il l'avait même fait hospitaliser à Belgrade sous un faux nom à l'hôpital de Zemun, où sa fille travaillait, pour des examens. Foça se trouvant en Bosnie, dans le périmètre de l'UEFOR, Radovan Karadzic n'avait pu se rendre à son enterrement, comme il avait raté celui de sa mère, morte aussi l'année précédente, à Niksic, au Monténégro. C'était la rançon de sa sécurité : il savait que tous les Services occidentaux l'attendaient à Niksic ce jour-là.

Ses seules imprudences, il les avait commises pour voir ses petits-enfants, à Belgrade. Mais c'était avant 2003. Depuis, l'épuration des services serbes avait rendu ses séjours dans la capitale plus risqués et il était obligé de ce claquemurer dans ce petit appartement du quartier de Dorcol, face au Danube, au quatrième étage d'un immeuble moderne faisant partie d'un bloc de plusieurs corps de bâtiments érigés entre une voie de chemin de fer et la rive du Danube.

Durant sa longue cavale, il suivait ses affaires, conseillait ses associés, communiquait avec son comité de défense. Une de ses entreprises, Komutko, distribuait de l'essence, l'autre, Zradno, en association avec son frère Luka, produisait des jus de fruits.

Peu à peu, Radovan Karadzic s'était convaincu d'avoir eu raison depuis le début. Lorsqu'il arrivait dans un monastère et que son *iguman* lui baisait la main comme on fait à un haut dignitaire religieux, il était très ému. Pour lui, la lutte n'était pas terminée. L'UEFOR, qui avait succédé à la SFOR en décembre 2004, ne resterait pas éternellement en Bosnie. Elle partie, les armes ressortiraient et l'épuration ethnique serait reprise.

Il était indécent de garder au cœur de l'Europe une communauté musulmane active. Ses amis lui avaient rapporté que désormais, dans Sarajevo, on croisait de nombreuses femmes voilées. Il en avait la nausée.

**

La bouteille de Vranac, épais comme du sang, était vide et le regard de Liliana Dimitrievic légèrement flou. Les cinq musiciens du *Stava Koliba* groupés autour de la table chantaient de vieilles chansons des années 1950. L'atmosphère était rétro, romantique à souhait, dans ce restaurant flottant qui ressemblait à une île uniquement éclairée par des bougies. On se serait crû dans un film d'Emir Kusturica... Dès que les musiciens s'éloignèrent, Malko attaqua :

— Jovan Oric m'a dit que votre cousin a des problèmes. C'était pour lui, les mille dollars ?

Liliana Dimitrievic baissa la tête et murmura :

— *Da.*

— Je pensais bien que ce n'était pas pour vous, renchérit Malko. Comment se fait-il qu'il ait tellement de soucis ?

Le visage de la jeune femme se durcit.

— C'est un patriote ! Il a lutté contre les Turcs et maintenant, il n'a plus de travail. En Bosnie, c'est la misère. Il est venu ici, mais ce n'est pas beaucoup mieux.

Malko l'encouragea d'un sourire.

— Je pourrais *aussi* faire un reportage sur lui, lui donner un peu d'argent, suggéra-t-il. Les Russes ont toujours approuvé le combat des Serbes...

La jeune chanteuse fondit d'un coup et posa sa main sur celle de Malko.

— Je sais ! Les Russes sont des gens formidables. Nous avons été vaincus par les Américains qui veulent détruire l'Europe. Heureusement qu'il nous reste notre honneur. Personne ne livrera jamais ni Ratko Mladic ni Radovan Karadzic. Ils ont sacrifié leur vie pour la Grande Serbie.

Comme elle parlait lentement, Malko arrivait à comprendre presque tout ce qu'elle disait.

— Et si l'Europe vous refuse l'entrée dans l'Union européenne ?

Liliana balaya l'Europe d'un geste définitif.

– On se débrouillera ! Les Serbes se sont toujours débrouillés. Dieu est avec nous.

Elle prit la petite croix orthodoxe suspendue à son cou et la baisa, lançant à Malko :

– Tu es orthodoxe, bien sûr ?

– Bien sûr. Dis-moi, quel est vraiment le problème de ton cousin ?

Liliana Dimitrievic se pencha vers lui.

– Borislav a beaucoup perdu au jeu, contre des gitans. Des types épouvantables. Les Allemands, pendant la guerre, avaient promis de tous les tuer. Ils n'ont pas tenu parole…

– Pourquoi les détestes-tu tellement ?

Liliana baissa encore la voix.

– Ces salauds ont amputé Borislav. Ils lui ont coupé le petit doigt de la main gauche et vont continuer s'il ne les rembourse pas…

– Pourquoi ne va-t-il pas à la police ?

La chanteuse tordit sa belle bouche dans une grimace de dégoût.

– La *Milicija* ! Elle est totalement corrompue et a peur des gitans.

– Je pourrais rencontrer ton ami ?

– Pourquoi ?

– Je pourrais peut-être l'aider. Je t'ai dit, le journal a beaucoup d'argent.

Liliana Dimitrievic se ferma imperceptiblement.

– Je ne sais pas, je lui demanderai. On y va ?

Malko abandonna un gros paquets de dinars et ils s'engagèrent sur la passerelle. La croupe de Liliana qui se balançait devant lui ne l'empêchait pas de penser. Il venait d'imaginer un subterfuge pour – peut-être – «enfumer» Borislav Lukic.

Liliana, arrivée sur la terre ferme, se retourna, l'attendit et se colla à lui.

– J'ai envie de faire l'amour, souffla-t-elle dans une

forte haleine, mais chez moi, il n'y a pas de clim. Tu m'emmènes au *Hyatt* ?

Difficile de dire non, bien que ce soit risqué qu'on les voie ensemble.

La chanteuse traversa le *lobby* du *Hyatt*, passant devant la réception la tête haute, sûre de son sex-appeal, avec sa bouche énorme et cette croupe capable de satisfaire une douzaine de bûcherons...

Cette fois, à peine dans la chambre, elle embrassa Malko à pleine bouche.

Malko se retrouva sur le lit, à plat dos, la bouche de la chanteuse s'activant sur lui. Ensuite, sans même se déshabiller, elle l'enjamba et se laissa tomber sur lui, empalée jusqu'à la gorge. Puis, elle se mit à s'agiter comme une cavalière de rodéo cherchant à rester sur sa monture, le buste droit, la bouche entrouverte. Excité par cette cavalcade sauvage, Malko arracha presque les boutons du chemisier et lui prit les seins à pleines mains, les maltraitant violemment.

Liliana en couina de plaisir, se frottant de plus belle, jusqu'à ce qu'elle s'écrase sur Malko avec un râle rauque, le faisant exploser instantanément.

Sa libido assouvie, Malko se remit à penser. Priant pour que Liliana convainque son amant Borislav Lukic de le rencontrer. Premier pas, ne garantissant pas une victoire. Mais un pas de plus vers Radovan Karadzic.

— Je peux dormir avec toi ? demanda Liliana. Ici, il fait frais.

Où va se nicher la passion...

*   *
*

Borislav Lukic était resté au *Carnivore*, à Pale, jusqu'à la fermeture, avant de regagner son petit hôtel, à deux rues de là. Il avait récupéré comme prévu la lettre de Liliana Karadzic destinée à son mari, mais n'avait un bus pour Sarajevo, et ensuite Belgrade, que le lendemain matin.

Les nombreuses bières ingurgitées avec ses anciens copains n'avaient pas calmé son angoisse. L'idée même de retourner à Belgrade lui donnait la nausée. Belgrade où l'attendait l'abominable Zoran.

Certes, grâce aux mille dollars remis par Liliana, il pourrait peut-être négocier un sursis, sauver son annulaire une semaine de plus.

Mais, après ?

À Pale, grâce à ses amis, il pouvait se procurer beaucoup d'armes, mais seul, impossible d'exterminer la communauté gitane de Belgrade.

Quant à Momcilo Bokan, inutile de faire une seconde tentative. Borislav Lukic n'ignorait pas que la « Preventiva » avait du mal à se financer, utilisant toutes les combines possibles, du trafic de cocaïne à la « taxation » plus ou moins volontaire des sympathisants. Discrètement, la Republika Srpska aidait aussi. Majorant considérablement son budget « fleurs », pour générer un peu de cash…

Amer, Borislav cessa de penser, adressa une prière à saint Sava et essaya de trouver le sommeil.

Il n'y avait plus que Dieu qui puisse lui venir en aide.

— Connaissez-vous un gitan qui se nomme Zoran ? demanda Malko.

Jovan Oric prit le temps d'avaler son poivron à l'huile avant de répondre. C'est lui qui avait amené Malko au *Vuk*, restaurant chic en plein centre de Belgrade, non loin de Kneza Mihailova, la voie piétonne.

— Non, pourquoi ?

— Je voudrais savoir où il demeure, ce qu'il fait.

Le Serbe en bégaya de joie :

— Des trafics, bien sûr ! Je vais me renseigner.

– C'est urgent, insista Malko, sentant Jovan Oric réticent.

Ce dernier affirma aussitôt avec un grand éclat de rire :

– *Gospodine* Dimitri, je vous jure, d'ici ce soir, j'ai le renseignement. Autre chose ?

– Oui. Je voudrais savoir où habite le copain de Liliana.

Cette fois, le visage de Jovan Oric se ferma et son sourire s'effaça. Bégayant légèrement, comme lorsqu'il était sous le coup d'une émotion forte, il bredouilla :

– Ça, c'est plus difficile ; si je lui demande, elle va s'alarmer. Maintenant que vous la connaissez, vous devriez essayer de lui demander vous-même.

Malko n'insista pas, sentant que Jovan Oric avait atteint sa limite de coopération.

– On se retrouve dans le *lobby* du *Hyatt* à six heures. Avec tout sur ce Zoran.

– *Da !* promit Jovan Oric en attaquant son mouton grillé.

Une chaleur écrasante pesait sur Belgrade et les femmes étaient presque déshabillées. Malko avait promis à Liliana Dimitrievic de la retrouver au *Pirana* pour assister à son tour de chant. D'ici là, Vladimir Djorgevic pourrait peut-être l'aider à retrouver l'adresse de Borislav Lukic.

Borislav Lukic avait eu la chance de se faire emmener dans un camion bosniaque allant livrer du bois à Belgrade, ce qui lui économisait un peu d'argent et lui avait permis de s'acheter une bouteille de Defender « Success » à Pale, de quoi le changer agréablement de la Slibovica. À Belgrade, où il arriva vers quatre heures, il se fit déposer à la gare routière, boulevard Voivode Misica, et sauta dans un tram remontant vers la vieille ville. Sa main le faisait toujours horriblement souffrir et il ne pouvait s'empêcher de penser aux heures qui s'écoulaient, le rapprochant de sa confrontation avec les dents pourries de Zoran. Évidemment, il pouvait s'enfuir de Serbie, mais il était trop vieux pour s'exiler et n'avait pas d'argent.

Le tram le déposa au bout de la rue Frankuska, non loin de la centrale électrique de Dorcol, et il continua à pied par l'avenue Dunavski, parallèle au fleuve. Dorcol était un quartier singulier, patchwork de terrains vagues, de vieux immeubles de l'ère Tito et de buildings modernes avec une vue magnifique sur le Danube.

Beaucoup de réfugiés de Bosnie ou du Kosovo s'étaient installés là et Dorcol était considéré comme un quartier chaud. La police ne s'y aventurait que rarement.

La rue Dunavski filait entre une rangée d'énormes immeubles et un terrain vague occupé par des voies de chemin de fer. Borislav Lukic arriva au coin de la rue Dubrovacka, puis tourna à gauche, ralentissant sa marche. Là, les immeubles étaient miteux, les façades lépreuses couvertes de graffitis, les portes parfois arrachées.

Le Bosniaque ralentit encore, en passant devant le numéro 26, un immeuble rosâtre composé de deux corps de bâtiment, séparé de la rue par des bosquets poussiéreux.

Assis sur un muret bordant le trottoir, un homme âgé semblait prendre le soleil, vêtu d'un jean, d'un blouson en denim sur un T-shirt rayé bleu et blanc, de baskets, le visage rougeaud sous des cheveux d'un blanc neigeux. L'allure d'un retraité. Seul détail bizarre, il avait un micro enfoncé dans l'oreille droite relié à un baladeur suspendu à sa poitrine. Borislav Lukic passa devant lui sans le regarder.

Il n'avait pas atteint le bout de la rue que son portable sonna.

– Reviens sur tes pas, ordonna Momcilo Bokan, et tourne à gauche. Tu vas voir une passerelle bleue qui enjambe les voies de chemin de fer. Tu la prends.

Borislav Lukic obéit docilement, et s'engagea sur la grande passerelle métallique enjambant plusieurs voies ferrées où stationnaient quelques wagons. Elle reliait la rue Dunavski à plusieurs groupes d'immeubles, certains blancs, d'autres marron. C'est en redescendant de l'autre côté qu'il aperçut Momcilo Bokan au pied d'un immeuble de huit étages, isolé dans la verdure.

Sans un mot, Borislav tendit à son ami la missive de Liliane Karadzic récupérée à Pale.

– *Dobre*, remercia Momcilo Bokan, impassible. Rien de spécial ?

– *Ne*.

– Le frère Radovan va bien ? osa demander Borislav Lukic.

– Il va bien, répondit Momcilo Bokan en lui tendant la main. J'essaierai de te trouver bientôt autre chose.

Borislav savait que par mesure de sécurité, la « Preventiva » n'utilisait jamais deux fois de suite le même courrier sur le même itinéraire.

Il reprit la passerelle, quand même amer : Momcilo Bokan ne lui avait même pas reparlé de ses problèmes… Il se retourna et vit le responsable de la « Preventiva » entrer dans l'immeuble marron. Il se dit aussitôt que Radovan Karadzic devait habiter là. Momcilo Bokan ne le lâchait jamais d'une semelle.

***

Jovan Oric en bégayait de contentement, installé dans le salon de thé au fond du *lobby* du *Hyatt* en annonçant à Malko :

– Zoran est un des membres importants de la communauté gitane de Belgrade. Il vit sur une péniche avec sa famille, sur l'île Ciganlija, au milieu de la Save. Officiellement il organise des soirées pour les touristes, mais sa bande est spécialisée dans les vols de voitures en

Italie et le trafic de mendiants. Ce sont des gens très dangereux, paraît-il.

– Merci, dit Malko.

Pour l'instant, il ne pouvait utiliser directement ces informations, mais elles pouvaient servir. Tout dépendait de l'accueil que ferait Borislav Lukic à sa proposition. À condition que le Bosniaque accepte de le rencontrer. Il en saurait plus dans quelques heures, en retrouvant Liliana Dimitrievic.

Pourvu que sa couverture de journaliste aux *Izvestia* ne se déchire pas. Dans ce cas, il était mal et n'avait plus qu'à quitter Belgrade.

CHAPITRE XI

Liliana Dimitrievic, étendue sur son lit, en slip et soutien-gorge à cause de la chaleur étouffante, essayait de sortir d'un dilemme angoissant. Devait-elle transmettre la proposition du journaliste russe à son amant ?

À première vue, cela paraissait extrêmement séduisant : toucher beaucoup d'argent, simplement pour raconter ses faits de guerre, c'était grisant. De plus, Dimitri avait prouvé avec elle qu'il pouvait payer… Bien sûr, dans son cas, il pouvait avoir eu une idée derrière la tête. Liliana était lucide, les hommes lui avaient rarement donné de l'argent sans contre-partie immédiate. Même son vieil « amant » de 82 ans s'obstinait à la tripoter lorsqu'il lui remettait un modeste viatique.

C'était la vie.

Le cas de Borislav Lukic était différent : il ne pouvait rien y avoir de sexuel dans la proposition du journaliste russe. De plus, celui-ci semblait sincèrement amoureux de la Serbie, ce qui n'avait rien d'étonnant, étant donné la communauté de vues avec la Russie. Et pourtant, Liliana éprouvait une sorte d'angoisse à l'idée de mettre les deux hommes en présence.

Une sorte de sixième sens, inexplicable. Borislav lui avait souvent répété que les ennemis de la Serbie feraient n'importe quoi pour traîner Radovan Karadzic à La Haye. Et que, comme le Diable, ils pouvaient se présenter sous des formes multiples. Certes, Borislav Lukic était malin et prévenu, mais si elle lui présentait un type pas clair, elle risquait de le payer cher. Ce n'était pas un tendre. Ensuite, elle non plus ne voulait à aucun prix faire du tort à l'ex-président de la Republika Srpska, un homme qu'elle respectait profondément.

D'un autre côté, si elle arrivait à résoudre le problème de Borislav, il lui en serait reconnaissant.

Déchirée, elle chercha dans la mémoire de son portable le numéro de Jovan Oric et l'appela.

– Jovan, dit-elle, je ne te dérange pas ?

– Jamais, assura le Serbe, déjà tout sucre et tout miel. Justement, je pensais à toi.

– À quoi ?

Jovan Oric eut un rire égrillard.

– À ce qu'on faisait en Égypte… Tu te souviens, à Louxor. Je n'ai jamais bandé aussi fort…

– *Dobre*, coupa la chanteuse, qui adorait baiser, mais détestait les commentaires. Je voulais te poser une question.

– Vas-y !

– Tu le connais depuis longtemps, ton ami Dimitri ?

Elle sentit la surprise de Jovan au silence qui suivit, puis le play-boy se reprit avec un rire tonitruant.

– Oui, pas mal ! Tu es amoureuse ?

– Non, fit sèchement Liliana. Il veut connaître mon copain, tu sais, Borislav.

– Ah bon. Pourquoi ?

– Justement, ce n'est pas net, il dit qu'il peut lui faire gagner de l'argent. Comme à moi… C'est bizarre, non ?

Cette fois, Jovan répondit immédiatement, mais avec un bégaiement accentué. Comme lorsqu'il mentait.

– Non, assura-t-il, il a beaucoup d'argent et puis, je crois que tu lui plais beaucoup…

– *Dobre*, moi peut-être, mais il n'est pas pédé, non ?

Nouveau rire gêné et trop fort.

– Non, bien sûr ! assura Jovan. Moi, je ne sais pas ce qu'il a dans la tête. Tu fais ce que tu veux…

– Borislav a besoin de beaucoup d'argent, avoua-t-elle. Si ça pouvait le dépanner ! Mais il faut que tu me jures que ce type est un ami de la Serbie.

– Écoute, fit Jovan Oric, je l'ai connu à Moscou. Là-bas, on n'a jamais discuté politique, mais il s'intéresse à la Serbie, ça c'est sûr.

Cette fois, il avait un accent de sincérité indéniable et Liliana décida de s'en contenter.

– *Dobre*, conclut-elle, je te remercie.

Après avoir raccroché, Jovan Oric sentit une perle de sueur descendre le long de sa colonne vertébrale, et pourtant, son appartement à lui était climatisé… Ce qu'il craignait venait de se produire : il s'était mis dans de sales draps. D'un côté, impossible de faire faux bond à Vladimir Djorgevic. Mais d'un autre, si son ami Dimitri n'était pas ce qu'il prétendait être, lui était mal parti. Parce que les partisans de Radovan Karadzic n'avaient rien à envier en férocité aux gitans…

Il se jeta sur son portable, puis s'arrêta. Trop dangereux de parler de cela au téléphone.

Il fallait foncer au *Hyatt* et tâcher d'en apprendre un peu plus. Ce qui l'angoissait, c'était de savoir que, justement, ce soi-disant journaliste russe n'était sûrement pas ce qu'il prétendait être.

Donc lui, Jovan, était en danger de mort.

S'il commettait une erreur, l'huissier s'appellerait Kalachnikov.

Borislav Lukic, assis sur son lit, broyait du noir. Il n'avait pas encore touché aux mille dollars donnés par

Liliana, mais, devant la carence de ses amis de la « Preventiva », il venait de décider de tenter une négociation avec Zoran. Pour au moins gagner du temps. Il était en train d'étudier la marche à suivre lorsque son portable sonna. C'était Liliana.

– Je peux passer te voir ? demanda-t-elle. Je suis tout près.

– Je me repose, fit le Bosniaque, la libido en berne.

– Écoute, insista-t-elle. C'est important. Pour toi.

– *Dobre*, viens si tu veux. À propos, tu as ta voiture ?

Liliana conduisait une antique Jougo rouge achetée d'occasion pour une bouchée de pain et qui tombait régulièrement en panne dès qu'on lui demandait de monter une côte.

– Oui, dit Liliana. Pourquoi ?

– J'en aurai besoin.

Cinq minutes plus tard, elle sonnait à sa porte. En T-shirt épais et pantalon de toile. Elle prit place sur le lit, à côté de Borislav, et attaqua directement :

– J'ai revu hier Dimitri, le journaliste russe, celui qui m'a donné les mille dollars.

Borislav Lukic ricana à moitié.

– Il t'a encore donné mille dollars ?

– Non, mais il voudrait te rencontrer.

Le Bosniaque mit quelques secondes à réaliser ce qu'impliquait cette proposition. Et réagit, à son habitude, comme une brute. Saisissant Liliana à la gorge, il lui écrasa les carotides si violemment que le visage de la jeune femme devint crayeux.

– Salope ! gronda-t-il. Qu'est-ce que tu lui as dit ? Si tu as bavé, je te casse toutes les dents.

Dans sa bouche, ce n'était pas une menace en l'air.

Voyant que Liliana essayait de lui répondre sans y parvenir, il desserra un peu l'étreinte de ses doigts et, après avoir repris de son souffle, elle lâcha d'un trait :

– C'est lui qui m'a parlé de toi.

– Il me connaît ?

– Non, bien sûr, mais il m'avait demandé si j'avais un copain et j'ai dit oui. Hier soir, j'ai bu pas mal et, comme il me questionnait, je lui ai parlé de ton problème de dette, je lui ai dit que…

– Pauvre conne !

Borislav l'avait lâchée. De toutes ses forces, il la gifla, l'envoyant valdinguer jusqu'à la cuisine. Lorsqu'elle revint vers lui, la joue écarlate, des larmes plein les yeux, elle protesta d'une voix suppliante :

– J'ai fait ça pour t'aider. Ce type a du fric.

– Pourquoi il m'en donnerait ?

– Je ne sais pas, il m'a dit qu'il avait une idée. Il voudrait te rencontrer.

Nouvelle gifle. Borislav hurla :

– Tu lui as dit où j'habitais ?

– Non, je te jure, sur ma mère.

– Rien à foutre de ta pute de mère ! grommela le Bosniaque. Je veux savoir ce que ce type a dans le ventre.

– C'est facile, approuva Liliana. Il vient ce soir au *Pirana* voir mon spectacle, tu n'as qu'à venir aussi.

Machinalement, elle frottait sa joue endolorie. Borislav Lukic ne savait plus que penser. Liliana tenait à lui et c'était une bonne Serbe. Donc elle ne l'enfumait sûrement pas. Il voulait un peu réfléchir avant de prendre une décision. Et surtout, voir s'il pouvait amadouer Zoran.

– *Dobre*, fit-il. Je passerai peut-être au *Pirana*.

– Comme tu veux, fit-elle. Moi, je t'ai dit tout ce que je savais.

– Tu vas me prêter ta voiture. Elle est en bas ?

– *Da*.

Docilement, elle lui tendit les clefs et il ricana.

– Je suppose que ton nouveau copain a une voiture pour t'emmener au *Pirana*…

Liliana ne lui répondit même pas. Ses joues la brûlaient, mais si Borislav lui avait arraché sa culotte, elle se serait laissé faire avec plaisir.

* *
*

Jovan Oric était blanc comme un linge et bégayait comme une mitrailleuse. Après avoir vidé d'un trait le Defender offert par Malko, il entra dans le vif du sujet.

Le salon de thé du *Hyatt* était pratiquement vide et ils pouvaient bavarder tranquillement.

– Liliana m'a appelé, annonça le Serbe, et m'a posé des tas de questions sur vous.

Le pouls de Malko grimpa désagréablement.

– Quelles questions ?

– Où on s'était connus, si vous étiez vraiment journaliste, pourquoi vous vouliez aider son copain.

– Et qu'est-ce que vous avez dit ?

Jovan Oric reprit un peu de sa superbe.

– Juste ce qu'il fallait. Qu'on s'était rencontrés à Moscou, que vous vous intéressiez à la Serbie.

– C'est vrai, confirma Malko.

Jovan fit signe au garçon de lui apporter un nouveau scotch et demanda à voix basse :

– Pourquoi tenez-vous à rencontrer le copain de Liliana ?

Malko lui sourit, son regard plongé dans le sien.

– Il vaut mieux que vous ne le sachiez pas encore. Mais vous ne risquez rien.

À voir l'expression de Jovan, il n'était pas tout à fait de cet avis.

– Liliana est entourée de gens très dangereux, dit-il. S'il y a un problème, il faudra que *gospodine* Vladimir me donne des faux papiers et de l'argent, que je puisse filer au bout du monde.

– Nous n'en sommes pas là, affirma Malko. *Dobre*, vous venez aussi au *Pirana*, ce soir. Vous êtes mon invité. Liliana aura peut-être convaincu son copain Borislav de venir aussi...

Visiblement, Jovan Oric aurait préféré plonger dans de la lave brûlante, mais il dit d'un ton misérable :

— Je viendrai…

— Ça rassurera tout le monde, approuva Malko.

Jovan le regarda attentivement pour voir s'il plaisantait et plongea le nez dans son Defender tout neuf.

* *

Borislav Lukic composa le numéro de Zoran qui répondit immédiatement de sa voix traînante.

— C'est moi, annonça le Bosniaque. J'ai trouvé de l'argent. Je vais venir te l'apporter.

Après un moment de surprise, le gitan émit un rire particulièrement désagréable et lâcha :

— *Dobre*, on va de nouveau être amis ! Tu sais, je t'aime bien, seulement le business, c'est le business. Tu veux qu'on se retrouve au *Slavija* ?

— Non, j'ai à faire dans ton coin. Je serai là dans vingt minutes.

Borislav Lukic arrêta la vieille Jugo de Liliana sur un parking improvisé, à vingt mètres de la péniche de Zoran. Quelques lumières filtraient à travers les hublots au ras de l'eau. Serrant son rouleau de billets dans sa poche, il s'engagea sur la passerelle, accueilli par les deux cousins de Zoran, les chiens de garde de la bande.

— Je viens voir Zoran, annonça le Bosniaque.

— *Dobre*, il t'attend, dit le gitan avec un diamant dans l'oreille.

Borislav Lukic descendit à sa suite l'escalier raide, débouchant dans la grande salle centrale de la péniche. Zoran était à sa place habituelle, face à l'échelle, arborant le sale sourire qui découvrait ses dents pourries.

— Assois-toi. Tu veux une bière ? proposa-t-il aimablement.

— Non merci.

— *Dobre*. Alors, tu as l'argent ?

Borislav Lukic brandit le rouleau donné par Liliana et le jeta sur la table. Aussitôt happé par le gitan qui défit l'élastique et commença à compter les billets. Encadré par ses deux cousins, leurs yeux luisant de convoitise.

Les dix billets étalés sur la table, Zoran leva les yeux sur son vis-à-vis, avec une expression presque comique.

— C'est tout ?

C'était le moment difficile.

Borislav Lukic prit son souffle et dit d'une voix posée :

— Comme tu me l'as dit au téléphone, nous sommes amis. Alors, j'ai voulu te prouver que je te respectais. J'ai fait un gros effort pour me procurer cet argent. J'aurai le reste, mais il faut que tu me laisses un mois…

Zoran éclata tout à coup d'un rire tonitruant, ses grosses lèvres retroussées sur ses dents pourries.

— Cousin, fit-il, c'est du business ! Si je commence à faire ce que tu me demandes, je suis ruiné, fichu, fini. Je te l'ai dit, il te reste trois jours encore. C'est assez pour un homme comme toi.

Devant la haine qui suintait par tous les pores de la peau de Borislav Lukic, il dit quelques mots rapides à un des cousins qui s'éclipsa aussitôt.

— Tu es un bon type, cousin, je vais quand même te faire une faveur, enchaîna-t-il.

— Quelle faveur ? croassa le Bosniaque qui regrettait amèrement d'être venu.

Le cousin réapparut et posa un objet enveloppé de plastique sur la table. Zoran le poussa en direction de Borislav Lukic.

— Tiens, je te rends ton gage ! dit-il en retenant un fou rire. Tu vois, on peut toujours s'entendre.

Borislav Lukic regarda *son* doigt posé sur la table, réprima une abominable envie de vomir, puis se leva. Il était livide, son cœur battait à 120 pulsations.

D'une voix blanche, il lança au gitan :

— Je vais te payer, enculé. Et ensuite, je t'exploserai

la gueule, à toi et à tous ceux qui sont sur ce bateau. J'espère qu'il y a des petits. Je leur ferai sauter leurs dents de lait à coups de crosse et je leur ouvrirai le ventre ensuite, à tes fils de merde.

Sa tirade terminée, Borislav Lukic se leva et grimpa l'escalier quatre à quatre, laissant les trois gitans ahuris par cette explosion de haine.

Et son auriculaire conservé dans le réfrigérateur de Zoran.

Il tremblait encore de fureur lorsqu'il se remit au volant de la Jugo. Tout en cahotant sur le chemin de terre, il se dit que le destin avait décidé pour lui.

Il allait rencontrer le fameux Dimitri qui lui voulait tellement de bien. C'était désormais sa seule chance d'échapper à la férocité des gitans. Et de garder tous ses doigts.

Seulement, il y aurait forcément une contrepartie. Il ne croyait pas au miracle.

CHAPITRE XII

Depuis le départ du *Hyatt*, Jovan Oric, d'habitude si volubile, n'avait pas desserré les lèvres. Ses cheveux avaient presque retrouvé une teinte normale, mais la pâleur de son visage en disait long sur ses pensées.

Le 4×4 venait de quitter le boulevard Voïvode Misica pour emprunter une rue longeant le Belgradski Sapans [1] qui rejoignait le *Pirana*, ancré au bord de la Save derrière le parc des expositions. Jovan Oric ouvrit enfin la bouche, en s'arrêtant pour se garer.

— *Gospodine* Dimitri, il faut me dire pourquoi vous voulez rencontrer ce Borislav. Je ne suis pas tranquille.

Malko comprit qu'il devait faire un geste.

— D'abord, dit-il, je ne lui veux aucun mal. Bien au contraire. Et puis, rien ne dit qu'il vienne ce soir.

— Pourquoi vous intéressez-vous à lui, *gospodine* Dimitri ? Liliana m'a toujours dit que c'était un pauvre type, un paumé.

— C'est *aussi* un tueur, corrigea Malko. Un ancien du corps d'armée serbo-bosniaque de la Drina. Il a été mêlé à plusieurs massacres durant l'épuration ethnique de la Bosnie.

— C'est pour ça que...

— Non, assura Malko, je pense qu'il est en possession

1. Parc des expositions de Belgrade.

d'une information qui m'intéresse et que je suis prêt à payer très cher.

– Une information ! répéta rêveusement Jovan Oric.

Il avait sur le bout de la langue le nom de Radovan Karadzic, mais ne le prononça pas. Désormais, il venait de comprendre dans quel piège son «ami» Vladimir Djorgevic l'avait entraîné. Jusqu'ici, il ne s'était jamais mêlé de politique : trop risqué. Et voilà qu'il se trouvait au cœur d'une embrouille mortellement dangereuse.

C'était trop pour lui. À peine arrêté en face du *Pirana*, il lança :

– *Dobre*, cela me fait peur. Je vous laisse aller seul au *Pirana*.

Il se pencha, ouvrit la boîte à gants de la Land Cruiser et en sortit un gros pistolet automatique nickelé. Un Zastava 9 mm, copie d'un Browning, fabriqué jadis en Serbie.

– Je vous le prête. Un copain qui me devait de l'argent me l'a laissé en gage. Moi, je ne veux plus me mêler de ça. C'est trop dangereux.

Malko prit le pistolet. Inutile d'insister ; en plus, il n'avait plus besoin pour le moment de Jovan Oric. Celui-ci ajouta aussitôt :

– Je vous laisse la voiture. Je prendrai un taxi. Je vous appelle demain au *Hyatt*.

Il s'éloignait déjà dans l'obscurité.

Malko, resté seul, examina le pistolet. Le chargeur était plein et il semblait en état de marche. Il fit, à tout hasard, monter une balle dans le canon et le glissa sous sa veste, dans son dos, où il était invisible.

Il se fraya ensuite un chemin dans la foule du *Pirana* et aperçut Liliana Dimitrievic à sa table habituelle, l'air renfrogné. Lorsqu'elle l'aperçut, elle se leva avec un sourire un peu contraint et l'embrassa.

Elle portait une robe ultracourte en cuir blanc stretch garnie de dentelle aux endroits stratégiques et des bottes argent moulantes avec des talons de douze centimètres

Avant même que Malko ait le temps de s'asseoir, elle hurla pour couvrir le vacarme de l'orchestre :

— Borislav m'a dit qu'il passerait peut-être.

Malko se dit qu'il était temps de détendre l'atmosphère et commanda au garçon une bouteille de Taittinger. Sûrement le seul client du *Pirana* à pouvoir s'offrir ce luxe hors de portée de la plupart des Serbes.

Même le champagne ne rendit pas le sourire à Liliana, qui n'arrêtait pas de regarder en direction de la porte.

Le patron vint lui demander de chanter, mais elle déclina, prétextant un mal de gorge.

Une heure s'écoula ainsi. Liliana vidait machinalement sa flûte de Taittinger, sans dire un mot. Enfin, Malko vit son regard s'éclairer et elle hurla à travers la table :

— Voilà Borislav.

Il aperçut un homme en train de se faufiler entre les tables. Le crâne dégarni, trapu, la cinquantaine, des traits de paysan, de gros sourcils et une vieille sacoche de cuir accrochée à l'épaule. C'était bien Borislav Lukic, membre de la «Preventiva», un de ceux qui savaient probablement où se trouvait Radovan Karadzic.

Il arriva à la table et Liliana se leva pour l'étreindre fougueusement, le présentant ensuite à Malko. Le bruit était tel qu'ils ne s'entendirent pas, se contentant d'une poignée de main. Le Bosniaque examina Malko d'un regard aigu, considéra la bouteille de Taittinger Comtes de Champagne Blanc de Blancs avec une once de mépris parfaitement injustifié et commanda au garçon une Slibovica.

Ensuite, il se pencha à l'oreille de Liliana Dimitrievic et hurla :

— Si tu m'as fait une embrouille, je t'en mets deux dans le ventre. Ou je t'enfonce une grenade dans la chatte, comme on faisait aux Turques…

Morte de peur, Liliana sentit ses jambes se dérober

sous elle. La sacoche de cuir de son copain contenait sûrement une arme. À son tour, elle lui hurla à l'oreille :

— Je te jure, il veut seulement te parler.

— *Dobre !* Alors, va chanter et laisse-nous.

Liliana se leva et alla trouver le patron qui fit aussitôt arrêter l'orchestre. Elle gagna le podium, acclamée par ses fans habituels. À peine fut-elle sur la scène que les applaudissements redoublèrent. Moulée dans sa robe mi-cuir mi-dentelles, elle était hyper sexy. D'où il était, Malko aperçut fugitivement le trait blanc de sa culotte, tant la robe était courte. Elle se mit à chanter, d'une voix rendue rauque par l'alcool.

Borislav Lukic se pencha vers Malko, après avoir vidé sa Slibovica d'un coup, et lança :

— Vous voulez me parler ?

— Oui.

— Pourquoi ?

— Je préférerais vous l'expliquer dehors. Ici il y a trop de bruit.

— *Dobre. Davai.*

Il se leva, reprit sa sacoche et se dirigea vers la sortie, sous les regards outragés des clients.

Le silence du dehors contrastait d'une façon incroyable avec le tumulte assourdissant du restaurant. Borislav Lukic fit quelques pas et s'arrêta au bord de la Save, sur un banc d'habitude occupé par des amoureux. Il attendit que Malko l'ait rejoint, ouvrit sa sacoche et plongea sans ostentation sa main à l'intérieur. Malko fut soudain content d'avoir le Zastava prêté par Jovan. Il sentait « physiquement » que Borislav Lukic était un tueur.

— Qui êtes-vous ? demanda le Bosniaque.

Il parlait très bien russe et Malko répondit dans la même langue.

— Je travaille pour les *Izvestia*, dit-il, et je m'appelle Dimitri Iakouchine. Je suis en Serbie pour faire un reportage sur le turbo-folk. C'est pour cela que j'ai contacté votre amie Liliana. Cependant, mon journal s'intéresse aussi à la politique. En Russie, nous suivons de près ce qui se passe dans la région. Moi-même, j'ai déjà écrit plusieurs articles sur ce sujet.

– *Da ?*

C'était le moment de se jeter à l'eau.

– Liliana m'a dit que vous aviez combattu en Bosnie, du bon côté. C'est exact ?

– *Da.*

– Je me suis dit que vous aviez peut-être conservé des liens avec vos amis.

– Et alors ?

– Je vais vous dire la vérité, conclut Malko. Mon journal serait prêt à payer une fortune pour une inter-view de Radovan Karadzic, qui est considéré comme un héros chez nous, en Russie.

Les traits de Borislav Lukic se détendirent impercep-tiblement. Au moins, il avait une explication plausible à l'intérêt que ce journaliste russe lui portait. Aussitôt, son cerveau se mit à tourner à 100 000 tours. Ce n'était pas la première fois que des journalistes offraient un pont d'or pour une interview de l'ancien président de la Republika Srpska. Bien entendu, Karadzic avait tou-jours refusé, et refuserait toujours.

Mais son entourage avait réussi à extorquer pas mal d'argent à des journalistes crédules. Brutalement, Bori-slav Lukic voyait une issue à son problème. Du coup, il se radoucit.

– *Dobre*, *dobre*, je comprends, approuva-t-il. Le frère Radovan est un héros serbe. Mais pourquoi vous adres-sez-vous à moi ?

La suspicion reprenait le dessus.

– J'ai quelques amis à Belgrade, expliqua Malko en souriant. Entre autres, un colonel du FSB en poste ici que j'ai connu en Afghanistan. Lui aussi suit de près la situation politique. Quand Liliana m'a donné votre nom, je lui ai demandé s'il vous connaissait. Ce qui est le cas. Vous faisiez partie de la Xe unité de sabotage du corps d'armée de la Drina, sous les ordres du colonel Ratko Plaskovic qui a été tué depuis. Le FSB pense que vous êtes toujours très proche des gens qui protègent Radovan Karadzic. Voilà pourquoi j'ai voulu vous parler.

Borislav Lukic mit quelques secondes à intégrer ces informations. Toutes ses défenses étaient tombées, il ne pensait plus qu'à extorquer à ce sympathique journaliste russe de quoi désintéresser Zoran le Gitan. Mais il fallait faire monter les enchères d'abord.

– *Gospodine* Dimitri, dit-il d'un ton presque plaintif, *personne* ne sait où se trouve le frère Radovan. D'abord, il se déplace beaucoup. Même son frère Luka, même sa femme Liliana ne savent pas où il se trouve. Et il n'a même pas pu venir à l'enterrement de sa pauvre maman, l'année dernière, à Niksic.

Malko s'attendait à cette réponse et ne se troubla pas.

– *Gospodine* Borislav, répliqua-t-il, peut-être que c'est impossible, mais mon journal m'a demandé d'essayer. Regardez si vous avez un contact, je vais vous donner mon portable, ou sinon, vous pouvez me joindre par Liliana.

– Vous êtes prêt à payer combien ? ne put s'empêcher de demander Borislav Lukic.

Malko sourit.

– Beaucoup, si le tuyau est bon. Je ne suis pas naïf. Je sais que des confrères américains ont perdu beaucoup d'argent en se faisant mener en bateau. Moi, je veux un vrai contact et un rendez-vous.

– Le frère Radovan n'est sûrement pas à Belgrade, objecta Borislav Lukic.

– Mon ami du FSB pense qu'il s'y trouve, rétorqua Malko. Les Russes suivent la situation de très près. Je peux même vous dire qu'un général du GRU [1] est venu spécialement à Belgrade, récemment, s'entretenir avec

---

1. Services de renseignements militaire russe.

le général Ratko Mladic, en vue d'une éventuelle installation en Russie.

Borislav Lukic tiqua intérieurement. Cette information là était exacte, il en avait eu vent. L'homme qui se trouvait en face de lui était sérieux et bien informé. Il allait falloir se donner du mal pour lui prendre son argent sans rien lui fournir en échange... Il s'arracha à son banc.

– *Dobre*. Je vais voir. Je vous préviendrai par l'intermédiaire de Liliana.

Lorsqu'ils rentrèrent au *Pirana*, Liliana Dimitrievic était tassée sur sa chaise comme un lapin effrayé. Un orchestre de jazz était en train de massacrer *Blueberry Hill*. Borislav Lukic ne s'assit même pas et se contenta de hurler quelques mots à son oreille, avant de tendre la main à Malko, avec un large sourire.

– *Dobrevece*, *gospodine* Dimitri.

La chanteuse le regarda fendre la foule vers la sortie puis se tourna vers Malko.

– Ça s'est bien passé ?

– Très bien, affirma Malko, je crois qu'il est très content. D'ailleurs, nous devons nous revoir. Il vous préviendra.

Radieuse, Liliana sauta sur ses pieds et fit un geste à l'orchestre, lançant à Malko :

– Je chante encore un peu et on s'en va.

Après avoir empoigné le micro, elle se lança dans une mélopée triste, mais rythmée, reprise par les spectateurs en délire. Après une autre chanson, elle regagna sa table, sous les applaudissements, et Malko demanda :

– Qu'est-ce que c'est, cette chanson ?

– Un chant de résistance en l'honneur d'une femme qui veut se donner à un héros serbe qui a tué le vizir turc. Une très vieille chanson, que j'ai modernisée.

Décidément, on n'en sortait pas.

Ils fendirent la foule et Malko prit le volant de la Land

Cruiser. Demain, il pourrait rassurer Jovan Oric. La tête
sur son épaule, Liliana chantonnait.

– J'espère que ça va s'arranger avec Borislav, fit-elle,
c'est un bon garçon. Il avait l'air très satisfait. Je serais
si contente…

Elle n'attendit pas d'être dans l'ascenseur pour enla-
cer Malko et, à peine dans la cabine, fit jaillir une langue
de quatre kilomètres dans sa bouche, comme pour lui
attraper les amygdales.

Lorsqu'il remonta sa robe de cuir, il tomba sur une
humidité brûlante. Liliana ne simulait pas : sa foi nationaliste coulait comme une fontaine.

Dans la chambre, elle fit sauter d'un seul geste les
boutons-pressions de sa robe, tomba à genoux devant
Malko et entreprit de réveiller son sexe en le massant
entre ses seins magnifiques qui n'avaient pas encore
connu le silicone. Ensuite, lorsqu'elle le jugea digne de
son désir, elle fonça jusqu'au lit et poussa Malko à s'y
allonger.

Le temps de l'enjamber, elle s'empala sur lui et se
lança dans une cavalcade digne d'un cosaque, comme
la fois précédente. Sans même ôter sa belle robe de
cuir blanc. Enfin, elle se vissa sur lui d'un violent coup
de reins, poussant un hurlement qui montait de ses
entrailles.

C'était quand même une bonne soirée. Tandis que le
pouls de Malko reprenait un rythme normal, il se dit que
le plus dur restait à faire. Même si Borislav Lukic le
menait à Radovan Karadzic, il faudrait ensuite exfiltrer
le leader bosniaque de Belgrade. Et, en Serbie, pas question d'envoyer des Apache.

CHAPITRE XIII

Borislav Lukic, après avoir lâché son tram au bout de la rue Frankuska, remonta à pied la rue Dubrovacka. Il avait, à plusieurs reprises, tenté de joindre Momcilo Bokan sur son portable, sans succès. Il fallait donc utiliser une méthode plus directe.

Le vieux aux cheveux blancs était, comme la dernière fois, assis sur le muret bordant le trottoir face au numéro 26, le récepteur de son baladeur enfoncé dans l'oreille. Borislav Lukic s'approcha de lui et dit à voix basse :

– Dis à «Luna» que Pedravno doit le joindre d'urgence. Qu'il m'appelle.

Il s'éloigna sans attendre la réponse : le vieux n'avait pas fait un geste, pas ouvert la bouche, comme s'il n'avait rien entendu.

Pourtant, Borislav Lukic eut à peine de temps de parcourir cent mètres que son portable sonna.

– Au même endroit que la dernière fois, fit simplement Momcilo Bokan. Dans dix minutes.

Borislav Lukic gagna la grande passerelle bleue sans se presser et s'engagea au-dessus des voies de chemin de fer. Une rame de wagons de marchandises pourrissait sous le soleil brûlant. Momcilo Bokan l'attendait au pied de l'immeuble marron.

– Qu'est-ce qui se passe ? demanda-t-il, soupçonneux.

— Je crois qu'on a une occasion de gagner beaucoup d'argent, annonça Borislav, toi pour la protection du frère Radovan, moi pour régler mon problème. Et sans risque !

— Je t'écoute, fit l'homme de la « Preventiva », méfiant.

La vie lui avait appris qu'on ne gagne *jamais* d'argent facilement. Borislav Lukic reprit tout par le début, ne dissimulant aucun détail de sa rencontre avec le journaliste russe, et conclut :

— Moi, j'ai besoin de 500 000 dinars. Je vais lui demander un million et on partage.

Il attendit, nerveux, la réponse de Momcilo Bokan. Ce dernier commença par poser le problème clairement.

— Tu sais bien qu'il est hors de question que le frère Radovan rencontre un journaliste, même bien disposé. Je ne lui en parlerai même pas.

— Bien sûr ! approuva Borislav Lukic. Il s'agit seulement de lui faire croire qu'il va le rencontrer et de bien monter l'affaire.

Visiblement, Momcilo Bokan n'était pas chaud.

— Je veux bien partager l'argent, dit-il, mais c'est toi qui organises le truc. Cela m'étonne que ce journaliste russe donne un million de dinars sans contrepartie…

— On va l'enfumer ! assura Borislav Lukic. Je vais le mener dans un appartement où le frère Radovan sera censé venir pour l'interview… Là, je lui piquerai l'argent qu'il aura forcément avec lui.

— Et s'il se défend ?

— J'ai de quoi le calmer, dit Borislav. Il me reste un peu de matériel… Ensuite, je t'apporte ta part, je paie les gitans et je file chez ma mère pour un moment…

Momcilo Bokan hocha la tête.

— Tu ne prononces pas mon nom… Et tu ne dis *rien* qui puisse mettre en danger le frère Karadzic.

Borislav Lukic se signa avec horreur.

– Tu n'y penses pas ! C'est seulement un moyen de gagner du fric !

– Bien ! se résigna Momcilo Bokan. Tiens-moi au courant. À propos, tu as le nom de ce type ?

– Bien sûr, Dimitri Iakouchine, du journal les *Izvestia*. Il est bourré de fric. Il a déjà donné mille dollars à Liliana, rien que pour des photos d'elle à poil, qu'il suffit de lui demander gentiment.

Momcilo Bokan acheva de se curer les dents avec une allumette qu'il jeta à terre.

– Il faut que j'y aille, dit-il. Tu me rappelles quand ton truc est calé.

Borislav Lukic repassa la passerelle, le cœur en fête. Cette fois, il allait enfin sortir pour de bon de l'angoisse.

*
* *

Jovan Oric avait repris du poil de la bête et semblait aussi exubérant que d'habitude lorsqu'il rejoignit Malko au restaurant *La Langouste*, à côté de l'ambassade d'Autriche. Un des endroits chics de Belgrade, dominant la Save, juste avant le pont Brasko. On avait mis des parasols sur la terrasse et il y faisait presque frais.

– Comment ça s'est passé ? demanda le Serbe.

– Très bien, affirma Malko. Je crois que je vais pouvoir vous rendre votre pistolet.

– Gardez-le, gardez-le ! Moi, je ne sais pas m'en servir. Tout se passe donc comme vous voulez ?

– Oui.

– Vous n'avez plus besoin de moi…

– Pour le moment, non, assura Malko, je vous rends votre voiture, elle est au parking.

– Gardez-la tant que vous serez à Belgrade ! proposa Jovan Oric. J'en ai une autre, une Mercedes. Ça me fait plaisir de rendre un service à un ami de *gospodine* Vladimir.

Il semblait surtout soulagé de prendre du champ…

Pour l'instant, Malko n'avait plus qu'une chose à faire :
attendre la réponse de Borislav Lukic. Si cela se présentait bien, il faudrait ensuite organiser l'exfiltration de
Radovan Karadzic de Belgrade et de Serbie. Et cela n'allait pas être facile. Plus il réfléchissait à son montage,
plus il se disait que cela pouvait marcher. Borislav Lukic
était motivé et Radovan Karadzic avait des contacts avec
des sympathisants. De toute façon, il n'avait rien à
perdre.

Ce qu'il fallait, c'était mettre sur pied de quoi exploiter l'information donnée par le Bosniaque. Malko aurait
très peu de temps pour réagir. Perdu dans ses pensées,
il sursauta quand Jovan Oric se leva et lui tendit la main.

— Je vous souhaite bonne chance, *gospodine* Dimitri.
Quand vous n'avez plus besoin de la voiture, vous
m'appelez.

Il n'était pas parti depuis dix minutes que le portable
de Malko sonna.

C'était Liliana Dimitrievic, toute ronronnante.

— Notre ami sera à la terrasse de l'hôtel *Moskwa* à
trois heures, annonça-t-elle.

— Merci, fit Malko, le cœur en fête. On se voit ce
soir ?

— Non, je dois aller chanter à Nis. Je serai de retour
demain.

Elle avait quitté le *Hyatt* vers dix heures après sa
ration d'air conditionné et de sexe, plus un solide *breakfast*. Un animal sain et sans complexe. Malko baissa les
yeux sur sa Breitling. Une heure dix. Il fallait dix
minutes pour se rendre au *Moskwa*, un vieil hôtel sur
Terazije, en plein centre, et il n'avait pas faim : trop de
tension.

Surmontant un réflexe de superstition, il appela Vladimir Djorgevic, lui proposant un rendez-vous pour la
fin de la journée.

— Il y a un grand café à l'entrée de Kneza Mihailova,
proposa le Serbe. On peut s'y retrouver à cinq heures.

– Parfait, confirma Malko.

C'était à un jet de pierre du *Moskwa*. Il pourrait s'y rendre à pied.

***

Radovan Karadzic était plongé dans la lecture du quotidien *Nedlj Telegraf*, essayant de lire entre les lignes. Ce journal était très proche des services serbes et on y trouvait souvent des informations intéressantes.

Avant, il avait dévoré le *Kurir*, plus populaire, lisant même les petites annonces. Tout au long de sa cavale, il essayait de rester en contact avec le monde extérieur, envoyait fréquemment des messages à d'anciens collaborateurs, afin de montrer qu'il ne décrochait pas. Bien qu'il ait été limogé le 28 juin 1996, presque dix ans plus tôt, il comptait encore de nombreux fidèles au sein de l'administration bosno-serbe.

Il referma son journal, sans y avoir rien trouvé d'intéressant, et alla se mettre au balcon. La vue était superbe, jusqu'à l'autre rive du Danube. Il regarda quelques bateaux passer. Il avait hâte d'être au lendemain. Par des intermédiaires sûrs, il avait fait savoir à Gordana Starovic, la fille de son vieil ami Nikola Starovic, le chirurgien de Foça, en Bosnie, qu'il se trouvait à Belgrade.

C'était justement l'anniversaire de la mort de son père et il était heureux de communier à ce souvenir commun. Encore un ami proche qu'il n'avait pu enterrer. Le fidèle Momcilo Bokan l'amènerait jusqu'à elle. Même elle ne devait pas connaître son adresse, jusqu'à leur rencontre.

***

La terrasse du *Moskwa* était presque vide et Malko n'eut aucun mal à repérer Borislav Lukic assis devant un café, sous la tente verte. Quand il le rejoignit, il repéra la sacoche en cuir posé sur le siège voisin. Le Bosniaque était sûrement armé, bien que, en Serbie, il ne craigne rien.

– *Dobredin*, lança-t-il d'une voix cordiale. Café ?

– *Da.*

Ils attendirent que le garçon se soit éloigné pour parler.

– Alors ? demanda Malko, vous avez réfléchi à mon offre ?

Borislav Lukic alluma une cigarette et souffla la fumée avec un sourire entendu.

– Vous avez de la chance ! dit-il.

– Pourquoi ?

– D'abord, parce que le frère Radovan se trouve bien à Belgrade, ce que j'ignorais. Ensuite, j'ai retrouvé un de mes très bons amis qui fait partie de ceux qui veillent sur sa sécurité et je lui ai parlé de votre offre…

– Qu'en a-t-il dit ?

– Il la trouve intéressante… Son organisation a besoin d'argent, et le frère Radovan va pouvoir s'expliquer auprès du peuple russe, sur certains aspects de sa politique.

– Il a accepté ?

Là, cela sentait l'arnaque.

– Non, se récria Borislav Lukic, mais mon ami a beaucoup d'influence sur lui. Il doit lui poser la question ce soir ou demain.

– Et s'il accepte ?

Le Bosniaque se tourna vers lui :

– Ce sera simple. À une certaine heure, un certain jour, je viendrai vous chercher. Nous irons ensemble dans un appartement sûr, où le frère Radovan nous rejoindra avec ses gardes du corps. Vous serez fouillé, bien entendu, vous ne pourrez pas prendre de photos, et vous aurez seulement une heure pour poser vos questions. Quand ce sera terminé, vous resterez dans l'appartement avec moi, le temps qu'ils diront. Et vous devrez jurer sur l'icône de saint Sava de ne jamais révéler où vous l'avez rencontré, ni même dans quelle ville. Vous êtes d'accord ?

– Je suis d'accord, approuva Malko.

Jusque-là, cela tenait debout. Mais c'était quand même un peu trop facile...

– Je sais que son frère Luka a, à plusieurs reprises, extorqué de l'argent à des journalistes qui n'ont jamais pu rencontrer Radovan Karadzic, remarqua Malko. Il ne faudrait pas ce soit le cas...

Borislav Lukic eut un rire méprisant.

– Luka est un ivrogne, il avale vingt bières par jour et a besoin d'argent. Personne ne lui fait confiance. Mon ami, lui, veille sur le frère Radovan depuis huit ans. Il n'est pas intéressé.

– Il ne veut pas d'argent ?

– Si, parce que la protection du frère Radovan coûte très cher.

On en arrivait à la minute de vérité.

– Combien voulez-vous en tout ? demanda Malko.

– Un million de dinars [1]. 500 000 pour moi et 500 000 pour mes amis.

Ce n'était pas une somme colossale, mais ces gens-là n'avaient pas le sens de l'argent. Ils vivaient avec très peu de moyens.

Malko eut du mal à dissimuler son excitation. C'était trop beau. Même si ce rendez-vous n'était que le début de l'affaire.

– C'est cher ! fit-il pourtant.

Borislav Lukic haussa les épaules.

– C'est à prendre ou à laisser. Nous ne discuterons pas.

– Attention, avertit Malko, je ne donnerai l'argent que lorsque je serai en présence de Karadzic...

– Pas de problème, affirma le Bosniaque. Nous

---

1. Environ 15 000 dollars.

attendrons ensemble dans l'appartement et lorsqu'il arrivera, vous me remettrez les fonds.

— *Dobre*, conclut Malko. Je vais appeler le journal et je vous donne la réponse demain matin.

— Je vous appelle à onze heures, promit Borislav Lukic.

Il se leva, prit sa sacoche et s'éloigna sur Terazije après avoir serré la main de Malko. Celui-ci le regarda se fondre dans la foule. À la fois follement excité et angoissé. Localiser Radovan Karadzic était déjà un exploit que personne n'avait encore accompli. Mais, ensuite, le plus dur restait à faire : l'exfiltrer jusqu'à La Haye.

Seul, Vladimir Djorgevic pouvait lui venir en aide. Inutile même d'avertir la station de la CIA de Belgrade. Les Américains n'auraient aucune aide à lui proposer. Bien qu'étant sur place, ils n'étaient même pas arrivés à convaincre le gouvernement Kostunica de livrer le général Ratko Mladic.

*
* *

— Vous ne pouvez compter sur personne, ici à Belgrade, annonça calmement Vladimir Djorgevic. Ni sur le BIA, ni sur la police, et surtout pas sur les autorités politiques, qui sont traumatisées sur ce sujet. Cela va être très difficile…

La terrasse du café où ils se trouvaient était noire de monde. Les Belgradois adoraient rester des heures devant un expresso à regarder les jolies femmes.

— Si j'arrive à rencontrer Radovan Karadzic, je ne vais quand même pas le laisser repartir sans rien faire…

Vladimir Djorgevic secoua la tête.

— Je ne suis pas certain que vous le rencontriez. Ce Borislav Lukic essayera de vous enfumer. Ce n'est qu'un simple « soldat » de l'organisation. Il n'a pas le poids nécessaire pour organiser ce genre de rencontre.

– O.K., fit Malko, mais je suis obligé de faire comme si. De prévoir ce que je pourrais faire, après. Vous avez une idée ?

Vladimir Djorgevic ôta ses grosses lunettes carrées et lui jeta un regard en coin.

– Oui. Si vous localisez réellement Radovan Karadzic, ne prencz pas de risques. Faites venir des gens de Tuzla et liquidez-le sur place. C'est la meilleure solution.

Il conseillait froidement d'assassiner l'ancien leader de la Republika Srpska… Malko secoua la tête.

– Ce n'est pas *la* solution demandée par la Maison Blanche. Ils veulent le voir à La Haye.

– Les Américains rêvent ! soupira le Serbe. De toute façon, il y aura de la casse. Il n'est pas tout seul, forcément. Mais, en admettant que vous neutralisiez sa garde personnelle, au plus huit hommes, il faudra le sortir de Belgrade et, ensuite, du pays. En évitant le Monténégro et la Bosnie où il pourrait y avoir des réactions.

– En avion, à partir d'ici ?

Il pensait à la façon dont la CIA avait exfiltré de Roumanie un terroriste irakien, quelques mois plus tôt. Avec un jet privé civil…

De nouveau, Vladimir Djorgevic ne manifesta pas un enthousiaste débordant.

– Pour exfiltrer Radovan Karadzic de Serbie, fit-il, il vous faut un feu vert politique. Kostunica ne vous le donnera pas.

– Comment ! s'insurgea Malko. Si Carla Del Ponte lui confirme que Karadzic est localisé à Belgrade, il refusera de le livrer ?

Le Serbe sourit. Tristement.

– Il ne refusera pas, bien sûr. C'est impossible, cela mettrait la Serbie au ban des nations, mais il s'arrangera pour que l'opération foire. Ou que Karadzic soit abattu.

– Abattu ?

– Oui. Beaucoup de gens, ici, n'ont pas envie qu'il

parle de ses liens avec la Serbie. S'il est tué au cours de
son exfiltration, cela arrangera tout le monde : on en fait
un martyr, on fait porter le chapeau de sa mort aux Américains et tout le monde est tranquille, les morts étant
peu bavards de nature…

Le garçon leur apporta un second café accompagné
du traditionnel morceau de loukoum, souvenir de l'occupation ottomane.

Malko regarda la rue piétonne, grouillante de monde,
les femmes sexy, cette ville qui semblait normale et qui
ne l'était pas.

— Il n'est pas question de liquider Radovan Karadzic,
conclut-il. Si on ne peut pas l'exfiltrer *officiellement*, on
pourrait y arriver clandestinement. Ce ne sont pas les
routes qui manquent pour la Bosnie…

— Dans ce cas, avertit Vladimir Djorgevic, il faudra
tuer tous ses partisans en Serbie, y compris son frère
Luka. Si vous l'enlevez, ils vont ameuter l'opinion
publique et le parcours jusqu'à la frontière, si vous y
arrivez, sera un chemin de croix extrêmement périlleux.
Ils sont capables de tout. Radovan Karadzic est une
idole, plus que Slobodan Milosevic. Le chantre de la
Grande Serbie, un intellectuel. Il vous faudrait un convoi
blindé.

Le silence retomba, rompu par Malko. À côté d'eux,
trois ravissantes pépiaient comme des oiseaux.

— Que me conseillez-vous, alors ?

Le Serbe remit ses lunettes.

— D'abord, ne rien dire à personne *d'officiel*. Si vraiment vous parvenez à localiser Karadzic, je pense que
le mieux serait qu'il s'en aperçoive…

— Vous plaisantez ?

— Non, affirma le Serbe. S'il se sent repéré, il voudra
changer de planque ; depuis le début de sa cavale, il
« tourne » entre la Serbie, le Monténégro et la Bosnie.
Ici, il se sentait en sécurité. Son premier réflexe sera de
filer. Très probablement, en Bosnie. À vous de ne pas

le lâcher et de mener votre opération là-bas… Il ne peut utiliser ni l'avion ni le train, donc, il partira par la route.

– Ça sera difficile.

Vladimir Djorgevic eut un geste plein de fatalisme.

– C'est ce que les Américains appellent un *long shot*. Cela fait huit ans qu'il échappe à toutes les recherches… Ce n'est pas par hasard.

Devant le découragement visible de Malko, il ajouta aussitôt :

– J'ai peut-être un plan B pour vous. En revisitant ce dossier, j'ai découvert que Gordana, la fille du meilleur ami de Radovan Karadzic, le docteur Starovic, habite Belgrade. Elle est également médecin, dermatologue, et travaille à l'hôpital de Zemun. Demain c'est l'anniversaire de la mort de son père. Cela m'étonnerait, si elle sait que Karadzic se trouve à Belgrade, qu'elle ne lui rende pas visite, ou qu'ils ne se rencontrent pas d'une façon ou d'une autre.

– Sachant cela, la BIA ne fera rien ? demanda Malko, suffoqué.

– La BIA ne veut pas attraper Radovan Karadzic, observa calmement le Serbe.

Il plongea la main dans sa poche et en ressortit une enveloppe qu'il tendit à Malko.

– À l'intérieur, il y a une photo d'elle et son adresse, 199 boulevard Alexander. C'est une belle femme d'environ trente-cinq ans, très grande. Blonde. Pour le reste, je ne peux pas vous aider. Et, même quand mon boss, Mihailovic, était ministre de l'Intérieur, il ne l'aurait pas pu non plus… Vous avez mon portable, tenez-moi au courant, sans donner de nom : je suis presque certain d'être écouté.

Malko repartit récupérer la Land Cruiser au parking et Vladimir Djorgevic se perdit dans la foule de Kneza Mihailova.

* *
*

Borislav Lukic répondit à son portable qui n'affichait aucun numéro. Dès qu'il reconnut la voix de Momcilo Bokan, son pouls grimpa vertigineusement.

— Je t'attends au même endroit, six heures, dit d'une voix égale l'homme de la « Preventiva ». Ou plus tôt, si tu es dans le coin.

— Je peux être là dans dix minutes, affirma aussitôt le Bosniaque.

Il s'engagea aussitôt dans Todeusa Kosuska, le cœur battant. Cet appel l'inquiétait. C'est *lui* qui aurait dû appeler Momcilo, et non l'inverse… Il était en nage quand il dégringola les dernières marches de la passerelle bleue.

Personne.

Il s'immobilisa à côté de l'immeuble marron, de plus en plus inquiet. N'osant pas rappeler son copain. Celui-ci surgit d'une autre rangée d'immeubles, à cinquante mètres de là, et suivit les voies pour le rejoindre.

À son visage fermé, Borislav Lukic comprit qu'il y avait un loup.

— Tu n'as pas été suivi ? demanda aussitôt Momcilo Bokan.

— Suivi ! Non, je ne crois pas.

Il tombait des nues, n'ayant pas une seconde envisagé cette éventualité.

— Moi non plus, je ne crois pas, confirma Momcilo Bokan. Je t'observe depuis dix minutes. Mais, avec les *Amerikanski*, il faut se méfier : ils sont très forts en électronique.

— Les *Amerikanski* ! Mais…

— Il n'y a aucun journaliste du nom de Dimitri Iakouchine aux *Izvestia* et ils se foutent éperdument du turbo-folk. En plus, ils n'ont pas un sou pour les reportages à l'étranger.

Borislav Lukic sentit une chape de glace lui serrer le cœur. Son pouls s'accéléra jusqu'à faire cogner le sang dans ses tempes.

– Comment sais-tu cela ? demanda-t-il d'une voix mal assurée.

– Nous avons des amis à Moscou.

Borislav Lukic mit quelques instants à retrouver l'usage de la parole.

– *Dobre*, conclut-il, qu'est-ce qu'on fait avec ce salaud d'espion ?

– Qu'as-tu convenu avec lui ?

Borislav Lukic le lui expliqua. Après l'avoir écouté, Momcilo conclut :

– Il faut qu'il ne se doute de rien… Et, si possible, qu'on récupère l'argent des *Amerikanski*. Ensuite…

Il laissa sa phrase en suspens, mais les deux hommes étaient sur la même longueur d'onde : cet ennemi de la Serbie ne devait pas demeurer en vie.

Il en allait de l'honneur de la Grande Serbie.

CHAPITRE XIV

Malko était resté enfermé dans sa chambre du *Hyatt* pendant plus de deux heures, pianotant sur son «Black-berry» crypté, afin de trouver une solution à la seconde partie de l'opération K. Il n'avait pas voulu se rendre à l'ambassade américaine où il aurait pu profiter d'un sys-tème de communication plus sophistiqué, de peur d'être suivi.

Essentiellement, il avait parlé avec le colonel Carter, responsable à Tuzla de la «Task Force Eagle» chargée en principe d'appréhender Radovan Karadzic. L'officier américain répercutant ensuite sur Washington et La Haye.

Le résultat n'était pas brillant. Bien entendu, toute intervention militaire était exclue, pour des raisons évi-dentes. Dans un premier temps, il avait été convenu que, une fois Radovan Karadzic localisé et identifié positi-vement par Malko, un message urgent et officiel serait envoyé directement au premier ministre serbe Kostu-nica, lui demandant de faire interpeller le criminel de guerre par la police serbe.

Le même message serait transmis par Carla Del Ponte, assorti des menaces habituelles de mesures de rétorsion contre la Serbie. Malko entrerait en contact, *via* l'ambassade américaine de Belgrade, avec le ministre de l'Intérieur en exercice, pour amplifier la pression.

En même temps, la « Task Force Eagle » déploierait sur la zone frontière entre la Bosnie d'une part et, d'autre part, la Serbie et le Monténégro, des moyens électroniques et humains en vue d'empêcher une fuite possible de Radovan Karadzic dans son pays d'origine.

Malko avait mal aux yeux à force de taper des SMS, difficilement interceptables.

Il n'avait plus qu'à attendre le déclenchement de la première partie de l'opération. Et à exploiter l'information donnée par Vladimir Djorgevic concernant la fille du docteur Starovic.

Il appela Jovan Oric, qui était toujours au bout de son portable.

– Voulez-vous dîner ce soir avec moi ? proposa-t-il au Serbe. C'est purement de la détente.

Jovan Oric n'hésita pas très longtemps.

– J'avais déjà prévu quelque chose avec ma copine, Dragana, et ma cousine, Natacha. On va dîner tous ensemble. Je viens vous chercher au *Hyatt*.

– Mais, j'ai votre Land Cruiser ! protesta Malko.

– *Nema problem*[1]. Je viens avec la Mercedes. Neuf heures. On ira manger de l'agneau rôti.

– Venez prendre d'abord un verre au *Hyatt*, proposa Malko.

– D'accord.

Jovan Oric n'était jamais contrariant. Malko avait quand même une idée derrière la tête en l'invitant. Pour la surveillance de Gordana Starovic, il aurait besoin d'aide.

Or, il était urgent de mettre cette surveillance en place. Si Vladimir Djorgevic disait vrai, il pourrait vérifier, à travers les éventuels déplacements de la jeune femme, les dires de Borislav Lukic.

---

1. Pas de problème.

Radovan Karadzic contemplait le Danube, le cœur plein de tristesse : il avait passé l'après-midi à rédiger un poème à la mémoire de son ami disparu, le docteur Nikola Starovic, qu'il comptait remettre à sa fille Gordana le lendemain.

Or, Momcilo Bokan, le responsable de sa sécurité, l'avait averti qu'il courait un gros risque en prolongeant son séjour à Belgrade et qu'il fallait partir le plus vite possible. C'était la seconde fois en quelques jours que sa cavale, d'ordinaire paisible, était troublée. L'affaire du monastère de *Pristinja* avait été entièrement éclaircie : c'était cet extrémiste de Munir Konjic qui avait mené son enquête tout seul, n'appelant les Américains qu'à la fin. Radovan Karadzic ne craignait pas les Américains, trop lourds, trop lents, et surtout, très mollement décidés à la capturer.

À Belgrade, il se sentait en sécurité. Les Serbes le protégeraient discrètement et les Américains ne pouvaient pas agir ouvertement.

Il regarda le soleil se coucher, éclairant les eaux sombres du Danube. Son devoir de mémoire accompli, il repartirait vers la zone où il se cachait depuis des années.

Jovan Oric, visiblement d'excellente humeur, leva sa flûte de Taittinger Comtes de Champagne Blanc de Blancs et lança d'une voix de stentor :
– *Na sdarovié*[1] ! *gospodine* Dimitri !
Dragana Obrenovic, la blonde arrivée avec lui, vida sa flûte d'un coup, comme si c'était de la vodka. La

1. À la vôtre !

copine de Jovan Oric respirait le sexe par tous les pores de sa peau. Une blonde pulpeuse, aux yeux bleu porcelaine, boudinée dans une robe à fleurs qui laissait à l'air libre une bonne partie de ses seins. Un regard bovin avec des éclairs sexuels. On avait l'impression que, si on la touchait, elle se mettrait à fondre...

Le bar du *Hyatt*, avec ses boiseries sombres, évoquait l'Angleterre. En un clin d'œil, la bouteille de Taittinger fut vide.

Jovan Oric se leva.

– Venez, on va manger de l'agneau rôti au *Zlatar*.

Ils atterrirent dans un restaurant au décor rustique, une sorte de chalet campagnard, dans le quartier perdu de Halapronsilan.

– Natacha, tu ne bois pas ? demanda le Serbe après avoir versé de la Slibovica à tout le monde.

Natacha, la cousine, était aussi effacée que Dragana était spectaculairement sexy. Une petite jeune femme brune, timide, sans beaucoup de formes, mais au visage harmonieux.

– C'est trop fort, fit-elle en reposant son verre plein.

On apportait déjà l'agneau rôti, coupé en tranches, la grande spécialité serbe, après des salades sans intérêt. Heureusement, la viande était délicieuse.

Malko attendit les pâtisseries – dégoulinantes de crème – pour attaquer son problème. En anglais, par discrétion. Le lendemain matin, il devait appeler Borislav Lukic pour lui confirmer l'accord de son journal pour le million de dinars. Ensuite, il n'aurait plus qu'à attendre le problématique rendez-vous avec le criminel de guerre en fuite.

– Vous avez entendu parler du docteur Nikola Starovic ? demanda-t-il. Un chirurgien qui habitait Foça, en Bosnie. Il est mort l'année dernière.

Jovan Oric fronça les sourcils.

– J'ai connu, il y a quelques années, une Gordana Starovic. Elle était étudiante en médecine. Je suis un peu sorti avec elle. C'était un coup d'enfer ! ajouta-t-il, un peu fat. Puis, je l'ai perdue de vue.

Malko n'en croyait pas ses oreilles.

— Vous connaissez Gordana Starovic… ?

— Je l'ai connue. Elle avait vingt ans, maintenant elle doit en avoir trente-cinq. J'ignore ce qu'elle est devenue.

— Elle est dermatologue à l'hôpital de Zemun, dit Malko. Et c'est aussi la fille du meilleur ami de Radovan Karadzic.

C'était la première fois qu'il prononçait le nom de l'ex-président de la Republika Srpska. Jovan Oric se figea un peu mais ne fit aucun commentaire. Malko décida de tout balancer d'un coup. Évoquant la possibilité d'une visite de Gordana Starovic à Radovan Karadzic… Les deux femmes dévoraient leur agneau en bavardant entre elles. Jovan Oric but une bonne rasade de Vranac avant de laisser tomber :

— C'est donc pour cela que vous êtes à Belgrade…

— Oui, dit simplement Malko. Je voudrais, dès demain matin très tôt, que l'on surveille l'immeuble où habite Gordana Starovic, au 199 boulevard Alexander. C'est possible ?

— C'est possible, admit le Serbe, mais c'est *très* dangereux, si elle s'en aperçoit. Je vais plutôt envoyer ma cousine, Natacha, elle a besoin d'argent. Vous pouvez lui donner cent dollars par jour ? Elle a une petite Koral 55. Il faudra lui payer son essence aussi.

— Évidemment, dit Malko. Vous allez lui dire de quoi il s'agit ?

— Bien sûr, elle n'est pas nationaliste, elle veut juste survivre. Elle se fout de la politique.

Malko sortit de sa poche la photo de Gordana Starovic et la glissa au Serbe.

— Faites au mieux.

**
* **

Il était onze heures moins cinq. Par superstition, Malko avait décidé de ne plus consulter sa Breitling. Borislav Lukic devait téléphoner à onze heures, afin qu'il lui communique la réponse du journal. Malko s'était levé à huit heures et avait filé dans le centre, remontant l'interminable boulevard Alexander, ex-boulevard de la Révolution, qui coupait la ville en deux à partir de Terazije.

Les tristes immeubles de l'époque Tito, noircis par la pollution, s'alignaient à perte de vue, desservis par de vieux trams jaunes qui se frayaient un chemin à coups de timbre aigrelet au milieu des voitures envahissant leurs rails. Il était passé devant l'hôtel *Metropole*, jadis fleuron du Belgrade communiste, aujourd'hui réduit à l'état d'épave grisâtre.

Tous les cent mètres, des voitures grues enlevaient frénétiquement les véhicules stationnés sur les rails du tram : un des rares services municipaux à fonctionner sans faiblesse.

Le numéro 199 était sur la droite, au coin d'une rue où se trouvait une station de taxis. En passant devant, il avait ralenti et repéré, juste en face, attablée à la terrasse d'un petit café, Natacha, la cousine de Jovan Oric.

La surveillance était en place.

Rassuré, il avait regagné le *Hyatt*, cherchant à se vider la tête. La sonnerie de son « Blackberry » lui envoya une bonne giclée d'adrénaline dans les artères. Il s'imposa pourtant de ne répondre qu'à la troisième sonnerie.

– *Gospodine* Dimitri ?

– *Da*. Borislav ?

Il avait reconnu sa voix.

– Quelles sont les nouvelles ? demanda le Serbe d'un ton détaché.

– Bonnes, assura Malko. J'ai le feu vert.

– *Dobre. Dobre.* Je vous rappelle.

Il avait déjà raccroché. Dépité, Malko descendit au bureau de change de l'hôtel, en face des ascenseurs, et changea quinze mille dollars, obtenant un énorme tas de dinars en échange. Le volume d'une boîte à chaussures.

Le temps de remonter dans sa chambre, il était midi. Il n'y avait plus qu'à attendre le bon vouloir de Borislav Lukic. Dur pour les nerfs. Pour s'occuper, Malko vérifia une fois de plus le Zastava. Il avait décidé de l'emmener, quitte à le laisser dans la Land Cruiser.

***

Radovan Karadzic rabattit le couvercle de sa petite valise et, aussitôt, Momcilo Bokan la lui prit des mains. Son séjour à Belgrade se terminait prématurément. Deux autres membres de la « Preventiva » attendaient dans le couloir, lourdement armés, reliés par radio au reste de l'équipe. Les quatre hommes descendirent à pied les quatre étages. Ils se méfiaient des ascenseurs qui pouvaient tomber en panne. Radovan Karadzic, en civil, portait une barbe et un chapeau qui le rendaient méconnaissable. Ils émergèrent dans une cour côté Danube donnant sur un sentier qui s'enfonçait à travers un terrain vague, le long de la centrale électrique de Dorcol, et se terminait sur la berge du fleuve. Deux autres hommes étaient déjà là, surveillant les abords. Ils se joignirent à eux pour gagner un ponton où attendait un petit hors-bord.

Momcilo Bokan aida Radovan Karadzic à y prendre place et le petit engin décolla aussitôt du ponton. Par beau temps, le Danube grouillait d'embarcations de ce type.

Celle-ci commença par longer la rive boueuse, le long de Dorcol, passant devant le « Sportski Centar du 25 mai », puis vira à gauche dans la Save, longeant le Kalemegdan, le grand parc de Belgrade.

Jusqu'à l'embarcadère situé juste avant le pont Bratsvo. Un gros navire était en phase d'embarquement : direction Novi Sad, Vukovar et, beaucoup plus loin,

Budapest. De Bucarest à la capitale hongroise, c'était un trafic incessant.

Le hors-bord s'amarra au quai et Radovan Karadzic se mêla aux passagers qui embarquaient, ses gardes du corps restant à distance, pour ne pas attirer l'attention. Une autre voiture se tenait prête en cas de problème, juste en face. Blindée, avec trois hommes à bord. L'embarquement se passa sans problème et Radovan Karadzic gagna immédiatement la cabine qui lui avait été réservée.

Dix minutes plus tard, le bateau s'éloigna du quai pour gagner le Danube.

*   *
*

Il était trois heures quand le portable de Malko sonna enfin. Borislav Lukic fut très bref :

– Vous avez ce qu'il faut ?

– *Da.*

– *Dobre.* Prenez votre voiture. Je vous attends devant le Théâtre national. Partez tout de suite.

Il avait déjà raccroché. Le Théâtre national se trouvait rue Vasa Carapica, juste avant la place de la République. Malko y fut exactement treize minutes plus tard. Borislav Lukic attendait devant un fleuriste ambulant, au bord du trottoir, et monta immédiatement dans la Land Cruiser. Heureusement : il était impossible de stationner là.

– Descendez Frankuska, ordonna le Bosniaque.

Beaucoup plus bas, avant d'arriver à Dorcol, il désigna une rue à gauche :

– Vous suivez Dunavska jusqu'au bout.

Cinq cents mètres plus loin, la rue s'incurvait vers la gauche, parallèle au Danube. De vieux immeubles s'alignaient sur la droite tandis qu'en face, une palissade de bois la séparait d'une sorte de gare de triage.

– Arrêtez-vous là, dit le Bosniaque, montrant une large trouée dans la palissade.

Malko obéit. Borislav Lukic se tourna vers lui.

– Nous sommes arrivés. Vous avez l'argent ?

Malko lui montra une énorme enveloppe posée sur le plancher de la voiture.

– Il est là.

– Montrez.

Malko ouvrit l'enveloppe, découvrant les liasses de billets de 1 000 dinars.

– *Dobre*, approuva le Bosniaque, visiblement rassuré.

Il sortit le premier de la Land Cruiser, imité par Malko qui le rejoignit de l'autre côté de la palissade, juste à côté d'une grande passerelle métallique bleue qui enjambait les voies, où stationnaient quelques wagons de marchandises.

Borislav Lukic tendit le bras vers un immeuble blanc faisant partie d'un bloc important, de l'autre côté des voies. À son pied se tenait un homme immobile.

– Voilà celui qui va vous conduire au frère Radovan, annonça-t-il. Il s'appelle «Luna».

– Je croyais qu'on le retrouvait dans un appartement ? objecta Malko.

– Il est dans un appartement. «Luna» va vous y mener.

– Et vous ?

– Pour moi, c'est terminé. Vous me donnez l'argent et je m'en vais. Vous n'avez plus besoin de moi : ils parlent tous russe.

Il ne regardait plus que la grosse enveloppe contenant le million de dinars. Tout cela sentait affreusement l'arnaque. Malko ne se démonta pas.

– Parfait, dit-il. Attendez-moi ici. Je vous donnerai l'argent à mon retour. Dans une heure, selon nos accords.

Sans attendre la réponse de Borislav Lukic, il s'éloigna en direction de l'immeuble blanc, traversant les voies abandonnées l'enveloppe à la main. Borislav Lukic le rappela, furieux :

– Hé, revenez !

Malko ne se retourna même pas. Le soleil tapait férocement dans cet espace découvert et il était déjà en nage. Il était presque à mi-chemin lorsque, brusquement, l'homme chargé de le conduire à Radovan Karadzic disparut !

Un flot d'adrénaline se mit à bouillonner dans ses artères. Cela sentait de plus en plus mauvais. Il se retourna : Borislav Lukic était toujours planté au même endroit et cela lui redonna un peu d'espoir. Il regarda le groupe d'immeubles vers lesquels il se dirigeait. Des HLM plutôt coquets avec des satellites sur chaque balcon. Il aperçut alors une vieille femme en noir qui en arrivait, traversant les voies comme lui, mais en sens inverse.

Lorsqu'elle arriva à sa hauteur, elle marmonna :

– *Dobredin !*

– *Dobredin*, répondit poliment Malko.

Distrait, il se prit le pied dans un rail et trébucha. Au même moment, il entendit une sorte de sifflement et vit la vieille dame s'effondrer sur place comme un tas de chiffons noirs ! Croyant à une chute accidentelle, il se précipita pour l'aider à se relever.

Elle était tombée face contre terre, et il la saisit par l'épaule pour la retourner.

Son pouls grimpa instantanément à 200. La vieille dame avait déjà les yeux vitreux et une mousse rosâtre suintait de sa bouche ridée.

– *Gospodina !*

Elle ne répondit pas, eut un hoquet et se figea définitivement. Tuée sur le coup.

Malko se redressa, fixant les centaines de fenêtres qui lui faisaient face, de l'autre côté des voies. Quelqu'un venait de tirer sur lui, avec une carabine équipée d'un silencieux, et, s'il n'avait pas trébuché, c'est lui qui aurait reçu le projectile qui venait de tuer cette malheureuse vieille femme. Il était encore en train de regarder les immeubles lorsqu'il entendit un nouveau sifflement, puis le bruit sec d'une balle ricochant sur le wagon proche.

D'un bond, il sauta à l'intérieur et s'allongea sur le plancher de bois couvert de poussière, le pouls en folie. Cette fois, tout était clair. Ce n'était pas seulement une arnaque : s'il avait remis l'argent à Borislav Lukic, ce dernier filait avec, tandis que ses complices abattaient Malko.

Il leva la tête et regarda vers la palissade : le Bosniaque avait disparu.

Il y eut un choc sourd, juste au-dessus de lui, et un trou apparut dans la paroi de bois vermoulu. On continuait à tirer sur lui. Et grâce au silencieux, cela n'ameutait pas le quartier. Or, le Zastava de Jovan Oric était resté dans la boîte à gants de la Land Cruiser !

Il resta allongé sur le sol du wagon, dans une chaleur étouffante. Encore deux chocs sourds et deux trous par lesquels le soleil s'engouffra. Malko prit son portable et appela Jovan Oric. Au milieu de cette gare de triage abandonnée, personne ne lui viendrait en aide.

Les minutes s'écoulaient, interminables.

On ne tirait plus, mais on devait le guetter. Soudain, il entendit un bruit de voix, des exclamations. Il risqua un œil et aperçut trois femmes avec des cabas, qui revenaient vraisemblablement de leur marché, debout à côté du cadavre de la vieille femme. L'une d'elles, son portable à l'oreille, était sûrement en train d'appeler la police.

Cette fois il n'hésita pas. Se laissant glisser hors du wagon, il s'éloigna, protégé par sa masse, en direction de la rue Dunavska. Les trois femmes ne le virent même pas… Quand il se glissa au volant de la Land Cruiser, sa chemise était collée à son dos par la transpiration et son pouls était encore à 150. Il jeta l'enveloppe contenant le million de dinars sur le plancher : elle ne risquait plus de servir.

Si Radovan Karadzic avait été dans le coin, il n'y était certainement plus…

Il ne restait plus que Gordana Starovic pour le mener à l'ancien président de la Republika Srpska. Au moment où il démarrait, son portable sonna : c'était Jovan Oric.

— Vous m'avez appelé ?

— Oui. Votre cousine est toujours en place ?

— Absolument. Elle vient juste de m'appeler ; personne n'est sorti du 199.

— Qu'elle ne décroche surtout pas, recommanda Malko. Je vous expliquerai pourquoi. On se retrouve à six heures au *Hyatt* ?

*
* *

Borislav Lukic arriva chez lui en nage, le cerveau en capilotade, partagé entre la frustration, la rage et l'angoisse. Cette fois, non seulement il aurait Zoran à ses trousses, mais le faux journaliste russe allait sûrement chercher à le retrouver.

Il n'avait plus qu'une solution : Pedravno, son village natal, où personne ne viendrait le chercher. Assis sur son lit, il entreprit de terminer sa bouteille de Slibovica, tout en remuant des pensées plus que moroses ; lorsqu'il ne resta plus une goutte d'alcool de prune dans la bouteille, sa décision était prise. Il alla récupérer le sac de sport contenant son pistolet-mitrailleur Skorpio, trois chargeurs et un long silencieux, souvenir de l'épuration ethnique en Bosnie.

Cinq minutes plus tard, il roulait au volant de la Jugo de Liliana Dimitrievic en direction de l'île Ciganlija. Avant de quitter son appartement, il avait entassé tout ce qu'il possédait dans une petite valise. Peu de chance qu'il remette jamais les pieds dans cet endroit.

Il s'arrêta dans le petit parking à côté de la péniche où vivaient Zoran et sa famille. Tout était parfaitement calme. Il sortit le Skorpio et vissa avec soin le long silencieux.

Il quitta ensuite la voiture, l'arme à bout de bras, et s'engagea sur la passerelle de la péniche, sans se cacher. Sa main gauche le faisait toujours souffrir, mais il n'en avait pas besoin…

Un bruit de conversations et de cris d'enfants montait de la péniche. Au moment où il arrivait au bout de la passerelle, un des cousins de Zoran surgit, étonné.

– Qu'est-ce que tu veux ? lança-t-il.

– Zoran est là ?

– Il est occupé. Il ne t'attendait pas.

– Ça ne fait rien, fit tanquillement Borislav Lukic, avant de tirer deux balles dans le ventre du jeune homme qui s'effondra sur le pont.

Au passage, il lui en mit encore une dans la tête, sans même se baisser. Il se sentait bien. Grâce au long silencieux, cela avait fait juste *plouf, plouf, plouf*. Même les merles perchés sur le bastingage ne s'étaient pas envolés.

Les marches menant au grand salon grinçaient. Deux hommes se trouvaient en bas : un vieux de dos, et Zoran, en train de jouer aux cartes. Borislav Lukic s'arrêta derrière le vieux et lui tira dans la nuque, une seule fois.

Zoran demeura figé quelques secondes puis plongea sous la table, ramenant un fusil de chasse à canon scié.

Il n'eut pas le temps de s'en servir : Borislav Lukic lui tira une balle en plein cœur. En tombant en arrière, l'index du gitan appuya sur la détente et le coup partit, le frappant sous le menton et lui arrachant la moitié de la tête.

Il y avait du sang, des débris de cervelle et des bouts d'os partout.

Brutalement, un grand silence régna dans la péniche. Borislav Lukic ramassa le fusil par le canon encore chaud, de la main gauche, et s'engagea dans le second escalier. Rafalant une silhouette qui surgissait de l'ombre.

Le second cousin, un grand couteau à la main…

Borislav Lukic enjamba son corps, débouchant dans la cuisine de la péniche. Une femme jeune, plutôt belle, habillée en gitane, les cheveux tirés, le fixa, ses grands yeux noirs terrifiés. Elle épluchait des lentilles, entourées de deux filles et d'un garçon d'une dizaine d'années.

– Qui…

Le Bosniaque braqua le Skorpio sur elle. Il y eut un claquement sec : la douille s'était coincée dans la fenêtre d'éjection. La femme poussa un hurlement et voulut fuir vers l'arrière, tirant par la main une des filles.

Borislav Lukic la rattrapa et abattit de toutes ses forces la crosse du fusil sur sa nuque. Elle s'effondra et il tapa encore plusieurs fois, sous le regard des gosses terrorisés. Ceux-ci tentèrent à leur tour de fuir. Le Bosniaque cueillit le premier d'un coup de crosse en plein visage, qui fit jaillir toutes ses dents. Il continua, tapant comme un sourd sur les deux autres. Jusqu'à ce qu'il n'y ait plus que des corps inertes autour de lui.

Cela lui rappelait le bon temps du nettoyage ethnique en Bosnie. Il s'arrêta, regarda autour de lui ; ils étaient tous morts, il y avait du sang partout, des débris d'os, des crânes éclatés. Il n'éprouvait absolument *rien*.

Sinon la satisfaction de se dire qu'il avait retrouvé son honneur. Il essuya soigneusement la crosse du fusil et celle du Skorpio. Dénichant un jerrican d'essence, il entreprit d'arroser les corps, puis l'ensemble de la péniche, jusqu'à la passerelle.

Une fois sur la terre ferme, il jeta une poignée d'allumettes enflammées sur le bois imbibé d'essence et une langue de flammes jaillit instantanément, embrasant la péniche en un temps record.

Il regagna ensuite la Jugo et mit le cap sur la gare routière. Après avoir garé la petite voiture, il laissa les clefs dans la boîte à gants et appela Liliana Dimitrievic. Dans une heure, il avait un bus pour Sarajevo.

*
* *

Jovan Oric débarqua au *Hyatt* avec son éternel sourire optimiste aux lèvres.

– Elle n'a toujours pas bougé ! annonça-t-il. La petite est là-bas.

– Très bien, dit Malko. J'ai quelque chose pour vous.

Il poussa vers lui l'enveloppe contenant le million de dinars, entrouverte. Jovan Oric aperçut les billets et sursauta.

– Qu'est-ce que c'est ?

– Un million de dinars, dit Malko. Il ne vous était pas destiné, mais je suis heureux de vous le donner.

Jovan Oric se récria avec une sincérité à peine feinte. Mais il finit par prendre l'enveloppe, commandant dans la foulée un Defender « 5 ans d'âge » pour fêter cet heureux événement. Malko attendit qu'il ait bu pour expliquer :

– Radovan Karadzic est parti. On a essayé de me tuer : c'était un piège. Il est donc vital que votre cousine continue sa surveillance. Car Gordana Starovic peut nous mener à lui, éventuellement.

Boosté par les dinars, Jovan Oric affirma aussitôt :

– Je vais dire à ma copine Dragana de la relayer. Moi aussi, j'irai.

Au moment où il se levait, son portable sonna. Il eut une brève conversation en serbe, puis annonça :

– C'est Liliana. Elle donne un grand récital au *Pirana* ce soir. Elle dit que cela sera « magnifique »…

– Eh bien, on va y aller tous les deux, suggéra Malko.

Il avait un sacré compte à régler avec Borislav Lukic. La chanteuse permettrait peut-être de le retrouver.

*
* *

Radovan Karadzic somnolait sur la banquette arrière de l'Audi 8. La nuit était tombée depuis longtemps et il n'était pas loin de sa destination finale : Donja Pilica, un petit village bosniaque où il ne comptait que des amis. Le bateau l'avait déposé à Novi Sad où l'attendait une voiture.

Il sentait ses hommes nerveux. Ils avaient été surpris par l'incident de Belgrade. Normalement, le criminel de guerre aurait dû y séjourner un ou deux mois, le temps de voir ses petits-enfants, peut-être son frère, et une poignée d'amis sûrs. Il ne comprenait pas pourquoi sa traque avait repris brusquement, alors qu'on lui avait assuré qu'il n'y avait plus de danger immédiat.

Quelqu'un avait trahi, mais qui ? C'était la première fois depuis le début de sa longue cavale… Le portable du chauffeur sonna : il prit la communication et se retourna.

– On change de route, il y a des policiers à cinq kilomètres d'ici.

Depuis Novi Sad, ils roulaient à trois voitures. Une devant, en éclaireur, pour signaler les dangers éventuels, la sienne, et une de secours. En tout, dix de ses meilleurs hommes, qui avaient provisoirement quitté Pale et leur job pour assurer son déplacement.

L'Audi abandonna la route principale Novi Sad-Sabac pour un itinéraire secondaire avec des milliers de virages. Ils avaient encore deux bonnes heures de route jusqu'au poste frontière de Loznicko Polié, et ils ne pouvaient passer qu'à partir de dix heures du soir, heure à laquelle un homme sûr prenait la direction du poste jusqu'à six heures du matin.

C'est grâce à ce genre de précautions que Radovan Karadzic était toujours passé entre les mailles du filet.

* *

Comme toujours, le *Pirana* était comble. Jovan Oric et Malko gagnèrent la table de Liliana, en tenue de rockeuse, en compagnie de deux fans qui semblaient sortir directement de la jungle.

– Des amis ! dit-elle simplement.

Ils marchaient déjà à la Slibovica. L'orchestre jouait une chanson du film *Chat noir, chat blanc*. Malko reconnut les mêmes tronches avinées que d'habitude. Les « groupies » de la Grande Serbie. Liliana se pencha vers lui et annonça :

– Ce soir, ça va être une soirée exceptionnelle, magnifique !

C'est vrai qu'elle était très bandante, avec ses bottes, son pantalon de cuir stretch, son haut de dentelle noire et son maquillage outrancier. Déjà la salle la réclamait.

Enfin, elle gagna le podium, s'inclina, prit le micro et réclama le silence.

Ensuite, d'une voix bizarrement grave, elle lança une phrase sèche. Le silence de la salle se fit encore plus lourd. Malko tourna la tête vers Jovan Oric et vit qu'il avait blêmi ; il semblait tassé sur sa chaise.

– Qu'est-ce qu'elle a dit ? demanda-t-il.

Le Serbe en oublia de bégayer.

– « Il y a un salaud dans la salle. »

CHAPITRE XV

Malko n'eut pas le temps de se demander de qui il s'agissait. Liliana Dimitrievic venait de pointer son micro dans sa direction, au milieu d'un flot de paroles d'où émergeait le nom de Carla Del Ponte, la Satanique.

Jovan Oric avait pris la couleur d'un bâton de craie. Sur l'estrade, Liliana continuait à vociférer ses malédictions. Un homme au crâne rasé, dans les deux mètres dix, se leva au milieu de la salle, brandissant une bouteille de Defender à moitié pleine qu'il projeta de toutes ses forces en direction de Malko. Elle ricocha sur l'épaule de Jovan Oric et se brisa contre le podium, inondant de scotch quelques clients. Désormais, c'était à qui vociférait le plus fort. Malko et Jovan échangèrent un regard.

– Ils vont nous tuer, fit Jovan Oric d'une voix blanche. Il y a plein d'anciens militaires bosniaques ici.

Déjà, plusieurs clients brandissaient des couteaux ou des armes improvisées. Une chaise vola à travers la salle, atterrissant sur leur table et balayant verres et bouteilles.

– Vous avez le pistolet ? hurla Jovan.

– Non, fit Malko, heureusement.

Contre une foule déchaînée d'une centaine de personnes, une arme de poing ne sert qu'à envenimer les choses. Borislav Lukic s'était bien vengé. Une femme, tout près d'eux, prit son verre de vin rouge et le jeta à la tête de Malko. En quelques minutes l'atmosphère s'était chargée d'une haine palpable. Malko regarda autour de lui. S'ils traversaient la salle, ils seraient écharpés avant d'arriver à la porte.

Un grand barbu au ventre de buveur de bière monta sur une table et hurla.

– Il dit qu'il faut nous égorger et nous jeter dans la Save, traduisit Jovan.

Comme si de rien n'était, l'orchestre s'était remis à jouer. Malko repoussa son voisin qui tentait de l'étrangler. Deux autres clients fendaient la foule dans leur direction, des chaînes à la main, bien décidés à les massacrer.

Les femmes surtout étaient les plus déchaînées. À commencer par Liliana Dimitrievic qui tenait à oublier sa récréation sexuelle avec Malko. Celui-ci se tourna vers Jovan.

– Vous pouvez appeler la police ?

– Ils ne viendront pas.

Les projectiles commençait à voler dans tous les sens, alors que Liliana continuait à vociférer sur le podium, accompagnée par l'orchestre, hilare. Entre la bière et la Slibovica, on était parti pour un lynchage…

Malko commençait à s'affoler intérieurement quand il vit Jovan s'accroupir comme pour se cacher sous la table. Le Serbe se déplaça ensuite un peu, en direction de la table voisine, avant de reprendre sa place.

– Qu'est-ce que… ? commença Malko.

Il s'interrompit : une forte odeur de brûlé frappa ses narines. Presque aussitôt, la nappe de leur table s'enflamma, puis celle de la table voisine.

En quelques instants, l'incendie se propagea de table en table, dégageant une épaisse fumée. Oubliant leur fureur, les clients se levèrent précipitamment, essayant de gagner la sortie, et l'orchestre cessa de jouer. Le patron surgit sur le podium, hurlant aux gens d'évacuer. Et, en quelques minutes, le lynchage programmé se transforma en panique aveugle.

Le feu s'étendait avec une rapidité stupéfiante. Jovan Oric cria à Malko :

– Venez, on peut sortir par derrière.

Au moment où ils contournaient la scène, les lumières s'éteignirent. La bousculade était à son comble. Mais Jovan Oric se fraya un chemin dans les coulisses, puis ils traversèrent une minuscule cuisine pleine d'Albanais, débouchant sur une cour puis dans une petite rue sombre.

– Bravo ! fit Malko. Sans votre idée, je ne sais pas comment on s'en serait sorti.

Il se retourna : le *Pirana* flambait comme une torche.

Tandis qu'ils regagnaient la Land Cruiser, Jovan Oric remarqua avec un rire nerveux :

– Ces fous-là, ils étaient capables de nous lyncher !

Malko se dit qu'il avait peu de chances de remettre la main sur Borislav Lukic. Celui-ci avait dû filer en Bosnie. Désormais, il ne lui restait qu'une piste fragile : Gordana Starovic.

– Jovan, dit-il, vous pourriez essayer d'en savoir plus sur Gordana Starovic ? La planque boulevard Alexander, c'est bien, mais pas suffisant. Vous connaissez des gens à l'hôpital de Zemun ?

– J'ai une ou deux copines là-bas, fit le Serbe. Demain matin, je tâcherai de me renseigner.

Lorsqu'il arriva dans sa chambre, au *Hyatt*, Malko sentait encore la fumée… Ce soir, Jovan Oric avait bien mérité son million de dinars.

* * *

Momcilo Bokan était en train de partager un copieux petit déjeuner à base de fromage, de salami et de pain de campagne avec ses hommes, dans un petit café de Cerebici, au fin fond de la Bosnie.

Radovan Karadzic en sécurité après un voyage fatigant, le chef de la « Preventiva » repassait dans sa tête les événements de Belgrade. Qu'il n'ait pu toucher les 500 000 dinars n'avait pas d'importance. Que le tueur qu'il avait laissé derrière lui pour liquider le faux journaliste russe ait échoué était également fâcheux, mais pas catastrophique.

Par contre, la personnalité de cet homme l'intriguait et l'inquiétait. Comment avait-il pu en savoir autant sur Borislav Lukic ? Même si Liliana Dimitrievic, la chanteuse, avait été imprudente ! Visiblement, lorsqu'il l'avait « tamponnée », il connaissait ses liens avec Borislav Lukic et la place de ce dernier dans la « Preventiva ». Ce qui supposait un excellent degré d'information.

Manifestement, Borislav Lukic n'avait pas trahi, même s'il avait été imprudent. Cela venait d'ailleurs. Momcilo Bokan se tourna vers Dragoljub Matic, en train d'entamer sa troisième bière de la journée.

– Il faudrait que tu retournes à Belgrade, dit-il. Essayer d'en savoir plus sur ce Dimitri Iakouchine. Interroge la chanteuse, Liliana. Et retrouve son copain, Jovan Oric. Lui, il faut le secouer, parce qu'il en sait sûrement beaucoup.

– Pas de problème ! promit Dragoljub Matic. Je vais tellement le secouer qu'il n'aura plus d'os...

***

Vladimir Djorgevic, installé en face de Malko au *Club des Écrivains* de la rue Frankuska, un des restaurants les plus agréables de Belgrade, dans un jardin, ressemblait à un oiseau triste, en dépit de la bouteille de Taittinger qu'il avait déjà fortement entamée.

– Ce qui est arrivé ne m'étonne pas, conclut-il tristement. Les gens de la « Preventiva » sont très forts.

Malko l'avait appelé dès le matin, pour faire le point avec lui. Natacha et Dragana se relayaient toujours boulevard Alexander, devant le domicile de Gordana Starovic. Le *Kurir* faisait sa une avec le « massacre de

la Save », illustré par une douzaine de photos particulièrement « gore ». On parlait d'un règlement de comptes
entre gangs de gitans.

Jovan Oric devait les rejoindre au restaurant, après
avoir enquêté à Zemun.

Quand « *gospodine* Babou », le vieux patron du *Club
des Écrivains* se fut éloigné, Vladimir Djorgevic
annonça à Malko :

— Vous avez raté Karadzic de peu.

— Comment le savez-vous ?

— Son frère Luka a été imprudent : la BIA a intercepté une communication téléphonique entre lui et un de
ses amis, où il se plaignait de ne pas avoir vu son frère,
alors qu'il se trouvait si près de lui. Heureusement, j'ai
encore quelques amis dans ce service…

— Vous pensez qu'il était à Dorcol, là où on m'a attiré
dans ce piège ?

— C'est possible. Son frère Luka habite tout près.
Mais il a pu séjourner ailleurs et l'endroit a peut-être été
choisi seulement en raison de son côté pratique pour une
embuscade. Il venait régulièrement jusqu'à il y a trois
ans. Maintenant, je ne sais pas…

— En tout cas, je vous remercie pour Jovan Oric. Il
s'est montré très efficace.

Vladimir Djorgevic sourit.

— Tant mieux. Il agit comme il parle. Tantôt, il arti-
cule parfaitement, tantôt, il bégaie comme un fou… Il
ne sait pas pourquoi lui-même…

Ils en étaient aux hors-d'œuvre quand Jovan Oric
débarqua, bégayant d'excitation.

— Je suis allé à l'hôpital de Zemun, annonça-t-il après
avoir salué Babou.

— Vous avez vu Gordana Starovic ?

— Non. Elle a demandé un congé de trois jours pour
une affaire de famille, à partir d'aujourd'hui.

Le pouls de Malko grimpa au ciel. L'info de Vladimir Djorgevic se confirmait. N'ayant pas pu rencontrer

Radovan Karadzic en raison de son départ précipité, elle allait peut-être le rejoindre.

Vladimir Djorgevic avertit :

– Faites attention ! Elle doit être très méfiante, comme tous les proches de Karadzic.

– Il ne faut plus la lâcher d'une semelle, conclut Malko.

– Natacha est devant chez elle, confirma Jovan Oric. Qu'est-ce qu'elle fait si elle quitte Belgrade ?

– Elle la suit.

Il se demanda si Radovan Karadzic avait pris conscience du nouveau danger, si ses hommes le tenaient au courant. Le jardin s'était rempli du Belgrade élégant, mais grâce aux tables éloignées les unes des autres, on pouvait se parler normalement. Le portable de Jovan Oric sonna et le Serbe annonça aussitôt :

– Gordana Starovic vient de sortir de chez elle et de prendre un taxi. La petite la suit.

– Qu'elle ne la lâche surtout pas ! adjura Malko.

On apporta l'éternel agneau rôti, mais il n'avait plus faim. Il se força à picorer un peu jusqu'au coup de fil suivant.

– Natacha l'a suivie, annonça Jovan Oric. Le taxi l'a débarquée sur une station-service Jugopetrol, sur l'*autoput*[1] Belgrade-Zagreb. Le taxi est reparti et Gordana est en train de prendre un café. Elle a une petite valise…

Malko posa sa fourchette.

– On y va.

* *

L'énorme semi-remorque vert pénétra dans la station-service Jugopetrol, passant devant la petite Koral 55 rosâtre de Natacha, garée à l'entrée de la station, capot levé, comme si elle était en panne.

1. Autoroute.

Sans s'arrêter aux pompes, le camion vert stoppa un peu plus loin sur la bretelle de sortie. Personne n'en sortit.

À tout hasard, Natacha avait relevé le numéro – 357 J 128, une immatriculation bosniaque – et le nota. Elle venait de ressortir de sa petite voiture lorsque la portière côté droit du camion vert s'ouvrit. Un homme sauta à terre. Type macho serbe. Énorme, moustachu, roulant des mécaniques, vêtu d'une salopette bleue à même la peau. Il traversa la station et s'approcha de Natacha, souriant.

– *Ima problem*[1] ?

Elle lui arrivait juste à l'épaule. À son tour, elle sourit et prétendit :

– Je ne sais pas, j'ai eu des ratés sur l'autoroute et maintenant je n'arrive pas à la faire repartir. Pourtant, il y a de l'essence.

Le routier se pencha sur le moteur de la vieille Koral, tripota la pompe à essence, et lança à Natacha :

– Essayez de mettre en marche maintenant.

Natacha se mit au volant et actionna le démarreur. Évidemment le moteur démarra aussitôt.

– Vous voyez ! fit le routier, c'était la pompe…

Il enveloppa Natacha d'un regard intéressé, les yeux luisants de désir.

– Vous allez loin avec votre caisse ?

– Oh non !

– Le temps de prendre une bière ?

Elle allait répondre quand un bruit de sirène jaillit du camion vert. L'homme se retourna. Gordana Starovic venait de sortir de la cafétéria et se dirigeait vers le semi-remorque, sa valise à la main. Elle ouvrit la portière et se hissa dans la cabine.

– Bon, fit le routier, il faut que j'y aille. Moi, je m'appelle Radomir. C'est quoi votre nom ?

– Natacha, souffla-t-elle, soudain mal à l'aise.

1. Il y a un problème ?

– *Dobre*, à une autre fois.

Elle regarda Radomir s'éloigner et grimper dans le semi-remorque dont le moteur gronda aussitôt.

Elle remonta dans sa Koral et démarra. Quand elle passa devant le semi-remorque vert encore à l'arrêt, elle fut saluée d'un coup de Klaxon. Dès qu'elle se fut éloignée, elle prit son portable et appela Jovan.

– Gordana Starovic est montée dans un camion bosniaque, annonça Jovan Oric. Ils vont vers l'ouest.

– Où est Natacha ?

– Sur l'*autoput* de Zagreb. Le camion est derrière elle, mais elle va se laisser doubler.

Malko avait demandé l'addition. Ils mettraient bien une demi-heure pour rejoindre l'autoroute. Il trépignait intérieurement. Ce camion allait peut-être le mener droit à la nouvelle planque de Karadzic. La dermatologue n'aurait pas utilisé ce moyen de transport inconfortable pour un voyage normal. Jovan se tourna vers lui.

– Qu'est-ce qu'on fait ?

– On y va aussi. Mais à distance.

– On ne passe pas prendre des affaires ?

– Non, dit Malko, on ne peut pas laisser Natacha toute seule.

Tandis qu'ils roulaient vers l'autoroute de Zagreb que l'on rattrapait à Novi-Beograd, il ouvrit la boîte à gants : le Zastava 9 mm était toujours là. Ce qui n'était pas une mauvaise chose. Dix minutes plus tard, ils étaient sur l'*autoput*. Nouveau message de Natacha : le camion l'avait doublée et roulait en direction de la Bosnie, elle était à bonne distance derrière.

Malko sentit son pouls s'emballer. En Bosnie, il aurait à sa disposition la force de frappe de la « Task Force Eagle ». Radovan Karadzic était peut-être en train de se jeter dans un piège.

CHAPITRE XVI

Le gros semi-remorque vert avait quitté l'autoroute E70 à Stremka Mitrovica pour descendre vers le sud. Il roulait assez vite et Natacha, avec sa petite Koral 55, avait du mal à le suivre. En plus, elle était paniquée, bien qu'elle soit en liaison constante avec Jovan Oric. Elle n'avait pas du tout prévu de se lancer dans une aventure pareille en acceptant cette surveillance.

Jovan Oric suivait à une vingtaine de kilomètres derrière, appelant tous les quarts d'heure.

– On va vers la Bosnie, confirma-t-elle lorsqu'elle approcha de Loznica.

Une région sauvage, accidentée, peuplée de bûcherons. Un des fiefs de Karadzic. Accrochée à son volant, Natacha se concentrait sur sa conduite. Elle paniqua soudain et freina. Devant elle, le camion vert venait de mettre son clignotant et de se ranger sur le bas-côté, juste à l'entrée d'un hameau. Elle ne put faire autrement que de le doubler, priant pour que le routier qui lui avait parlé à la station-service Jugopetrol ne reconnaisse pas sa voiture. Heureusement, il y avait encore des milliers de Koral 55 dans le pays, et presque toutes rouges !

Ne sachant que faire, elle continua à allure réduite, arrivant bientôt à Banja Kovbalinika, le poste frontière avec la Bosnie. Une douzaine de camions attendaient, fouillés méticuleusement par des douaniers avides, recherchant des cartouches de cigarettes.

Natacha se détendit, priant secrètement pour que le camion vert ait prit une autre route…

Elle appela Jovan Oric, expliquant la situation.

— Nous ralentissons, annonça le Serbe, continue, passe la frontière, et arrête-toi après dans une station-service comme si tu prenais de l'essence. Nous sommes derrière toi.

* *
*

Radomir, le passager du semi-remorque, lorgnait sur les longues jambes de Gordana, découvertes par sa courte robe à fleurs de paysanne. La dermatologue avait un physique typiquement serbe : très grande, les épaules larges, des seins épanouis, une croupe pleine. Une femelle appétissante. Elle avait surpris, à plusieurs reprises le regard de son voisin posé sur elle, et le chauffeur, Milorad, lui jetait aussi des coups d'œil en coin. Cette atmosphère chargée de sexe commençait à lui donner des démangeaisons dans le bassin. Il y avait plusieurs semaines qu'elle n'avait pas fait l'amour. Elle se dit, un peu honteuse, qu'avec leur physique, les deux routiers devaient être membrés comme des ânes.

Milorad avait mis une cassette de chants serbes et chantonnait. Derrière eux, suspendue au plafond, se balançait une petite icône de Radovan Karadzic. Les deux hommes étaient des convaincus, des hommes simples qui haïssaient les musulmans. Radovan Karadzic était un dieu pour eux.

Radomir rompit le silence.

— On est fiers de transporter quelqu'un comme toi, fit-il. Tu es une bonne Serbe. Tu vas voir le frère Radovan ?

— J'espère, fit-elle. C'était le meilleur ami de mon père.

– Tu lui baiseras la main de notre part, ajouta Milorad. C'est un saint homme qui essaye de nous délivrer
des Turcs.

Ils venaient de repartir après avoir livré quelques
caisses de bières à un bistrot. La frontière approchait.
Milorad jura en voyant la queue des camions à la
douane. Soudain, il fronça les sourcils en apercevant la
petite Koral 55 rosâtre arrêtée derrière.

– Tiens, on dirait la petite de la station-service !
remarqua-t-il. Elle t'avait pas dit qu'elle n'allait pas
loin ?

Radomir ricana.

– Elle avait peur que je la drague.

Gordana Starovic fixait attentivement la Koral 55
rosâtre.

– C'est bizarre, remarqua-t-elle, j'ai l'impression
d'avoir vu cette bagnole près de chez moi, ce matin.

Milorad sourit.

– Des Koral, il y en a beaucoup.

– Pas avec un autocollant Babar sur la lunette arrière,
rétorqua Gordana.

Les deux hommes se regardèrent. Ils n'étaient pas au
courant de ce qui s'était passé à Belgrade mais se
tenaient toujours sur leurs gardes. Radomir s'ébroua.

– C'est une coïncidence ! Tiens, si tu veux, on va
aller prendre un verre avec elle…

Gordana était tendue, tout à coup.

– Le frère Radovan a été obligé de quitter Belgrade
en catastrophe, dit-elle, la mine sombre, je me demande
si cette fille ne me suit pas. Dans ce cas…

Ils se regardèrent tous les trois. Impossible de faire
demi-tour. On les attendait. Pas possible non plus de
prendre de risque. Radomir remarqua :

– C'est vrai, c'est bizarre, sa panne à la station-
service. Elle aurait pu demander au mécano.

– Je suis sûre que cette bagnole était devant chez moi,
insista Gordana.

Radomir regarda la robe tendue par les seins lourds et trouva leur passagère plus bandante que jamais. Il avait très envie de la croire.

— Si tu es sûre, conclut-il, il faut faire quelque chose.

La file des camions avançait lentement et la Koral avait presque atteint le poste frontière... Ils se présentèrent tout de suite derrière et Milorad lança au douanier :

— Dépêche-toi ! On drague la petite dans la Koral rose.

— Ah oui, elle est mignonne ! approuva le douanier serbe. Mais vous n'avez pas de chance : elle était pendue au téléphone avec un mec ! Elle lui disait même où elle était.

— Allez, salut ! lança Radomir d'une voix étranglée.

Ils pénétrèrent en Bosnie. La Koral 55 roulait devant eux, pas très vite. Elle bifurqua dix kilomètres plus loin dans une route perpendiculaire et Radomir éclata de rire, en profitant pour poser la main sur la cuisse de Gordana.

— Tu t'es gourée... Allez, encore deux heures et on est à Cerebici.

Là où Gordana avait rendez-vous avec le meilleur ami de son père. Un village perdu de Bosnie, près de la frontière, après Foça, qui n'avait qu'une seule route d'accès.

Gordana Starovic se détendit d'un coup et coula un regard provocant à Radomir qui lui caressa un peu plus la cuisse.

Ils venaient enfin de franchir la frontière et d'entrer en Bosnie. Malko n'en pouvait plus des virages qui se succédaient. Il en avait le tournis. Mais, en Bosnie, il pouvait faire appel à la « Task Force Eagle ».

Par sécurité, Jovan Oric laissait son portable ouvert en permanence, le haut-parleur branché.

— Je suis de nouveau derrière eux, annonça Natacha. J'ai fait semblant de prendre une autre direction et je les

ai rattrapés. Nous sommes en train de traverser Foça. Et
vous ?

— Nous avons passé Vitkovici, on est à trente kilomètres derrière.

Après un silence, Natacha annonça :

— On est sortis de Foça et on a pris la route n° 8.
Maintenant ils viennent de tourner à droite dans une
toute petite route qui va à Dragoceva.

Malko se pencha sur la carte, repérant aussitôt cette
route qui se terminait en cul-de-sac dans la zone frontière. Ils brûlaient.

— S'ils s'arrêtent, décroche, ordonna Jovan Oric. Ne
prends pas de risques.

*   *
*

— La *kurvia* [1], elle est revenue derrière nous, explosa
Milorad.

Il venait de repérer la Koral 55 dans son rétroviseur. Radomir égrena une bordée de jurons, mais c'est
Gordana Starovic qui résuma la situation d'une voix
glaciale.

— On ne peut pas la garder derrière nous…

— *Dobre !* approuva Milorad.

La nuit était tombée et les phares éclairaient les deux
murailles noires qui encadraient la route. Il mit son clignotant et ralentit, attendant que la route s'élargisse un
peu pour se garer sur le bas-côté. La Koral 55 passa tout
près d'eux et il repartit aussitôt sur ses talons. La route
montait en direction du col de Bakié, dans un paysage
boisé. Milorad brancha le turbo et le gros Volvo fit
presque un bond en avant, en dépit de la pente. Pas trop
chargé, il était extrêmement maniable…

À chaque virage, il grignotait quelques mètres et les

1. Pute !

feux rouges de la Koral 55 se rapprochaient. Il se tourna vers Gordana avec un méchant sourire.

– À cette heure-ci, on ne risque pas de rencontrer grand monde par ici…

*
* *

Natacha tremblait de tous ses membres. Elle avait été surprise par le brutal arrêt du semi-remorque et avant de le doubler sur cette route étroite et sinueuse, impossible de faire demi-tour. Les phares du semi-remorque éclairaient à présent sa lunette arrière et elle sentait la présence du camion derrière elle, comme un gros animal malfaisant.

Elle eut une exclamation de dépit : son portable venait de tomber sur le plancher ! Impossible de le ramasser sans s'arrêter. Or, il y avait un virage serré tous les dix mètres. Son cœur battait la chamade : les phares du camion se rapprochaient et le grondement puissant de son moteur l'assourdissait tant il était près.

Elle était terrifiée. Plus on approchait du col de Bakié, plus les virages étaient serrés, en épingle à cheveux, avec une chaussée défoncée et des à-pics de cinquante mètres de chaque côté… Parfois ses phares éclairaient une petite croix plantée au bord de la route, signalant l'endroit où une voiture avait basculé dans le ravin. Un grondement de moteur la fit sursauter : le gros Volvo vert s'était encore rapproché. Il la talonnait maintenant, à quelques mètres, comme dans une course-poursuite. La présence de ce mastodonte si près de la fragile Koral 55 la paniquait. Elle aurait bien voulu prendre du champ, mais le petit moteur n'arrivait pas à fournir plus avec cette déclivité.

Elle avait l'impression d'être dans un autre monde, cernée par cette forêt obscure, noire comme de l'encre. Une des parties les plus sauvages de la Bosnie…

Des traînées de brouillard apparurent, bien qu'on soit

en juin. Le col approchait, à 1261 mètres. Elle le franchit avec soulagement, se disant qu'elle allait enfin pouvoir distancer le Volvo. Son souci n'était plus de le
suivre, désormais, mais de le fuir.

Tout de suite après le col, il y avait une courte descente, se terminant par un virage en épingle à cheveux
presque fermé, signalé par des bandes jaunes et noires.

Surprise, Natacha écrasa le frein, s'arrêtant presque et
dérapant un peu.

Pendant quelques fractions de seconde, elle vit les
phares du semi-remorque se rapprocher, puis un choc
terrible à l'arrière ébranla la petite Koral 55. Natacha
poussa un hurlement de terreur : impuissante, crampon-
née à son volant, elle sentit la voiture partir en avant,
droit dans le ravin. Bêtement, elle écrasa le frein, comme
si cela pouvait la retenir, mais les roues avant de la voiture étaient déjà dans le vide. Elle aperçut le noir, le ciel,
puis la voiture bascula dans le ravin à pic. Natacha,
accrochée à son volant, hurla sans discontinuer, jusqu'à
ce que l'avant de la Koral 55 heurte un éperon rocheux.
La cage thoracique écrasée par le moteur projeté dans
l'habitacle, elle éprouva une violente douleur et perdit
connaissance.

– *Stretan put*[1] *!* murmura Gordana Starovic qui avait
été projetée dans le pare-brise du Volvo, lorsque Milorad avait freiné de toutes ses forces pour empêcher le
lourd semi-remorque de basculer dans le ravin à son
tour.

– *Stami*[2], lança Radomir à son copain. Je vais voir.

Le camion arrêté, il sauta à terre et courut jusqu'au
bord du ravin, là où la Koral 55 avait disparu. Il se

1. Bon voyage !
2. Arrête-toi.

pencha sur le vide. Rien. Pas de lumière, pas de bruit. Soudain, une petite flamme jaillit, jaune, puis rouge, et commença à croître : la voiture brûlait, grâce à l'essence de son réservoir. Plus de trente mètres plus bas. À la lueur des flammes, il put constater que personne n'en sortait et, rassuré, il regagna la cabine du Volvo.

— On peut y aller ! annonça-t-il.

Il devait y avoir une trace imperceptible sur le pare-chocs du Volvo, qui disparaîtrait vite. De toute façon, les accidents étaient fréquents sur cette route et la police bosniaque ne se mettrait pas martel en tête pour une voiture venant de Serbie. Ils continuèrent à descendre le col et, quelques kilomètres plus loin, les phares éclairèrent le nom d'un village : Zavait.

— Je dois livrer de la bière ici, demain matin, dit Milorad. On va s'arrêter. Je connais une aire de repos où on sera tranquilles.

C'était un tout petit village. Il tourna dans un chemin de terre se terminant en face des ruines d'une ferme incendiée et stoppa le semi-remorque.

— C'étaient des Turcs qui habitaient là, annonça-t-il. On les a grillés avec leur bétail.

C'était le bon temps.

Le moteur arrêté, un silence irréel tomba sur la cabine dont les trois occupants étaient un peu sonnés. Milorad se tourna vers Gordana :

— On va se reposer un peu. Tu veux prendre la couchette arrière ?

— Non, ça va, fit la dermatologue. Je reste là. Vous avez été formidables, tous les deux.

— *Hvala*[1] *!* fit Milorad.

La nuit était claire et on devinait les formes des choses. Coincée entre les deux hommes, Gordana avaient des fantasmes qui s'entrechoquaient dans sa tête. De plus en plus précis. Brutalement, elle se dit qu'il

1. Merci !

fallait récompenser ces deux hommes qui venaient de commettre un meurtre, à sa demande.

Milorad, le chauffeur, semblait dormir, la tête rejetée en arrière. Comme dédoublée, Gordana se tourna vers lui et glissa la main par l'entrebâillement de sa salopette. Presque sans tâtonner, elle referma les ongles sur le mamelon de son sein droit. Milorad eut l'impression de recevoir une décharge électrique. Il se mit à respirer plus vite tandis que la dermatologue s'amusait à passer d'un sein à l'autre. Puis, sans un mot, elle fit glisser l'épau-lette de toile bleue. Milorad en fit autant pour celle de gauche et tira sur sa salopette, découvrant son torse.

Il ne put s'empêcher de lâcher un grognement ravi quand il sentit une bouche chaude se poser sur son mamelon, suivie d'une langue agile.

D'un geste décidé, Gordana plaqua sa main sur le membre tendu sous le vêtement. Aussitôt, Milorad des-cendit fébrilement son Zip, libérant un sexe raide à exploser. Lorsque Gordana aperçut dans la pénombre cette colonne de chair qui pointait jusqu'au nombril, elle sentit son ventre se mettre à couler.

– Tu es drôlement bien membré, souffla-t-elle.

Elle allongea la main et referma les doigts autour du membre dressé, le masturbant lentement. Milorad en profita pour plonger une main brutale entre les cuisses de la jeune femme, atteignant sa culotte. Elle se tourna sur le côté pour lui faciliter la tâche. Prodigieusement excitée.

Milorad soufflait comme un bœuf. Sa main se referma sur la nuque de Gordana, lui abaissant le visage vers lui. Docilement, elle écarta les mâchoires en grand pour avaler l'énorme gland brûlant, au goût amer. Milorad continuait à peser sur sa nuque et, bientôt, elle eut l'im-pression qu'il allait l'étouffer. De la main gauche, il lui malaxait les seins, ce qui accroissait encore son excitation.

Cette fellation brutale d'un homme membré comme

un âne qui se servait d'elle comme d'une putain mettait Gordana dans un état voisin de l'hystérie.

Elle le suçait du mieux qu'elle pouvait, renonçant pour l'instant à l'avoir dans son ventre. Soudain, elle perçut un mouvement derrière elle. Radomir ne dormait pas. Elle n'avait pu s'en apercevoir, lui tournant le dos. Elle sentit une main se glisser entre ses cuisses, remonter puis atteindre son sexe. Des doigts écartèrent sa culotte et s'y enfoncèrent. Toujours en pleine fellation, elle s'efforça d'ouvrir les jambes autant qu'elle le pouvait. Une autre main s'attaqua à sa robe, la remontant très haut.

Tenue par la nuque, elle n'avait pas beaucoup de marge de manœuvre. Sans trop savoir comment, elle se retrouva agenouillée sur la banquette, sans interrompre sa fellation.

Des deux mains cette fois, Radomir fit glisser sa culotte le long de ses jambes, puis se positionna derrière elle. Pendant ce temps, Milorad, la main crispée sur sa nuque, la forçait à le sucer frénétiquement.

Gordana eut un sursaut de tout le corps quand un sexe d'une dimension impressionnante s'insinua entre ses cuisses puis se planta d'un seul coup au fond de son ventre. L'énorme sexe enfoncé jusque dans sa gorge l'étouffait mais elle se sentit partir dans un orgasme formidable.

En un éclair, elle se dit qu'elle n'aurait jamais pensé se faire prendre en même temps par deux hommes dont elle connaissait tout juste le prénom.

Milorad, déchaîné, lui saisit les cheveux qu'il réunit dans sa main et se mit à faire aller et venir sa tête encore plus vite. Gordana devina qu'il allait jouir et serra la base de son sexe, recevant une puissante giclée de sperme dans le gosier. Au même moment, elle eut l'impression que son ventre éclatait. Radomir venait de jouir à son tour.

Ils restèrent tous les trois foudroyés, immobiles.

Gordana sentait les deux sexes diminuer de volume et finit par se dégager. Pas un mot n'avait été prononcé. Ils étaient comme dans une bulle…

Milorad la repoussa. D'abord elle ne comprit pas ce qu'il voulait. Puis, il la fit pivoter et elle se retrouva le visage face au sexe encore raide de Radomir. Celui-ci, imitant son copain, la força à engloutir le membre qui sortait de son ventre.

Agenouillé derrière elle, Milorad, le chauffeur, se frottait contre ses fesses pour rebander plus vite.

Il plaça Gordana à genoux sur la banquette, et, d'un coup, envahit le sexe déjà inondé par le sperme de son copain. Cette fois, Gordana se sentit devenir folle. C'était trop bon.

De l'autre côté, Radomir, à grands coups de reins, lui enfonçait son membre jusqu'à la luette.

Avec la puissance d'un marteau-piqueur, Milorad la fouillait en ahanant. Il s'arrêta, se pencha et souffla à Gordana :

– Je vais te prendre par le cul.

Elle voulut protester, mais c'était trop tard. Le piston bien huilé força sa corolle et s'enfonça d'un coup dans ses reins. Il était si gros qu'elle hurla… Et pour la seconde fois en quelques minutes, elle reçut du sperme dans sa bouche. Radomir, lui, mit un peu plus de temps à se déverser dans ses reins.

Elle n'en pouvait plus, agenouillée sur la banquette, sa robe relevée sur ses hanches, coincée entre ces deux mâles désormais repus.

Ils ne cherchèrent même pas à changer de place et s'assoupirent comme ils étaient, Gordana, à plat ventre sur la banquette, avait chassé de son esprit la petite Koral 55 projetée dans le ravin.

* *
*

Les phares du 4×4 éclairèrent un panneau annonçant Raskovici. Un hameau sans une lumière. Jovan Oric le traversa rapidement, et, arrivé au bout, constata que la route s'arrêtait là! Juste avant la frontière serbe.

Il se tourna vers Malko, angoissé.

— Natacha a bien dit qu'elle prenait la route de Dragoceva? C'est celle-ci. Et que le camion était devant elle. On aurait dû le voir.

— Elle ne répond toujours pas?

— Non, j'essaie encore.

Sans plus de succès.

— Il est arrivé quelque chose, dit Malko, de plus en plus inquiet. On va refaire la route en sens inverse.

Il était plus d'une heure du matin. Il leur fallut quarante minutes pour rejoindre l'embranchement sur la route n° 8. Toujours ni camion ni Koral 55…

— On fait demi-tour, dit Malko.

Résigné, Jovan Oric repartit en sens inverse, conduisant lentement. Jusqu'au col de Bakié, ils ne virent rien d'anormal, puis les phares du 4×4 éclairèrent une barrière de sécurité arrachée dans un virage en épingle à cheveux.

— Stop! cria Malko.

Ils sautèrent à terre tous les deux. Heureusement, Jovan Oric avait une puissante Maglite. Les traces étaient fraîches sur la rambarde de sécurité. De la peinture rouge. Malko prit la torche et s'avança jusqu'à l'extrême bord du ravin. Le faisceau éclaira une masse sombre, tout au fond et il sentit sa gorge se serrer.

— Elle est en bas, dit-il. Elle a eu un accident. Il faut aller voir.

Ils essayèrent de descendre mais la paroi était trop à pic. Ils appelèrent alors en chœur, sans obtenir de réponse.

Malko commençait à se demander si c'était vraiment un accident. Dans cette obscurité totale, il n'y avait rien à faire.

– Ce camion n'a pas disparu, conclut-il, il est quelque part entre l'embranchement et le dernier village. Or, je suis persuadé que Gordana Starovic va retrouver Radovan Karadzic. Si nous retrouvons le camion, nous le trouvons aussi probablement. La route est une impasse.

– Qu'est-ce que vous voulez faire ? demanda Jovan Oric dont les yeux se fermaient de fatigue.

– On se poste à l'embranchement, décida Malko. Dès qu'il fera jour, on part à la recherche de ce camion vert, il ne s'est pas envolé. Et, en même temps, je vais appeler Tuzla. Nous sommes en Bosnie, ils peuvent nous envoyer des hélicos, dès que nous l'aurons localisé.

– Parfait, approuva Jovan Oric.

Une fois de plus, ils firent demi-tour. Jovan conduisait comme un automate. Ils trouvèrent une aire pour se garer à l'embranchement de la route n° 8 et il coupa phares et moteur. Malko regarda les aiguilles lumineuses de sa Breitling. Trois heures dix. Il n'y avait pas longtemps à attendre.

Cette fois, il avait bien l'impression de pouvoir coincer Radovan Karadzic.

CHAPITRE XVII

Des nappes de brouillard traînaient encore au ras du bitume défoncé et Milorad conduisait prudemment. Serrée entre les deux hommes, Gordana Starovic fixait la route, ne voulant pas repenser à ce qui s'était passé durant la nuit. Certes, elle n'avait pas été violée et c'était elle qui avait pris l'initiative de provoquer ses compagnons de voyage. Mais, en repensant à cette sauvage scène de sexe, à ces deux membres d'âne fichés dans tous ses orifices, elle avait un peu honte. Elle ne se vanterait jamais de cet épisode.

Ils atteignirent Cerebici, hameau bosniaque perdu au fond d'une vallée, à quelques kilomètres de la Serbie, mais sans aucune voie d'accès à ce pays. Des maisons carrées aux tuiles rouges, quelques hangars, deux ou trois magasins et une église.

Le bout du monde : en hiver, la neige coupait souvent l'unique route d'accès et il n'existait aucun transport régulier entre Cerebici et Foça, la ville la plus proche.

Le Volvo s'arrêta sur la place principale et Milorad coupa le contact.

— Qu'est-ce qu'on fait ? demanda Gordana Starovic qui avait hâte de retrouver Radovan Karadzic.

— On attend, répondit Milorad. Ils connaissent le camion, si la voie est libre, on va venir vous chercher.

Il baissa la glace pour échapper à l'odeur lourde qui

flottait dans la cabine, mélange de sexe, de sueur et de
saleté. Gordana se remaquilla succinctement et se
recoiffa. Sa robe était pleine de taches suspectes et dessous, c'était pire. Elle avait fini sa deuxième cigarette
lorsqu'un homme s'approcha du camion, visiblement un
villageois. Milorad sauta à terre et échangea quelques
mots avec lui. Il lança ensuite à Gordana :

– C'est bon, tu peux y aller.

Quand elle fut à terre, Milorad lui tendit sa petite
valise et lui serra la main respectueusement, comme s'il
ne l'avait pas sodomisée sauvagement quelques heures
plus tôt.

– Dis au frère Radovan Karadzic que nous le proté-
gerons toujours et que si notre route croise celle de la
satanique Carla Del Ponte, nous l'écraserons comme
une vipère.

Spontanément, elle embrassa sa barbe, émue.
C'étaient de braves garçons.

– Merci pour tout ! fit-elle. Vous avez été formidables. J'espère que vous n'aurez pas de problème avec
la Koral.

Milorad haussa les épaules.

– Il y a des accidents tout le temps sur cette route.

Elle s'éloigna, escortée de son nouveau guide qui
l'emmena jusqu'à une maison au bout du village où elle
posa sa valise.

– Viens, à l'église, dit-il ensuite.

C'était à cent mètres. Tout de suite, Gordana repéra
deux hommes assis sur des bancs, à l'extérieur, devant
une grosse Audi noire. Son cœur battit plus vite. « Il »
était sûrement là. Elle pénétra dans l'église et l'odeur de
l'encens lui piqua les narines. L'homme qui l'accompa-
gnait s'arrêta pour s'incliner devant une icône et la baiser respectueusement.

Ses yeux s'accoutumant à la pénombre, Gordana distingua deux autres hommes dans la petite nef. Bizarrement, ils ne regardaient pas l'autel, mais, assis de biais,

la porte par laquelle elle venait d'entrer. Elle fit le signe de croix et s'arrêta dans l'allée centrale.

Aussitôt, un des deux hommes, d'un geste discret, lui indiqua un petit renfoncement où brûlaient des cierges, sur la gauche. Un homme, debout, priait devant le petit autel. C'était Radovan Karadzic, qu'elle trouva amaigri et vieilli, peut-être à cause de sa barbe. Il tourna la tête, fit un pas vers elle et l'étreignit tendrement.

— Pardon de t'avoir fait venir si loin ! dit-il. Je ne suis plus toujours libre de mes mouvements.

— Je serais allée au bout de monde, dit Gordana, émue aux larmes. Ta santé est-elle bonne ?

Le criminel de guerre eut un sourire empreint de tristesse.

— Heureusement, oui. Puisque ton père n'est plus là pour me soigner.

— Je le ferai ! promit-elle. Tous les médecins de ce pays te garderont en vie s'ils le peuvent.

Face à son idole, elle avait totalement oublié l'épisode sulfureux de la nuit. Bien sûr, elle savait que Radovan Karadzic avait eu plusieurs aventures, ne voyant plus sa femme Liliana que très rarement depuis des années, mais elle était pétrifiée devant cette légende vivante.

— Je t'attendais pour allumer quelques cierges en souvenir de Nikola, dit-il. Il était comme un frère pour moi.

Il prit deux cierges et les lui tendit. Le reposoir était en deux parties : un plateau assez haut, puis un autre, presque au ras du sol. Quelques cierges y brûlaient déjà. Celui-là était réservé aux morts.

Ils allumèrent quatre cierges et se recueillirent un moment, priant pour l'âme du docteur Starovic. Puis, Gordana alla chercher trois autres cierges et les planta sur le plateau supérieur.

— Ceux-là, c'est pour toi ! dit-elle à voix basse. Que Dieu continue à te protéger et te donne longue vie…

— Que Dieu t'entende, répondit Radovan Karadzic.

— Tu restes quelques jours ici ? demanda-t-elle

anxieusement. Je voudrais tant te revoir, parler de papa avec toi.

— Je ne sais pas, avoua Radovan Karadzic. Mes projets changent tout le temps. Des gens sont à mes trousses, depuis peu de temps, très acharnés. Ils m'ont forcé à quitter Belgrade… Je dois en tenir compte. Et toi ? Que fais-tu ?

— Si je ne peux pas te revoir, je vais retourner à Foça, dit-elle, rencontrer l'amie de Nikola, celle avec qui il vivait.

— Comment comptes-tu y aller ?

— Je vais lui téléphoner, elle viendra me chercher en voiture.

Il fronça les sourcils.

— Attention, sois prudente, ne donne pas ton nom, ils écoutent tout et savent que nous sommes liés.

— Je ferai attention, promit Gordana Starovic.

Ils s'étreignirent encore une fois et elle ressortit de la petite église, tandis que Radovan Karadzic sortait par une autre porte derrière, dissimulée derrière l'autel.

«Quelle vie ! pensa Gordana. Quel courage pour se terrer ainsi pendant des années afin de rester fidèle à ses idées. »

Son guide l'attendait devant l'église et la ramena chez lui où il lui servit un café, du pain, des olives et de la Slibovica. Il commençait à faire chaud, le calme était reposant et elle n'avait pas envie de quitter Cerebici.

Au volant de la Land Cruiser, Jovan Oric conduisait avec lenteur, examinant tous les endroits où aurait pu se dissimuler le semi-remorque vert. Ils étaient partis de l'embranchement avec la route n° 8 une demi-heure plus tôt, après que Malko eut alerté la «Task Force Eagle» et indiqué sa position. Demandant au colonel Carter de monter d'urgence une opération, de façon à pouvoir la mettre en route dès que Malko lui donnerait le feu vert. Ils arrivèrent à Dragoceva, minuscule hameau désert qu'ils ne mirent pas longtemps à explorer. Le camion vert n'était pas là.

Ensuite, ils entreprirent de gravir le col de Bakié. Le paysage de collines couvertes de forêts moutonnait à l'infini, magnifique et sauvage.

– Arrêtons-nous une seconde, demanda Malko, en arrivant à l'endroit où la voiture de Natacha avait quitté la route.

Ils allèrent se pencher au bord du ravin, découvrant la carcasse brûlée de la petite Koral 55. Jovan Oric se signa. Aucun signe de vie. Même de jour, il était impossible de descendre sans matériel…

– Il faudra la signaler à la police de Foça, dit le Serbe.

Malko examinait le bord de la route. Il aperçut des traces de freins, trop larges pour être celles de la Koral. Juste avant la rambarde défoncée…

– C'est le camion qui l'a projetée dans le vide, fit-il sombrement.

Ils repartirent, virage après virage, croisant quelques rares voitures, jusqu'à Zavait, un hameau qui semblait abandonné. Là, ils suivirent un chemin qui se terminait en impasse en face d'une ferme en ruines. Descendus de voiture, ils virent, dans le sol meuble, les traces de très larges pneus. Le semi-remorque avait dû passer la nuit là. Jovan Oric voulut engager la conversation avec un paysan qui lui tourna le dos, sans répondre. Dans ce coin, on n'aimait pas les étrangers.

Le prochain et dernier village situé sur cette route était Cerebici, dissimulé derrière un virage. Au moment où ils s'y engageaient, un énorme camion vert en jaillit. Celui qu'ils pistaient depuis Belgrade ! En le croisant, Malko eut le temps de voir qu'il n'y avait que deux hommes dans la cabine : or, ils étaient partis à trois de la station Jugopetrol.

Où était passée Gordana Starovic ?

Déjà, le camion avait disparu, avalé par le virage suivant. Malko lança à Jovan :

– Arrêtez !

Le Serbe se rangea sur le bas-côté, juste avant l'entrée du village.

– La route se termine bien ici ? demanda Malko.

– Oui.

– Donc la passagère de ce camion est descendue ici. Elle vient rejoindre Radovan Karadzic. Il est sûrement quelque part dans ce village.

Jovan Oric se recroquevilla, inquiet.

– Vous voulez qu'on y aille ?

– Non, dit Malko. Inutile de les alerter. On va attendre là. Et j'appelle la cavalerie.

Il était déjà en train d'appeler le colonel Carter sur son « Blackberry ».

– Je crois bien que « Teddy Bear » est coincé ! annonça-t-il avec une once de triomphe. C'est le moment de finaliser.

Le chef de la « Task Force Eagle » écouta ses explications et conclut :

– J'ai tout préparé. Je briefe mes hommes et je vous envoie quatre Apache, avec chacun huit commandos. Ils seront là au plus tard dans une demi-heure. La météo est bonne.

– Quels sont *vos* droits ? demanda Malko.

– On peut tout fouiller, affirma l'Américain. Même ouvrir les congélateurs et les tombes. J'attends que les appareils soient en l'air pour avertir l'UEFOR, qu'il n'y ait pas de fuites.

– Pouvez-vous également faire intercepter un camion dont nous soupçonnons le conducteur d'avoir tué la jeune femme qui le suivait ? Le véhicule transportait Gordana Starovic.

– Je préviens les Allemands de l'UEFOR qui sont à Foça, promit le colonel Carter.

– Espérons que, cette fois, cela va marcher, fit Malko.

– Faites-moi confiance, répliqua le colonel, cela fait trois ans qu'on attend ce moment-là. Si Radovan Karadzic est dans ce village, on l'aura.

*
* *

Milorad conduisait doucement, soucieux. Il se tourna vers son copain Radomir.

– Tu as vu la bagnole qu'on a croisée ? Le 4×4.

– Oui, pourquoi ?

– Il avait une plaque serbe. Qu'est-ce qu'il venait faire ici ?

Radomir ne percuta pas. Jusqu'à ce que son copain lui rafraîchisse la mémoire.

– La Koral avec la fille avait *aussi* une plaque serbe. Ça ne sent pas bon. Je vais prévenir « Luna ».

Il s'arrêta quelques instants et passa le volant à Radomir tandis qu'il appelait le responsable de la « Preventiva », sur un numéro de portable bosniaque que très peu de gens possédaient.

Il ignorait où se trouvait physiquement « Luna ».

Il tomba sur un répondeur et laissa un message. Il savait que celui-ci serait écouté immédiatement et transmis à qui de droit.

Ils reprirent leur route, plus tranquilles. Ils devaient regagner leur entrepôt de base près de l'hôpital de Foça pour y charger du bois à destination de Podgorica.

En passant devant le ravin où avait disparu la Koral rose, les deux hommes se signèrent.

Ce n'était pas une attitude : ils se considéraient comme des croisées de l'Église orthodoxe, pas comme des assassins. Des gens en guerre et, dans les guerres, il y a des morts…

En arrivant à l'embranchement de la route n° 8, Milorad jura. Il y avait un barrage filtrant établi par la police bosniaque, ce qui arrivait parfois.

Mais à côté des policiers bosniaques se trouvaient une

douzaine de militaires allemands de l'UEFOR, armés,
accompagnés d'un officier.

Le pouls de Milorad grimpa brusquement, et il eut du
mal à sourire au policier qui lui demandait ses papiers.
Pendant ce temps, l'officier allemand faisait lentement
le tour du camion. Il s'immobilisa devant le pare-chocs
avant, et fit alors signe à Milorad de descendre le
rejoindre.

Planté devant l'énorme pare-chocs, il désigna des
traces de peinture rougeâtre…

– Vous avez eu un accident ? demanda-t-il.

Son ton était neutre, mais Milorad sentit le sang se
retirer de son visage.

– Non, bredouilla-t-il, on fait très attention.

L'officier allemand dit avec froideur :

– On nous a signalé une voiture rouge dans un ravin,
un peu plus loin, sur la route d'où vous venez. J'espère
que vous n'avez rien à voir avec cet accident. Je vais
demander à la police d'immobiliser le véhicule à fin
d'expertise.

Le policier bosniaque s'approcha, mal à l'aise. L'officier allemand lui tint les mêmes propos et il ne rendit
pas ses papiers à Milorad. Celui-ci remonta dans la
cabine et lança à Radomir :

– Je crois qu'on est dans la merde.

Sa Breitling indiquait 8 h 40 lorsque Malko, immo
bilisé avec Jovan Oric à cinq cents mètres du village, vit
dans le ciel bleu quatre points noirs qui fondaient sur le
petit village comme des oiseaux de proie. Peu à peu le
bruit devint assourdissant, comme les quatre Apache se
rapprochaient du sol. Le premier se posa sur la route,
bloquant la sortie du village, tandis que les trois autres
se stabilisaient en vol stationnaire au-dessus des maisons. Des câbles furent largués jusqu'au sol, permettant

aux commandos de se déployer dans le village. D'autres, cagoulés et lourdement armés, bloquaient déjà la route. C'était une véritable opération de guerre...

Un militaire courut vers Malko : le colonel Carter.

— J'ai quarante hommes avec moi, annonça-t-il. Ils sont en train de sécuriser le périmètre. Vous venez ?

— J'arrive, dit Malko.

— Je peux rester ici ? demanda Jovan Oric qui n'était pas d'humeur héroïque.

Malko et le colonel Carter entrèrent dans Cerebici, rejoignant les militaires déjà déployés un peu partout. Les rares habitants en vue les regardaient avec hostilité ou leur tournaient carrément le dos.

Le colonel Carter, Malko et un sous-officier de l'UE-FOR parlant serbe se présentèrent à la minuscule *obstina* [1], demandant à parler au maire. Celui-ci, un paysan chauve au visage buriné, apparut quelques instants plus tard.

— Nous avons des raisons de croire que le criminel de guerre Radovan Karadzic se trouve dans ce village, annonça le colonel américain.

Le vieux le regarda bien en face et répondit d'une voix égale.

— Je ne connais personne de ce nom-là.

Derrière lui, une vieille affiche du SPD collée au mur appelait à voter pour Radovan Karadzic.

Écarlate de fureur, le colonel Carter lança à son adjoint :

— Fouillez toutes les maisons, les caves, les réfrigérateurs, les jardins. Regroupez ici les gens chez qui on aura trouvé des armes.

Le petit groupe gagna ensuite l'église. Seules deux vieilles femmes y priaient. Quand elles aperçurent les uniformes, elles firent ostensiblement le signe de croix et sortirent.

1. Mairie.

La haine était palpable…

Laissant les soldats continuer les perquisitions, ils s'assirent à la terrasse déserte de l'unique bistrot, mais personne ne vint les servir. Deux autres Apache s'étaient posés et le quatrième continuait à surveiller le village en vol circulaire.

Radovan Karadzic et six de ses hommes venaient d'atteindre la berge de la Tara, petit affluent de la Drina, après une demi-heure de marche dans un sentier de bûcheron. Dès le coup de fil de Milorad, le chauffeur du semi-remorque, la « Preventiva » avait réagi. Chaque fois que Radovan Karadzic s'installait quelque part, un itinéraire de secours était toujours prévu. Ici, c'était cette petite rivière, à peine navigable…

Une barque à fond plat, équipée d'un moteur hors-bord, attendait le long de la berge boueuse. Ses hommes aidèrent le leader serbe à y prendre place, lancèrent le moteur et filèrent dans le courant, à petite allure. Ils avaient prévu de débarquer à Scepan, petit village à une dizaine de kilomètres de Cerebici. Une ambulance venue de Bileca, quarante kilomètres plus au sud, les y attendrait pour conduire Radovan Karadzic à sa nouvelle planque.

Un pope serait du voyage et Radovan Karadzic serait censé être un malade en fin de vie. En plus, une des Audi 8 de la « Preventiva » roulerait devant l'ambulance afin d'indiquer le bon itinéraire.

L'esquif glissait silencieusement au fil de l'eau. Ils n'avaient pas parcouru cinq kilomètres qu'ils entendirent le grondement des hélicoptères. Le visage de Radovan Karadzic s'éclaira d'un mince sourire.

– Il faudra remercier ce Milorad, dit-il, il s'est bien conduit…

– J'ai disposé trois mines sur le sentier, annonça

Momcilo Bokan, j'espère que ces salauds vont nous poursuivre.

La rivière coulait entre deux murailles vertes avant Scepan ; il n'y avait pas âme qui vive. Radovan Karadzic se dit avec tristesse que Gordana ne pourrait pas revenir le voir à Cerebici. Cette planque-là était grillée pour un moment.

Il était déjà quatre heures de l'après-midi. La fouille de Cerebici se terminait, après sept heures d'efforts. Malko, Jovan Oric et le colonel Carter avaient dû se contenter de rations militaires. Personne n'avait voulu leur servir à manger. Les habitants, claquemurés chez eux, attendaient que les envahisseurs s'en aillent.

Les « prises de guerre » avaient été regroupées sur la place du village. Butin modeste qu'on aurait pu trouver dans n'importe quel village de Bosnie : des Kalachnikov avec des caisses de munitions, une douzaine de RPG7 antichar, des grenades, des obus de mortier, quelques mines bondissantes. Restes de la guerre civile récente...

Le capitaine qui dirigeait l'opération vint rendre compte au colonel Carter.

— Nous avons tout fouillé, *sir*, même les congélateurs. Aucun suspect.

— Pas de traces de son passage ?

— Rien, *sir*, personne ne veut parler.

— Un itinéraire de fuite ?

— Négatif : aucune route ne part de ce village.

À ce moment un homme d'une taille gigantesque, plus de deux mètres, le torse comme un tonneau, s'approcha d'eux, escorté par le sous-officier interprète qui tenait ses papiers.

— Cet individu prétend être venu rendre visite à un

cousin qui a confirmé. Nous avons fouillé son véhicule sans rien y trouver de suspect.

– Laissez-le partir, soupira Malko, découragé.

Une fois de plus, Radovan Karadzic leur avait filé entre les doigts ! À moins qu'il n'ait même pas été à Cerebici, en dépit de la présence de Gordana Starovic. Le village n'était peut-être qu'une étape pour elle.

– Décrochons, conseilla-t-il, on ne trouvera rien.

La radio du colonel Carter couina.

– On a intercepté le camion, annonça l'officier américain. Il y a des traces de peinture rouge sur son pare-chocs avant... Le chauffeur est interrogé en ce moment par la police de Foça.

– Et Natacha ?

– On a envoyé un camion grue de Foça avec des moyens lourds. Ils ont récupéré son corps. Apparemment, elle est morte dans sa chute, mais la voiture a brûlé et il est difficile de trouver des traces.

– Pauvre fille ! soupira Malko.

Elle aussi, il avait envie de la venger.

– Rendez-vous à Foça, fit-il. À la base de l'UEFOR. On verra après.

Les hommes de la « Task Force Eagle » regagnaient les hélicos à la queue leu leu. Les trois appareils décollèrent du village déserté par ses habitants dans des tourbillons de poussière.

Jovan Oric soupira.

– Je suis crevé ! On ne va pas dormir dans la voiture, ce soir ?

– Non, promit Malko. Nous allons à Foça, afin de suivre l'interrogatoire du chauffeur du camion.

Il avait une idée derrière la tête : l'homme vraisemblablement responsable de la mort de Natacha échangerait peut-être un abandon des poursuites contre une info menant à Radovan Karadzic... Malko était de plus en plus décidé à ne pas décrocher de cette traque folle dans ce milieu hostile.

Il avait peu d'alliés, ne pouvant compter ni sur la plupart des officiels, ni sur la coopération des Serbes et des Bosniaques. Quand ce n'était pas une opposition active et meurtrière à affronter… Ils repartirent pour s'arrêter juste avant le col de Bakié. À part la rambarde enfoncée et des traces sur le bas-côté, il n'y avait plus de traces de l'accident.

— Il faudra faire ériger une croix ici, demanda Malko. À la mémoire de cette courageuse jeune femme.

— Je m'en occuperai, promit Jovan Oric.

Cela ne coûterait qu'une toute petite partie du million de dinars. Ils repartirent, Malko animé d'une rage froide. Désormais, cette affaire prenait un tour personnel. C'est lui, qui, involontairement, avait envoyé Natacha à la mort.

CHAPITRE XVIII

Milorad Djukik, menotté les mains derrière le dos, assis sur un tabouret au milieu de la pièce, pas rasé, la tête baissé, faisait face comme un taureau dans une arène. Le policier bosniaque qui l'interrogeait se tourna vers les visiteurs, le colonel Carter, Malko et l'interprète.

— Les traces de peinture trouvées sur son pare-chocs semblent provenir de la Koral 55 trouvée dans le ravin, mais il prétend ne pas l'avoir heurtée, ni même vue.

— Demandez-lui ce qu'est devenue la femme qui voyageait avec eux ? Gordana Starovic, demanda Malko.

Question traduite, réponse d'une courte phrase.

— Il ne sait pas, elle faisait du stop. Il l'a déposée à l'entrée de Foča.

— Il ment ! asséna Malko. Nous étions en liaison avec Natacha, la conductrice de la Koral 55. Celle-ci a appelé de son portable pour annoncer que le camion s'engageait sur la route menant à Cerebici. Auparavant, le camion ne s'était pas arrêté. Donc, Gordana Starovic était toujours à bord *après* Foča.

Milorad Djukik baissa la tête sans répondre. Malko renchérit :

— Il y a les traces de freinage provenant de pneus de camion à l'endroit de l'accident. Je pense que le chauffeur l'a volontairement envoyée dans le ravin. Leur passagère ne faisait pas du stop, elle avait rendez-vous avec

le chauffeur de ce camion à une station Jugopetrol. Elle
est la fille du docteur Nikola Starovic, ami très proche
de Radovan Karadzic.

Le policier serbe était de plus en plus embarrassé.
Depuis le départ de la SFOR, les Bosno-Serbes qui, pendant la guerre, avaient fait de Foça leur Q.G., y installant même des bordels à soldats, avaient repris la main
et y régnaient sans partage.

— Son avocat lui a conseillé de ne répondre à aucune
question, dit le policier.

— Il a *déjà* un avocat ? s'étonna Malko.

— Oui. Quelqu'un lui en a envoyé un, il ne veut pas
dire qui...

— Il faut retrouver Gordana Starovic, dit Malko. Elle
était dans le camion, elle a tout vu. Sa famille habite Foça,
cela ne doit pas être difficile de la localiser...

Le policier nota le nom de mauvaise grâce et fit ren-
voyer Milorad Djukik dans sa cellule, avouant ensuite :

— Je ne sais pas si je pourrai le garder longtemps.
Après tout, il n'y a pas de preuve contre lui.

— Et la peinture rouge sur le pare-chocs ?

— Ce n'est pas suffisant. Il faut une expertise scienti-
fique prouvant que c'est bien celle de la Koral 55.

— Il faut le confronter avec Gordana Starovic, insista
Malko. Et je veux assister à la confrontation.

— *Dobre*, soupira le policier. Je vous tiens au courant.
Rappelez-moi demain matin...

Ils rejoignirent Jovan Oric qui attendait à l'extérieur.
Le Serbe n'en menait pas large.

— Si Gordana me voit ici, gémit-il, elle va m'arracher
les yeux.

— Je veux arrêter Karadzic, martela Malko. Même si
cela doit prendre des mois. Cela fait trois fois que nous
le forçons à changer de planque ; il est sur la défensive :
il faut en profiter...

— Vous ne savez même pas où il s'est enfui, cette
fois ! remarqua Jovan Oric.

– Milorad Djukik en sait sûrement beaucoup. Nous devons le faire parler. Et, pour cela, j'ai besoin de vous.

Ils gagnèrent le café *Serbinje* et s'installèrent à la terrasse. Jovan Oric commanda un Defendeur « Success » pour se remettre de ses émotions et Malko se mit à exposer son plan.

Au fur et à mesure qu'il s'expliquait, le Serbe changeait de couleur.

– Vous voulez ma mort ! conclut-il.

* *
*

Après sa fuite de Cerebici, Radovan Karadzic, installé dans sa nouvelle planque, avait eu une longue conversation avec Momcilo Bokan. Le chef de la « Preventiva » savait désormais à qui ils avaient affaire.

Un agent de la CIA travaillant en solitaire, très bien informé, soutenu par les Américains de Tuzla.

– Il faut l'éliminer, conclut Momcilo Bokan. Ensuite vous serez tranquille comme avant. Les Européens ne veulent plus vraiment vous chercher. Il n'y a plus que cette folle de Carla Del Ponte qui vous veut, mais elle ne dispose pas de moyens. Si nous éliminons ce type, vous serez tranquille.

– Et Milorad, le chauffeur du camion ?

– Nous lui avons trouvé un avocat. Il s'en sortira. C'est un dur, il ne dira pas un mot.

– Vous avez une idée ? demanda Radovan Karadzic. Pour éliminer cet homme.

– Je vais trouver, promit le responsable de la « Preventiva ».

– C'est bien, reconnut Radovan Karadzic, mais je suis obligé de m'éloigner pour quelque temps, c'est trop risqué de rester en Bosnie.

– Allez à Cerna Gora, conseilla Bokan. Vous y avez encore des amis.

L'ex-président de la Republika Srpska fit la grimace.

– Je n'ai plus confiance dans les gens là-bas. Ils veulent trop se rapprocher de l'Europe. Ils ont déjà, d'eux-mêmes, adopté l'euro comme monnaie. On m'a prévenu que là-bas, je ne disposerai plus de la même protection…

– Bien, je vais faire l'impossible pour éliminer cet agent des Américains le plus vite possible.

* *
*

Gordana Starovic finissait de s'habiller lorsqu'un policier lui apporta la convocation de la *Milicija*. Depuis la veille, elle se faisait un sang d'encre pour Milorad. Son ami Radomir, mis hors de cause, la tenait au courant.

L'avocat payé par la «Preventiva» avait dit que la justice, sous la pression de l'UEFOR, essayait de le faire inculper de meurtre. Et qu'ils risquaient d'y arriver. Le témoignage de Gordana Starovic était donc capital, car elle se trouvait dans le camion. Celle-ci n'éprouvait aucune pitié pour la conductrice de la Koral. Qu'une Serbe coopère avec les gens du TPIY ou les Américains la dégoûtait totalement. Bien qu'elle n'ait jamais fait de politique, le soutien aux nationalistes serbes lui semblait naturel. Et les massacres commis durant la guerre civile, le prix à payer. D'autant que les Serbes n'avaient pas été les seuls à massacrer…

Vêtue sagement, les cheveux tirés en arrière, elle prit la voiture prêtée par la copine de son père et se dirigea vers la *Milicija*.

À Foča, tout le monde la connaissait, son père ayant fait de l'hôpital un des meilleurs établissements du pays. On venait de partout pour s'y faire opérer par lui.

À la *Milicija*, on la fit attendre dans un couloir, sur un banc, à côté de plusieurs autres personnes, dont un homme blond, visiblement étranger, qui la dévisagea

avec attention. Elle lui sourit automatiquement car elle
le trouvait séduisant.

Enfin, un milicien l'introduisit dans le bureau où se
déroulait l'interrogatoire. En face d'un policier à l'air
chafouin, se tenait Milorad Djukik. Elle eut un pincement au cœur. Il lui adressa un sourire timide et un clin
d'œil discret. L'interrogatoire de Gordana commença.
Pourquoi avait-elle emprunté ce moyen de transport peu
pratique pour voyager et que s'était-il passé durant le
trajet ?

Ignorant ce qu'avait déclaré le chauffeur du poids
lourd, elle ne fut pas prolixe. Des amis, en Serbie, lui
avaient signalé ce camion qui allait justement à Cerebici, où elle désirait se rendre. Elle l'avait attendu à une
station-service où il faisait généralement le plein et son
chauffeur avait accepté de la prendre à son bord.

— Qu'alliez-vous faire là-bas ? demanda le policier.

— Voir un ami. Mon père a vécu longtemps ici, je
connais beaucoup de monde dans la région.

— Cet ami ne s'appelait pas Radovan Karadzic ?

Gordana Starovic ne se démonta pas.

— Non. Il s'appelle Janko Pandurevic, il habite
Cerebici.

— Vous connaissez Radovan Karadzic ?

— Oui, bien sûr, c'était un ami de mon père, mais
j'habite à Belgrade depuis longtemps. Je ne l'ai pas vu
depuis plusieurs années.

— Pourtant, il était à Cerebici l'autre matin.

Gordana fixa le policier avec une imperceptible
ironie.

— Si vous en êtes si sûr, pourquoi n'a-t-il pas été
arrêté ? Il paraît qu'il est recherché.

Le policier baissa la tête et réattaqua sur un autre
front.

— Vous n'avez rien remarqué d'anormal durant ce
trajet ?

les yeux. Sous le choc, il tomba lourdement sur le sol, tandis que la jeune dermatologue s'acharnait contre lui, à coups de pied, de griffes, l'injuriant avec une haine incroyable.

Quand les policiers réussirent à l'immobiliser, Jovan Oric faisait peine à voir, le visage strié de griffures, les cheveux hérissés.

– Salaud ! hurla Gordana ! On te coupera les couilles, on t'arrachera le cœur. *Da bagda Czko*[1] !

– Calmez-vous ! lança la policier.

Gordana Starovic se tourna vers lui, pointant un doigt accusateur.

– Vous, vous devriez quitter Foča ! Désormais, quand vous rentrez chez vous, regardez derrière vous ! Un soir, il y aura quelqu'un qui vous tirera une balle dans la nuque et mettra le feu à votre maison. Vous n'êtes qu'un traître immonde à la solde des *Amerikanski*. Un Turc !

L'injure suprême.

– Vous allez être inculpée, prévint le policier. Pour faux témoignage et peut-être plus ! Vous protégez un criminel de guerre.

Gordana Starovic se planta devant lui, les jambes écartées, la poitrine palpitante.

– Vous ne l'attraperez jamais ! lança-t-elle. Jamais. Et personne ne le trahira !

Jovan Oric tamponnait ses griffures, fuyant son regard. Gordana pointa sur lui un doigt vengeur.

– Toi, tu ferais mieux de quitter la Serbie !

– Je peux vous faire inculper de complicité de meurtre, conclut le policier. Sauf si vous nous aidez à retrouver Radovan Karadzic.

– Allez au diable, rejoindre Carla Del Ponte ! lâcha la dermatologue. Radovan Karadzic est notre honneur à tous, que Dieu le garde !

Discrètement, un des policiers se signa.

1. Dieu fasse que tu crèves.

***

Jovan Oric était défait. Les zébrures de son visage lui
donnaient un air de chien battu. Il lança à Malko :

– Je ne peux plus retourner à Belgrade. Ils vont me
tuer. Il faut m'aider.

– Que vous faut-il ?

– Un nouveau passeport, pas serbe, à un autre nom,
et de l'argent. Je vais quitter l'Europe.

– Vous aurez tout cela, promit Malko, si vous continuez à m'aider. Je veux retrouver Radovan Karadzic.

– Comment ?

– Retournez à Cerebici, prétendez que vous êtes un
ami de Gordana. Essayez de savoir comment Karadzic
a quitté le village. Je suis sûr qu'il s'y trouvait. Moi,
je vais rester ici à Foça, pour tenter de faire parler le
chauffeur du camion. Ou Gordana Starovic. Elle sait
tout.

– Vous n'y arriverez pas, fit Jovan Oric, vous ne les
connaissez pas.

***

Il était deux heures de l'après-midi quand Jovan Oric
s'engagea sur la route de Cerebici. Broyant du noir. Il
ne savait plus comment s'extraire du merdier où l'avait
mis son amitié avec Vladimir Djorgevic. Maintenant,
c'était la fuite en avant. Il était obligé de continuer…
Le 4×4 grimpait allègrement la route sinueuse, grâce à
son gros moteur: Jovan Oric venait de passer Zavait
quand il aperçut dans son rétroviseur une voiture qui se
rapprochait. D'abord, il n'y prêta pas attention, puis,
comme elle ne le dépassait pas, il la regarda plus attentivement. Le sang se retira de son visage et il eut brutalement l'impression d'avoir une petite pomme ridée à la
place du cœur. C'était une Audi 8 noire qui le suivait

sans le doubler. À cause des reflets sur le pare-brise, il ne pouvait voir ses occupants, mais ce n'étaient pas des touristes.

Il devait être suivi depuis Foça. Il lui restait environ une demi-heure de route jusqu'à Cerebici, qui était un cul-de-sac. Aucun embranchement pour s'échapper, et personne pour lui venir en aide. La chemise soudain collée à son dos par une sueur froide de terreur, il saisit son portable d'une main tremblante.

— Vous êtes à Cerebici ? demanda Malko, en reconnaissant sa voix.

— *Gospodine* Dimitri, répondit Jovan Oric, si vous ne faites pas quelque chose, je vais mourir.

Il relata à Malko ce qui se passait. Celui-ci comprit qu'il n'y avait qu'une seule façon de sauver son allié involontaire.

— Essayez de rouler le plus lentement possible, conseilla-t-il.

— Pourquoi ?

— J'alerte Tuzla. Je vais leur demander d'envoyer du secours par hélico. Je raccroche.

Jovan Oric obéit, roulant le plus lentement possible, bien au milieu de la route pour que l'Audi ne puisse pas doubler…

Malko rappela quelques minutes plus tard.

— Deux hélicoptères décollent dans les cinq minutes, annonça-t-il. Ils seront à Cerebici dans vingt à vingt-cinq minutes.

Jovan Oric reprit un peu espoir. L'Audi s'était rapprochée. Il aperçut deux visages haineux derrière le pare-brise. Deux hommes bien décidés à le tuer. En nage, le pouls à 150, il ne quittait pas le rétroviseur des yeux, sauf pour regarder le ciel. Lorsqu'il entra dans la longue ligne droite avant Cerebici, il eut soudain une idée et accéléra brutalement. L'Audi 8, bien que puissante, fut distancée et Jovan Oric arriva à prendre une centaine de mètres d'avance.

Lorsqu'il déboucha sur la place de l'église de Cerebici, il était seul. Il stoppa et sauta pratiquement du 4×4
dans la nef de l'église ! Ensuite, il fonça vers le petit
autel où brûlaient les cierges, en prit une poignée, se
signa et les planta dans le bac du haut.

Priant le ciel pour que les hélicos arrivent à temps…

Il ne s'était pas réfugié là par piété, mais parce qu'il
connaissait ses adversaires. Pieux comme des gre-
nouilles de bénitier, ils ne le tueraient pas dans l'église.
Ce qui lui faisait gagner un peu de temps.

Agenouillé en face des cierges, il se mit à prier,
retrouvant la foi de son enfance. Il était si absorbé qu'il
n'entendit pas un homme entrer. L'inconnu s'agenouilla
à côté de lui et Jovan Oric reconnut un des passagers
de l'Audi. Le nouveau venu le regardait avec un dégoût
non dissimulé, un peu comme un insecte sorti de sous
une souche. Il se pencha vers Jovan Oric et murmura,
désignant du doigt le bac inférieur :

– C'est là que tu aurais dû mettre tes cierges…

Le reposoir destiné aux morts.

L'avertissement délivré, il ressortit, laissant Jovan
Oric en eau… Il avait beau tendre l'oreille, aucun bruit
ne venait du ciel… Or, les autres allaient s'impatienter.
Ils viendraient le chercher là, pour l'exécuter dehors…

Soudain, il entendit un autre bruit inattendu : des
hauts talons frappant le sol de marbre. Il se retourna et
se trouva face à face avec Gordana Starovic en train de
faire un signe de croix. À son tour, elle vint s'agenouiller
à côté de son ancien amant.

Ses yeux luisaient de haine.

– Tu sais pourquoi je suis venue ? dit-elle à voix
basse. Je veux te couper les couilles moi-même. Je ne
les laisserai pas te tuer avant. Ensuite on va t'emmener
dans les bois et t'enterrer vivant, fils de pute. Quand je
pense que j'ai baisé avec toi, j'ai envie de m'arracher la
chatte…

– Tu ne comprends pas, tenta de plaider Jovan Oric, liquéfié.

Gordana Starovic se releva, passa gentiment la main dans ses cheveux orange, puis planta ses ongles dans la nuque de Jovan, de toutes ses forces, en murmurant :

– À tout à l'heure.

Son moral avait encore baissé. Quelques minutes s'écoulèrent, puis deux silhouettes apparurent à la porte de l'église. Ils venaient le chercher.

Il allait mourir, d'une façon particulièrement atroce.

* *
*

Les deux Apache faisaient du saute-collines pour ne pas attirer l'attention, contournant le mont Pijes, qui culminait à 1717 mètres. Enfin, le village de Cerebici apparut, dans la vallée.

Cinq minutes plus tard, ils arrivaient au-dessus des toits rouges.

Une grosse voiture noire était arrêtée en face de l'église, le reste du village désert.

– Objectif en vue, annonça le pilote de l'hélico de tête à Tuzla, nous descendons. Consignes en cas de résistance ?

– Neutralisation, confirma le *dispatcher*.

Ils n'étaient plus qu'à quelques mètres du sol. Les seize hommes du commando rabattirent leur cagoule sur leur visage. Déjà venus deux jours plus tôt, ils connaissaient les lieux.

* *
*

Jovan Oric, paralysé de terreur, se demandait comment échapper aux deux hommes venus l'arracher à l'église, lorsqu'il entendit le *vlouf-vlouf* des hélicoptères. Des larmes lui vinrent aux yeux.

Il était sauvé !

Ses adversaires les avaient eux aussi entendus. Ils demeurèrent figés quelques secondes, avant de réagir. L'un d'eux se précipita hors de l'église tandis que l'autre sortait un pistolet de sa ceinture. Jovan Oric comprit qu'il se préparait à faire une entorse à ses principes religieux et plongea à plat ventre entre deux rangées de bancs.

Plusieurs détonations claquèrent, faisant voler des esquilles de bois, et Jovan Oric se dit que les hélicos étaient peut-être arrivés trop tard.

Au même moment, une longue rafale claqua à l'extérieur, suivie, quelques secondes plus tard, d'une explosion assourdissante.

Une rafale d'arme automatique venue du sol balaya soudain le cockpit de l'Apache de tête. Le pilote, frappé en pleine tête, perdit le contrôle de sa machine qui partit en zigzag, tournoyant comme une toupie folle. Le copilote essaya de redresser, mais les pales heurtèrent la cime des arbres et l'Apache s'écrasa lourdement en bordure du village, prenant feu immédiatement.

Dans l'autre appareil, le pilote avertit sa base.

— *Apache down ! Apache down !* Demande instructions.

— *Rescue and hit* [1] *!* On vous envoie du renfort !

Déjà le mitrailleur latéral faisait pivoter son arme. Il avait repéré d'où venait le tir : un homme, armé d'une simple Kalachnikov, embusqué le long de l'église. Il lâcha une longue rafale de sa M 60, qui déchiqueta littéralement le tireur. Trente secondes plus tard, l'Apache se posa brutalement, tandis que les huit commandos giclaient, protégés par les mitrailleuses de l'hélicoptère d'assaut.

1. Sauvez l'équipage et frappez !

*
* *

Jovan Oric releva la tête. Il était seul dans l'église et l'écho d'une fusillade nourrie lui parvenait de l'extérieur. Le silence retomba brutalement. Il attendit un peu, puis se rapprocha de la porte de l'église, se heurtant presque à un soldat cagoulé qui braqua son M 16 sur lui. Jovan Oric s'empressa de lever les bras le plus haut possible et le militaire lui fit signe de sortir.

La place du village était vide, à l'exception de quatre militaires américains. Non loin de là, quatre autres s'affairaient avec des extincteurs autour de l'Apache en train de brûler.

L'Audi noire qui l'avait poursuivi ressemblait à une passoire tant elle était criblée de projectiles. Son conducteur, encore au volant, n'était plus qu'une grosse boule de sang. Les deux hommes venus le chercher dans l'église étaient allongés, un peu plus loin, extrêmement morts, l'un d'eux serrant encore dans sa main un pistolet-mitrailleur Skorpio.

Il repéra aussi un petit tas le long de l'église. Ce qui restait d'un homme haché par les projectiles de mitrailleuse lourde, une Kalach à côté de lui.

Quelques habitants observaient la scène, du pas de leur porte. Le rotor de l'Apache posé au sol tournait encore dans un vrombissement assourdissant. Comme le pouls de Jovan Oric se calmait peu à peu, il réalisa qu'il manquait quelqu'un : Gordana Starovic.

Elle avait dû s'échapper.

Et, tout à coup, il l'aperçut : mêlée à des badauds devant une maison. Elle ne risquait rien, les Américains n'étant pas assez nombreux pour fouiller le village. Le lieutenant commandant l'opération se trouvant dans l'hélico abattu, c'était un adjudant qui avait pris le commandement. Il s'approcha de Jovan Oric et hurla :

– *You*, Jovan Oric ?

– *Yes*, fit le Serbe.

Au même moment, il vit Gordana Starovic se détacher du groupe où elle se dissimulait et marcher dans sa direction. D'une démarche naturelle, elle avançait vers lui. Jovan Oric aperçut soudain le gros pistolet noir dans sa main droite, pendant le long de son corps. Elle aurait pu s'en tirer facilement, mais sa haine avait été la plus forte.

– *Sir*, arrêtez-la ! cria Jovan à l'adjudant.

À cause du fracas du rotor, l'Américain ne l'entendit pas. Gordana continuait à avancer, un sourire figé aux lèvres. De nouveau, Jovan Oric sentit son cœur se recroqueviller.

Une courte rafale claqua soudain. Un des mitrailleurs de l'Apache venait de repérer la jeune femme armée.

Gordana Starovic s'effondra au milieu de la place, pratiquement coupée en deux, et Jovan Oric, après un bref hoquet, vomit tout ce qu'il avait dans l'estomac...

*
* *

Deux autres hélicos avaient atterri, dont l'un transportait le colonel Carter et Malko, pris au passage à Foça. On était en train de charger dans l'autre les quatre morts et les huit blessés de l'Apache abattu.

Les corps des six morts « ennemis » avaient été alignés à côté de l'Audi noire, recouverts de bâches en plastique.

Malko s'approcha de Jovan Oric, tassé sur un banc, ahuri, défait. Il leva un regard de chien battu sur Malko.

– Ils... ils ont failli me tuer, bégaya-t-il.

– Je sais, reconnut Malko. C'est un peu normal : vous avez choisi votre camp.

Le Serbe faillit s'en étrangler, mais n'osa pas dire qu'on avait choisi pour lui.

Un officier de la « Task Force Eagle » était en train de fouiller l'Audi. Il en sortit une grosse serviette de cuir pleine de cartes routières et une autre carte fixée sur un rectangle de bois, trouvée par terre à côté du conducteur.

Malko l'étala sur le capot de la voiture et l'examina. C'était une carte de la Bosnie, englobant toute la région frontalière, de Goradze au nord à Treblinje au sud. Après la ville de Bilecka, une localité nommée Orah était entourée d'un cercle rouge.

D'après la carte, c'était un hameau situé au bord du lac de Bilecko, dont la rive ouest se trouvait en Bosnie et la rive est au Monténégro.

Malko sentit son pouls s'emballer et se tourna vers le colonel Carter.

– Je pense que nous ne sommes pas venus ici pour rien ! dit-il avec une joie contenue.

Ce village situé juste sur la frontière pouvait constituer une planque parfaite pour Radovan Karadzic.

CHAPITRE XIX

Le cimetière de Foča était noir de monde. À l'entrée, un orchestre de cuivres loué pour la circonstance jouait une musique pleine de tristesse. L'enterrement de Gordana Starovic, fille du pays, fervente patriote, abattue par les Américains, était un événement inouï pour cette petite ville où il ne se passait plus rien et une occasion inespérée pour exalter le patriotisme serbe.

Des centaines de personnes étaient venues des quatre coins de la Bosnie serbe, avec, en tête, une délégation de l'association « Gavrilo Princip[1] ». En queue de cortège, Malko et Jovan Oric, accompagnés de quatre Américains en civil, mais armés, observaient la scène. Au cas où un visage connu se glisserait dans la foule.

Malko avait décidé d'attendre l'enterrement de Gordana Starovic avant de tenter d'exploiter le renseignement trouvé dans l'Audi. D'abord, pour convaincre Jovan Oric de continuer à collaborer, et aussi afin de permettre l'organisation d'un nouvel échelon logistique américain.

– Regardez ! fit soudain Jovan Oric.

Juste derrière le cercueil, deux jeunes gens brandissaient un énorme portrait représentant le docteur Starovic, père de la jeune femme, en compagnie de Radovan

1. Sarajevo serbe.

Karadzic. Vieille photo, prise des années plus tôt, mais qui en disait long sur les sentiments de la foule.

Parmi les présents, beaucoup arboraient le traditionnel béret serbe et sa cocarde ou un badge de Radovan Karadzic au revers de leur veste. Le cercueil était recouvert d'un immense drapeau de l'éphémère Republika Srpska.

Devant la tombe ouverte, ce fut du délire. Avant de descendre le corps dans la fosse, un orateur monta sur un tumulus, trois doigts levés en signe de ralliement, et lança dans un haut-parleur :

— Que Dieu vous aide, frères serbes !

— Dieu t'aide ! répondit aussitôt la foule dans un chœur puissant.

— Que Dieu veille sur notre sœur Gordana, qui a donné sa vie pour protéger notre chef, continua l'homme.

— Que Dieu veille sur elle ! crièrent en chœur des centaines de poitrines.

Un barbu, plutôt âgé, fut hissé sur une tombe voisine : le poète serbe Ranko Jovovic, venu spécialement.

— Des forces impures mettent à bas notre honneur, en foulant la flamme de notre fierté en la personne de Radovan Karadzic, déclama-t-il, mais nous vaincrons le mal par-delà la mort de notre sœur Gordana.

— Apparais, Radovan ! crièrent plusieurs voix.

Puis, on commença à descendre le cercueil dans la tombe, tandis qu'un joueur de *gusla*, sorte de guitare à une corde, instrument de musique national, jouait une mélodie d'une tristesse infinie.

Malko jeta un coup d'œil à Jovan Oric. Le Serbe, visiblement ému, essuya discrètement une larme…

On se serait cru en 1992, en pleine guerre civile. Rien n'avait vraiment changé en Bosnie. Tandis qu'on jetait la terre sur le cercueil, une chanteuse, foulard noué sous le menton, récita une longue ode à la gloire de la forêt, des loups et de Radovan Karadzic. La foule commença ensuite à se disperser pour le traditionnel pot dans un bistrot, bière et Slibovica. C'est alors qu'on repéra Malko et Jovan Oric. Il y eut un bref conciliabule et plusieurs hommes, menaçants, se dirigèrent vers eux.

Le plus excité ramassa un pot de fleurs sur une tombe et le projeta violemment dans leur direction. Aussitôt, les quatre Américains sortirent leurs armes et les trublions battirent en retraite. Jovan Oric secoua la tête avec tristesse.

– Ces gens sont fous ! Ils croient à un monde qui a disparu. Ils vivent dans leurs rêves. Gordana était une fille normale quand je l'ai rencontrée.

Ce cortège expliquait mieux que toutes les théories pourquoi le criminel de guerre échappait à toutes les poursuites depuis une dizaine d'années. C'est tout un peuple qui lui faisait un rempart de son corps...

Ils regagnèrent la Land Cruiser, bouleversés par la naïveté de ces gens de bonne foi, mais complètement égarés à la recherche d'un monde qui n'existait plus.

Jovan s'arrêta net devant sa Land Cruiser.

– Regardez !

On avait collé des dizaines d'autocollants de Radovan Karadzic sur le pare-brise du 4×4...

Après s'être séparés de leurs gardes de sécurité et avoir nettoyé le pare-brise, Jovan Oric et Malko prirent la direction du sud : objectif, Orah.

* *
*

Depuis Bilecka, petite agglomération à 160 kilomètres au sud de Foča, le long de la frontière du Monténégro, la route épousait les contours du lac Bilecko, à cheval entre la Bosnie et le Monténégro. Plus bas, c'était Trebinje et ensuite, Dubrovnik, en Croatie. Le paysage était aride, plutôt beau, avec de rares maisons isolées.

Assis à côté de Jovan Oric qui conduisait, Malko scrutait la route à la recherche d'un indice, le plan trouvé dans l'Audi à Cerebici sur les genoux. La seule indication qu'il comportait était ce nom entouré d'un cercle : Orah. Or, ils avaient déjà contourné presque entièrement le lac sans rien voir. Enfin, ils aperçurent un chantier de réfection de la route et Jovan Oric alla se renseigner.

– Orah est un peu plus loin, à gauche de la route, annonça-t-il en revenant.

Ils y furent en quelques minutes. Une poignée de maisons, perchées sur un éperon rocheux, dominant le lac. Ils en firent le tour rapidement. Déçus. Le hameau se composait de masures de paysans en plein vent, sans clôtures, donnant sur une pente douce couverte d'épineux descendant jusqu'au lac. Au milieu de celui-ci, à mi-chemin entre la Bosnie et le Monténégro, se dressait une île minuscule avec ce qui ressemblait à une chapelle.

Malko ne savait plus que penser.

Le prix de l'expédition pour sauver Jovan Oric avait été lourd : en plus des quatre morts, huit blessés dont deux gravement brûlés, et un hélicoptère perdu. Déjà, le gouvernement bosniaque avait élevé une protestation solennelle, accusant les Américains d'une attaque aveugle sur un village innocent.

Heureusement, les papiers trouvés sur les occupants de l'Audi noire avaient parlé : il s'agissait de membres de la « Preventiva » de Radovan Karadzic, dont l'un était recherché pour crimes de guerre et se cachait sous une fausse identité. On avait trouvé un véritable arsenal dans l'Audi, y compris des mines antipersonnel bondissantes, des explosifs et des grenades. En ce sens, l'expédition avait été payante.

Plus cette indication qui semblait précieuse, et maintenant décevante.

– Il n'y a aucun endroit ici où Karadzic puisse se cacher, conclut Malko.

Un paysan convoyant un troupeau de vaches apparut à l'orée d'un sentier menant au lac. Jovan Oric alla le questionner. Lorsqu'il revint à la voiture, il rayonnait.

– Il y a, à trois cents mètres d'ici, en contrebas de la route, le monastère de Dobricevo ! Il date du XIIIᵉ siècle et c'est un des plus beaux de la région !

Encore un monastère ! Comme ceux qui jalonnaient la cavale de Radovan Karadzic, d'Ostrog, au Monténégro, à *Pristinja* ou San Stefan, près de Sombor, au nord de la Serbie. Seulement, c'était difficile d'y débarquer sans attirer l'attention… Ils décidèrent de continuer un peu et trouvèrent un sentier descendant vers le lac. Ils s'arrêtèrent au bord de la berge caillouteuse. La vue sur le lac était parfaite. En face, le Monténégro. Derrière eux, au-delà des épineux et des rochers, ils aperçurent plusieurs bâtiments. L'un était surmonté d'un clocher. Sûrement le monastère…

Malko reprit d'un coup espoir. Ce monastère isolé à un jet de pierre du Monténégro correspondait parfaitement au profil des planques de Radovan Karadzic.

Le tout était, d'abord, de s'assurer de sa présence, et, ensuite, de préparer un plan d'attaque.

– Jovan, dit-il, nous allons retourner nous installer à Treblinje. Pour préparer la suite des opérations. Nous ne pouvons compter que sur nous-mêmes. La première chose à faire, c'est une enquête d'environnement sur ce monastère. Vous m'avez dit qu'il datait du XIIIᵉ siècle ?

– Absolument.

– Est-il visité par des touristes ?

– Sûrement. Les Serbes adorent ce gendre d'endroit.

– Bien. Pourriez-vous faire venir de Belgrade votre amie Dragana, la blonde qui a dîné avec nous ?

– Bien sûr, fit Jovan Oric, visiblement étonné. Mais pourquoi ?

– Pour jouer les touristes, expliqua Malko. Vous êtes serbes tous les deux. Vous allez louer une voiture parce que votre Land Cruiser a été certainement repérée. Ensuite, vous irez au contact…

– *Dobre*, approuva Jovan Oric. Je vais appeler Dragana, elle sera sûrement ravie de quitter Belgrade.

Le colonel Carter s'était mis en civil pour venir retrouver Malko, non pas à Treblinje, mais à Dubrovnik, la «perle de l'Adriatique», dans la Croatie voisine. Les deux hommes dînaient à la terrasse d'un des restaurants de la vieille ville, piège à touristes, avec vue imprenable sur le port de pêche…

Les meutes de touristes de l'été commençaient à arriver. Jovan Oric était resté à Treblinje pour accueillir sa pulpeuse copine venue en bus de Belgrade et les rejoindrait. Malko avait finalement décidé de s'installer à l'hôtel *Excelsior* de Dubrovnik, annulant les réservations au *Platini* de Treblinje.

Ici, en Croatie, il pourrait préparer la suite de sa traque sans risque d'être espionné.

Milorad Djukik était incarcéré, mais cela ne rendrait pas la vie à Natacha. Quant à Radovan Karadzic, il semblait avoir changé de planète une fois de plus. Sans l'indication trouvée sur la carte restée dans l'Audi, on n'aurait aucune idée du lieu où il se trouvait…

En dépit de ce coup de chance, le colonel Carter écoutait Malko développer son prochain plan d'attaque avec réticence.

Devant cette attitude, ce dernier ne put s'empêcher de remarquer :

— Je sais que jusqu'ici, ma traque a été vaine, mais il ne s'en est pas fallu de beaucoup. Et j'agis sur mandat du président des États-Unis.

— Je sais, reconnut le colonel Carter. D'ailleurs, la «Task Force Eagle» vous a apporté un soutien sans faille. Ce qui nous a coûté du matériel et, surtout, hélas, des hommes. J'ai fait un rapport au Pentagone qui m'a infligé un blâme.

Malko n'en croyait pas ses oreilles ! Lui qui avait

risqué sa vie et celle de ses agents serbes ! Y compris la malheureuse Natacha qui y avait laissé la sienne.

— Écoutez, fit-il, je ne cherche pas à attraper Radovan Karadzic pour en faire un nain de jardin… Comme vous le savez, je reçois mes instructions *directement* de la Maison Blanche.

— Je sais, reconnut le colonel Carter, penaud, mais, moi, hélas, je dépends du Pentagone. Si je veux avoir de bonnes notes pour mon dossier d'avancement, je dois obéir aux ordres. Sinon, je n'obtiendrai jamais une bonne mutation…

— Et quels sont vos ordres ?

L'Américain plongea le nez dans son assiette.

— Je peux vous donner tout l'argent que vous voulez, mais le Pentagone s'oppose à une nouvelle opération héliportée. On m'a dit, si vous arriviez de nouveau à le localiser, de faire appel aux autorités locales de Bosnie.

Malko secoua la tête, écœuré.

— Qui iront immédiatement le prévenir ! Radovan Karadzic va mourir de vieillesse…

Visiblement, le colonel Carter était aussi dégoûté que lui.

— Ce genre d'opérations, c'est normalement la CIA qui les mène, pas nous ! plaida-t-il. En plus, depuis le départ de la SFOR, nous avons des ordres très stricts pour ne pas heurter les populations…

— Donc, Karadzic n'a plus rien à craindre !

— Voyez avec Langley ! conseilla l'Américain. Comme j'ai beaucoup d'estime pour vous, je vous livre des secrets que je ne suis pas censé révéler.

— Donc, pour le monastère de Dobricevo, je dois me débrouiller tout seul ?

— Demandez à la Maison Blanche. De toute façon, mes moyens de communications sécurisés de Tuzla sont à votre disposition.

C'était le seul endroit en Bosnie, à part l'ambassade américaine de Sarajevo, où Malko pouvait communiquer de façon protégée. Mais c'était loin. Trois bonnes heures de route.

– Bien, conclut Malko, *we keep in touch!*

* *

Le père Damir, jeune pope aux traits réguliers et aux longs cheveux blonds réunis en queue de cheval, s'ennuyait un peu dans son monastère dont il était à la fois *l'iguman* et l'unique religieux.

En cette période de l'année, il en était même le seul occupant, un autre pope étant malade et un moine en retraite dans un autre monastère. Pourtant, Dobricevo, depuis le XIIIe siècle, était un des lieux les plus saints de la Bosnie sud. Aussi, lorsqu'il avait reçu le coup de fil de son patriarche Vasilje lui demandant d'accueillir un novice pour quelques semaines, avait-il été ravi.

Les austères murs de pierre grise, égayés seulement par les tuiles rouges du presbytère, abritaient une église de même couleur, surmontée d'un clocher supportant trois cloches, et d'autres bâtiments, plus rustiques, à l'arrière, pour les visiteurs de passage.

Invisible de la route, avec une vue magnifique sur le lac, Dobricevo accueillait de nombreux touristes serbes et étrangers.

Cependant, le père Damir avait eu la surprise de sa vie en découvrant le « novice ». Il ne lui avait fallu que quelques secondes pour identifier Radovan Karadzic, escorté de quatre hommes de sa protection rapprochée.

Bien entendu, le père Damir lui avait baisé la main et l'avait immédiatement installé dans la plus belle chambre du presbytère, celle qui possédait une télévision reliée au satellite posé au fond du jardin.

L'escorte de Karadzic s'était installée dans les logements vacants près du potager. Ses membres s'étaient faits très discrets, s'occupant de nourrir le « novice » qui ne sortait de sa chambre que pour aller se recueillir dans l'église.

Afin de célébrer la venue de cette « icône » dans son monastère, le père Damir allait tous les jours, en fin de journée, chanter de sa voix grave quelques prières.

Cela faisait quatre jours que le frère Radovan était installé là et il ne l'avait vu que deux fois. Par contre, ses gardes venaient souvent prier. Leur chef, un certain Momcilo, avait demandé au père Damir de lui signaler tout événement inhabituel. Ce à quoi Damir avait sous-crit volontiers. Lui-même priait tous les jours pour la sécurité de son hôte.

Il arrêta soudain son chant : un couple venait de péné-trer dans l'église. Ce qui n'avait rien d'étonnant, le por-tail du monastère n'étant jamais fermé.

Il alla au-devant de ses visiteurs. L'homme avait une attitude humble, des cheveux d'un blond bizarre, une haute stature, le type serbe prononcé. La femme, elle, était blonde, potelée, avec de courts cheveux blonds rejetés en arrière et un visage sensuel. Elle portait une robe à fleurs qui découvrait une grande partie de ses cuisses blanches et pleines.

L'homme lui expliqua qu'ils visitaient les monastères de la région. Il avait un gros livre recensant les princi-paux monastères de Serbie et cela impressionna le père Damir.

– Venez à l'extérieur, proposa-t-il, nous serons mieux pour bavarder. Je vous rejoins.

Devant l'entrée du monastère, il y avait un très vieux platane abritant une grande table de bois et des bancs. Quelques minutes plus tard, le père Damir rejoignit les visiteurs avec un plateau sur lequel se trouvaient une bouteille de Slibovica et une de jus de pomme. Il était content de bavarder avec ce couple, même s'il s'effor-çait de détourner le regard du décolleté trop profond de la femme.

Ils bavardèrent un bon moment, de l'histoire du

monastère, de la vie, de la politique et, à la fin, l'homme lui demanda la permission de visiter le monastère sous sa conduite.

Ce que le père Damir accepta de bonne grâce.

D'abord les tombes, le long du mur d'enceinte, dont deux étaient celles de religieuses, puis la petite église soigneusement entretenue aux murs couverts de saintes icônes. Comme ses invités se dirigeaient vers le *komec*[1], il les arrêta.

— Il n'y a personne ici, c'est là que je loge.

Il les entraîna vers l'arrière du monastère, où se trouvaient de petites cellules aux portes ouvertes.

— Vous êtes tout seul ici ? demanda le visiteur.

— Oui, mais il y a un monastère de femmes, un peu plus bas en allant vers le lac, expliqua le père Damir. Elles vont pêcher car il y a beaucoup de poissons. Nous en vendons même au marché… Elles font du vin aussi…

Tout en parlant, il caressait sa longue barbe blonde. Soudain une sonnerie étouffée jaillit de sa soutane noire. Il plongea la main dans une poche, y prit un portable. Répondant à son correspondant par « *da* » ou « *ne* ».

Après avoir remis le portable dans sa poche, il eut un sourire d'excuse :

— Je dois me rendre au monastère des femmes pour y célébrer un office. Là-bas, elles n'ont qu'un diacre. J'aimerais vous montrer quelques-uns des trésors de mon église. Pouvez-vous revenir demain, vers la même heure ? J'aurai du temps à vous consacrer. Je vois que vous vous intéressez beaucoup aux choses sacrées. C'est bien.

— Avec plaisir, père Damir ! accepta le visiteur, je vous dis donc à demain.

Il les regarda s'éloigner dans une Toyota et rentra dans le presbytère avec son plateau. Aussitôt agrippé par Momcilo Bokan qui l'attendait dans l'entrée.

1. Presbytère.

– Pourquoi m'avez-vous demandé de proposer à ces gens de revenir ? demanda le père Damir.

Momcilo Bokan lui jeta un regard de commisération.

– Père Damir, ce ne sont pas de *vrais* touristes ! Nous connaissons cet homme : il travaille avec ceux qui veulent la perte de notre cher frère Radovan. Leur présence ici prouve qu'ils ont retrouvé notre trace, ajouta-t-il ; j'ignore comment. Ils nous traquent depuis Belgrade.

Le père Damir se signa, horrifié.

– Mais ce sont des Serbes ! protesta-t-il. Vous…

Il ne pouvait pas imaginer que des Serbes veuillent nuire à Radovan Karadzic.

– Il y a des traîtres partout, soupira Momcilo Bokan.

– Dans ce cas, observa le père Damir, pourquoi leur avoir proposé de revenir ?

– Parce qu'ils seraient revenus de toute façon. Nous allons leur donner une leçon. Quand ils reviendront demain, emmène-les dans l'église, enferme-les et viens me prévenir.

Le père Damir lui jeta un regard inquiet.

– Vous n'allez pas abîmer cette magnifique église ?

– Que Dieu m'en garde ! affirma Momcilo Bokan avec la plus grande sincérité. Je suis aussi croyant que toi, père Damir. Je veux seulement que l'on cesse de pourchasser notre frère bien-aimé.

Au garde-à-vous, blême, le regard fixe, le colonel Carter écoutait la diatribe de Frank Capistrano. La voix rocailleuse du conseiller spécial de la Maison Blanche vibrait de fureur et l'officier ne pouvait que ponctuer son discours de : « *Yes sir. Very well, sir*. À vos ordres, *sir*. »

Il écarta enfin de son oreille le récepteur du téléphone sécurisé et le tendit à Malko.

– M. Capistrano souhaite vous parler, *sir*.

Il en tremblait. C'était la première fois qu'il avait une conversation avec quelqu'un d'aussi haut placé.

– Je lui ai botté le cul, dit simplement Frank Capistrano à Malko. Il va recevoir dans les deux heures un télégramme du Pentagone vous donnant *tous* pouvoirs sur lui. Ensuite, c'est à vous de jouer. Même si vous devez mettre ce qui reste de la Yougoslavie à feu et à sang, je veux la tête de Radovan Karadzic. Je veux le voir dans une cage à La Haye.

Au moins, c'était clair.

Malko remercia. Désormais, il pouvait aller de l'avant. Après le retour de Jovan Oric et de Dragana du monastère de Dobricevo, il avait eu une longue discussion avec le Serbe. Ce dernier était persuadé qu'il fallait poursuivre les recherches. Dans la salle à manger de l'*Excelsior*, à Dubrovnik, avec une vue imprenable sur la vieille ville, ils avaient mis au point leur plan.

Malko retournerait avec eux au monastère, comme le père Damir l'avait proposé, afin de juger par lui-même. Ils n'avaient pas de preuves de la présence de Radovan Karadzic, mais beaucoup d'éléments rendaient vraisemblable cette hypothèse. Dès le lendemain matin, Malko avait demandé au colonel Carter de lui envoyer un hélico, afin de gagner Tuzla.

La conversation avec Frank Capistrano avait mis les choses au point.

– Voilà ce que nous allons faire, dit-il au colonel Carter. Nous serons au monastère de Dobricevo vers six heures. Combien de temps vous faut-il, par la route, pour acheminer une « Task Force Eagle » ?

– Quatre heures.

– Bien. Partez à une heure de Tuzla et attendez les ordres à Bilecka. De là, il faut environ une demi-heure pour gagner le monastère. Si j'ai l'impression que Karadzic est là, je vous donne le « top » et j'attends sur

place. Prenez assez d'hommes pour cerner les deux
monastères.

— Je serai à Bilecka à cinq heures et demie, promit
l'officier.

*   *
*

Il était six heures pile lorsque la Toyota de Jovan Oric
s'arrêta en face du monastère. Malko était furieux. Le
colonel Carter venait de lui apprendre que sa «Task
Force» avait pris du retard à cause de la circulation. Ils
étaient encore à une heure et demie du monastère de
Dobricevo !

Ils n'eurent pas à se poser de questions : dès qu'ils
descendirent de la voiture, le père Damir surgit du
monastère et vint à leur rencontre. Visiblement surpris
de découvrir Malko.

— J'ai amené un ami autrichien qui s'intéresse aussi
beaucoup aux monastères serbes, expliqua Jovan Oric.

— C'est un grand honneur pour moi, affirma le père
Damir.

— Vous nous montrez vos trésors ?

— Venez.

Ils le suivirent jusqu'à l'église où il commença à les
abreuver d'explications sur les icônes, les enluminures,
les vitraux. Arrivé à l'autel, il s'arrêta avec une petite
exclamation de dépit :

— Ah, j'ai oublié la clef de la châsse. Voulez-vous
m'attendre ici, je reviens.

En son absence, ils essayèrent de s'intéresser aux
multiples œuvres d'art, l'esprit ailleurs. Au bout de dix
minutes, Malko remarqua :

— C'est bizarre. Allons voir où il est passé.

Lorsqu'il voulut ouvrir l'unique porte de l'église,
elle résista. Il mit quelques secondes à réaliser qu'elle
était fermée à clef de *l'extérieur*. Et qu'elle s'ouvrait de

l'intérieur ; une porte en bois massif, renforcée de multiples ferrures.

Malko sentit son pouls s'envoler :

– Karadzic est en train de s'enfuir !

Ils examinèrent les sorties possibles. Les vitraux étaient trop hauts et cette porte pouvait résister à un bulldozer.

Soudain, il y eut un bruit métallique dans la partie supérieure du mur, à gauche de la porte.

Malko aperçut un gros encensoir doré d'où s'échappait une légère fumée qu'on venait de glisser par une petite ouverture rectangulaire à plus de trois mètres du sol, à partir de l'extérieur. Retenu par une anse, il était beaucoup trop haut pour qu'on puisse l'attraper.

Une odeur nouvelle se superposa à celle de l'encens.

Une bonne senteur d'ail et de persil, comme celle d'une soupe paysanne en train de mijoter.

Jovan Oric et Dragana, occupés à chercher une façon de sortir, ne semblaient pas y prêter attention.

Malko, lui, se rappela soudain quelque chose et comprit que c'était l'odeur de la Mort.

CHAPITRE XX

Dragana Obrenovic s'approcha de Malko et remarqua en souriant :

– Tiens on dirait qu'on fait la cuisine, dehors. Ça sent l'ail.

Jovan Oric, après avoir fait le tour de l'église, les rejoignit, découragé, mais pas inquiet.

– Si on avait une échelle, on pourrait monter jusqu'au vitrail du centre, dit-il, mais il date du XIIIᵉ siècle. Ce serait dommage de le briser. Ce n'est pas grave, vos amis vont venir nous délivrer.

Malko n'écoutait pas, il était en train de composer le numéro du colonel Carter.

– Où êtes-vous ? demanda-t-il.

– Nous venons de passer Bilecka, nous serons là dans une demi-heure.

– Envoyez un véhicule avant, intima Malko. Les amis de M. Karadzic nous ont enfermés dans l'église du monastère où ils ont diffusé du gaz mortel, une sorte d'ypérite. Comme en Irak.

– *My God !* fit l'officier américain… Vous êtes sérieux ?

– Faites le plus vite possible, répondit simplement Malko, sinon nous serons morts quand vous arriverez. Jovan, fit-il ensuite, il faut absolument trouver le moyen de sortir, sinon, nous allons mourir tous les trois.

Le Serbe eut son habituel rire tonitruant, plein de bonne humeur.

– Morts ? Pourquoi ? Ce pope ne va pas revenir nous tuer.

Malko lui désigna l'encensoir pendu le long du mur.

– Cet encensoir est en train de diffuser un gaz mortel. De l'ypérite. Comme il est plus lourd que l'air, cela nous donne un petit répit, le temps qu'il descende jusqu'à nous. Mais c'est inéluctable : si nous n'arrivons pas à sortir d'ici, nous allons être gazés… Cette odeur d'ail et de persil, c'est celle de ce gaz mortel que Saddam Hussein a utilisé contre les Kurdes.

Jovan Oric pâlit.

– Ce n'est pas possible que ce pope veuille nous tuer ! C'est un homme d'église.

Encore une âme naïve.

– Au Rwanda, lui rappela Malko, les prêtres ont souvent été à la tête des massacres… Et puis, ce n'est peutêtre pas un véritable pope…

Il sortit son mouchoir et le plaça devant sa bouche. Dérisoire protection, mais la seule à leur portée. Il sentait sa tête commencer à tourner. Ignorant l'effet de ce gaz asphyxiant, il ne savait combien de temps ils pourraient résister à cette menace invisible et sournoise.

– Faites comme moi ! dit-il.

Ses yeux commençaient à le piquer.

Il repéra soudain, à droite de l'autel, un regard situé à plus de deux mètres du sol. Il tira un banc devant, se hissa dessus, et aspira avidement l'air frais, laissant ensuite la place aux deux Serbes.

– Respirez le moins possible ! recommanda-t-il. Et ne vous baissez pas : ce gaz plus lourd que l'air reste près du sol.

Il leva la tête : le piège diabolique continuait à cracher sa fumée mortelle.

Tandis que les deux Serbes se relayaient auprès du vitrail brisé, il appela de nouveau le colonel Carter.

– Nous serons là dans vingt minutes au plus tard, annonça l'Américain. Il y a du nouveau ?

– Non, dit Malko, mais vous risquez de nous trouver morts. Dépêchez-vous.

Il n'était plus question de Radovan Karadzic, mais de sauver leur vie… L'officier de la « Task Force Eagle », stupéfait, demanda :

– D'où vient ce gaz ?

– L'armée serbe possédait des grenades et des obus à gaz qu'elle n'a jamais utilisés, expliqua Malko. Les gens de Karadzic ont dû en récupérer. C'est le principe des chambres à gaz, sauf que celle-ci est une église du XIIIe siècle.

– Vous allez tenir ? interrogea l'Américain, on ne peut pas aller plus vite.

– J'espère, fit Malko, mais je commence à me sentir très mal. Les yeux me piquent et j'ai l'impression de respirer du feu.

Comme pour lui donner raison, Dragana Obrenovic fut prise d'une violente crise de toux. Pliée en deux, elle ne pouvait pas s'arrêter. Malko courut jusqu'à elle et la força à relever la tête avant de l'aider à se hisser sur le banc.

La bouche grande ouverte, elle se mit à aspirer l'air de l'extérieur, comme une abeille collée à une fleur. Jovan Oric tournait dans tous les sens, à la recherche d'une ouverture.

En vain.

À part les petits vitraux et la porte, il n'y avait rien. Maintenant, on ne sentait plus l'odeur douceâtre de l'encens, mais celle, piquante et plutôt agréable, de la soupe du Diable… Dragana Obrenovic s'effondra sur le banc, livide. Elle fit un signe de croix et murmura :

– Nous allons mourir…

Tandis que Jovan Oric se hissait à son tour sur le banc, Malko se dit qu'elle n'avait peut-être pas tort. Il sentait sa tête s'alourdir, et ses poumons avaient de plus en plus de mal à fonctionner, comme pris dans un étau. Il se souvenait avoir lu que ce gaz paralysait progressivement les muscles respiratoires...

Il comptait les secondes, tandis que Jovan Oric restait collé au vitrail. Ce devait être ainsi que cela se passait dans un sous-marin immobilisé au fond. Il ne se reconnaissait pas, luttant contre une envie féroce d'aspirer de l'air à son tour. Enfin, le Serbe se laissa tomber sur le banc et Malko put aspirer à son tour un peu d'air frais, mais ses narines étaient toujours imprégnées de l'affreuse et délicieuse odeur de mort.

Sa traque risquait de s'arrêter là.

*   *
*

Les quatre religieuses pagayaient avec régularité, propulsant le dinghy noir sur l'eau calme du lac Bilecko.

Assis à l'avant, Radovan Karadzic regardait la rive monténégrine se rapprocher. Encore un kilomètre. Ils étaient en train de contourner la petite île où était érigée la minuscule chapelle. En passant devant, ils se signèrent tous, y compris les quatre hommes de la « Preventiva » qui tournaient le dos à l'ancien président de la Republika Srpska, surveillant le rivage qu'ils venaient de quitter.

N'y décelant aucun signe d'activité.

Damir, *l'iguman* du monastère, s'était tout simplement réfugié dans le monastère des femmes où personne ne viendrait le chercher. Momcilo Bokan était ravi de son idée. La « Preventiva » avait récupéré dans les stocks du corps d'armée de la Drina un certain nombre d'engins à gaz de l'armée yougoslave. Tout le monde avait oublié leur existence car ces armes n'avaient jamais été utilisées, par crainte des représailles.

Mais, pour une opération clandestine, c'était parfait. La grenade à gaz avait été mise en place dans l'encensoir à la place de l'encens et, à l'aide d'une échelle,

Momcilo Bokan lui-même avait mis en place son piège mortel.

Les vitraux, trop hauts, étaient inaccessibles et la porte, bardée de barres de fer, avait été conçue pour résister aux assauts des béliers moyenâgeux. Seul côté négatif de l'opération : Radovan Karadzic était de nouveau en fuite. Au Monténégro, l'UEFOR et les Américains étaient impuissants. Les religieuses n'avaient posé aucune question quand Momcilo Bokan leur avait demandé de sortir leur dinghy normalement destiné à la pêche et d'emmener un passager de l'autre côté du lac.

Toutes savaient de qui il s'agissait, mais considéraient comme un devoir sacré de protéger ce combattant de la Grande Serbie.

La ferme abritant le monastère des femmes se trouvant en contrebas du monastère principal, Radovan Karadzic avait pu s'esquiver discrètement et gagner à pied le bord du lac. Pour une nouvelle exfiltration...

Jamais il n'en avait subi autant en aussi peu de temps ! Qu'est-ce qui arrivait aux Américains ?

De l'autre côté du lac, il serait obligé de marcher environ un kilomètre sur une petite piste rejoignant la route Treblinje-Niksic. L'ami qui lui envoyait une voiture lui avait recommandé la prudence : le Monténégro, mû par son impatience à rejoindre l'Europe, n'était plus ce qu'il était.

Radovan Karadzic avait le cœur gros en pensant qu'il ne pourrait même pas aller s'incliner sur la tombe de sa mère, morte l'année précédente dans leur maison de famille à Niksic. Trop de gens risquaient de le repérer, et ce cimetière était peut-être surveillé en permanence. Il savait que, le jour de l'enterrement de sa mère, des dizaines d'agents de différents services de renseignements l'y attendaient. Il n'avait pu que faire envoyer des fleurs.

Le soleil se couchait dans leur dos, illuminant les crêtes des collines d'une lumière magique. Encore une

demi-heure et ils auraient atteint le rivage. L'eau clapo-
tait doucement sous les avirons et les religieuses n'ou-
vraient pas la bouche. Soudain, un des gardes poussa une
exclamation, montrant du doigt des gens qui couraient
le long du rivage, loin derrière eux. Il se tourna vers
Momcilo Bokan et dit simplement :

– Nous sommes partis à temps.

Radovan Karadzic ne répondit pas. Se disant que
peut-être, une autre fois, ses poursuivants ne le rate-
raient pas. Dans ce cas, ses gardes avaient des instructions précises : l'abattre. Il ne voulait pas, comme
Slobodan Milosevic, se retrouver dans une cage de verre
à répondre à des questions idiotes. Il avait toujours agi
selon sa conscience et, si c'était à refaire, il aurait suivi
le même chemin…

Comme si elles avaient senti le danger, les religieuses
accélérèrent. Pourtant, ils ne risquaient rien : impossible
pour les Américains, même avec un bateau rapide, de
violer les eaux monténégrines. L'avant du gros dinghy
s'échoua sur les cailloux avec une petite secousse et deux
gardes se précipitèrent pour porter Radovan Karadzic.

À peine furent-ils à terre que les religieuses repartirent, déployant des lignes de pêche à la traîne. Si elles
étaient interrogées à leur retour, elles fourniraient une
excellente explication à leur départ précipité…

Radovan Karadzic marchait déjà au milieu des épineux. Il avait hâte de se reposer sans sursauter à chaque
bruit suspect. Tout en se tordant les pieds sur le sol
inégal, il se dit que, si ses poursuivants avaient péri dans
la petite chapelle du monastère, c'était la volonté de
Dieu.

*
* *

Le portable de Malko devait sonner depuis longtemps
lorsque le son parvint enfin à ses oreilles. Il se sentait
engourdi, comme anesthésié.

Jovan Oric avait glissé sur le sol et n'avait même plus la force de se hisser sur le banc… Dragana Obrenovic, elle, était restée collée au mur, comme une araignée, respirant avidement.

– Malko ! Malko ! Vous êtes là ? cria la voix du colonel Carter.

Il lui fallut faire un effort prodigieux pour répondre. Ou plutôt pour essayer de répondre, car ses lèvres enflées et noirâtres n'arrivaient plus à remuer.

– Malko ! Malko ! répéta le colonel Carter. Vous êtes O.K. ? Nous sommes là, de l'autre côté de la porte.

Malko, au prix d'un effort surhumain, parvint à articuler quelques mots.

– Ouvrez ! Ouvrez vite !

– On n'y arrive pas, cria l'Américain. On a envoyé chercher un serrurier à Treblinje…

– Pas de serrurier, bredouilla Malko. Pas le temps…

– Mais la porte est bardée de fer ! protesta l'Américain. C'est une question de minutes… Vous m'entendez ?

Malko l'entendait, mais l'effort pour prononcer chaque mot était trop dur. Enfin, la bouche collée à son portable, il souffla :

– Lance-roquette ? Vous avez un lance-roquette ?

– Oui, bien sûr, dit l'officier. Pourquoi ?

– Tirez dans la porte. Sinon, nous sommes morts…

Il perçut le sursaut de l'Américain.

– Mais c'est un putain de monument historique, du XIIIᵉ siècle, protesta-t-il, je n'ai pas le droit…

– Prenez-le ! souffla Malko. Ou allez au diable !

Il était trop fatigué. Il ferma les yeux, le mouchoir collé à sa bouche, sentant qu'il était en train de mourir…

Il n'avait plus le courage de lutter. Avec horreur, il réalisa qu'il se trouvait en plein dans la nappe de gaz et qu'il respirait la mort à chaque inhalation. Il n'avait plus la notion du temps, ses poumons semblaient rouillés, solidifiés dans sa poitrine. Il n'y voyait presque plus. Sournoisement, les toxines envahissaient tout son organisme.

L'empêchant même de penser.

Soudain, une explosion assourdissante l'arracha à sa torpeur. Il entrevit une lueur aveuglante, sentit une onde de choc, puis une odeur plus âcre que celle du gaz. Presque aussitôt, les battants de la porte de la chapelle s'écartèrent violemment, sous la poussée de plusieurs hommes. La charge creuse de la roquette avait pulvérisé l'énorme serrure du Moyen Âge.

Malko sentit qu'on le relevait, qu'on le traînait à l'extérieur, entendit une voix qui répétait son nom, sans qu'il puisse répondre. Même l'air du lac lui parut fade : ses poumons étaient déjà caramélisés.

Une voix cria :

— Oxygène ! Oxygène, bordel !

Il ferma les yeux et vomit. Puis il sentit un goût de caoutchouc : on venait de coller contre sa bouche une sorte de ventouse. Il entendit un sifflement et un jet d'oxygène jaillit de la bouteille, lui brûlant d'abord le gosier, puis les bronches et les poumons. Il essaya d'écarter l'embout qu'on maintenait de force contre sa bouche…

Il y avait un brouhaha incroyable autour de lui… Peu à peu, son cerveau se désembrumait, il recommença à penser, mais avec l'impression d'être paralysé.

Il se sentit soulevé du sol, l'oxygène inondant toujours ses poumons. Puis tout devint noir.

***

Tomislav Tesic étreignit Radovan Karadzic de tout son cœur. Dès qu'il l'avait vu arriver à travers les broussailles, il était sorti de sa Mercedes pour venir à sa rencontre. Les deux hommes se connaissaient depuis longtemps. Tesic avait été le ministre de l'Intérieur de Radovan Karadzic pendant l'éphémère Republika Srpska et partageait toutes ses idées.

– Tu as faim ? demanda-t-il.

– Non, merci, répondit le leader bosniaque, je suis un peu fatigué. Et désolé de t'infliger ce dérangement. Tu es venu de Niksic ?

– Non, de Podgorica. On y retourne, tu vas t'installer dans ma maison et tu y resteras aussi longtemps que tu voudras...

– Ce n'est pas dangereux ?

Le Bosniaque eut un rire détendu.

– Oublie ! Le Premier ministre me mange dans la main. Nous sommes associés dans les cigarettes.

Le Premier ministre monténégrin avait monté un colossal trafic de cigarettes de contrebande et en tirait des bénéfices considérables. Rassuré, Radovan Karadzic se laissa aller sur les coussins de la Mercedes et ferma les yeux. C'était bon d'avoir encore des amis.

Il entendit à peine la voix de Tomislav Tesic lui glisser à l'oreille :

– Je t'ai réservé une surprise.

Une demi-heure plus tard, ils étaient dans les faubourgs de Niksic. Radovan Karadzic somnolait. Quand il se réveilla, il aperçut la grille du cimetière de Niksic. Deux hommes s'approchèrent de la voiture.

– Vous pouvez y aller, annonça l'un d'eux.

Tomislav Tesic les avaient postés là en prévision d'une possible intervention des policiers monténégrins. Il ouvrit sa portière et lança à son hôte :

– Allons-y. Mais on ne reste pas longtemps...

*
* *

Malko avait l'impression d'avoir une forge dans les poumons. En dépit des insufflations d'oxygène et d'une perfusion plantée dans son bras pour éliminer ses toxines, il se sentait incroyablement faible, et sans cesse au bord de la nausée. Le colonel Carter se pencha vers lui.

– Je crois que vous êtes O.K. maintenant ! annonça-t-il. Le docteur veut que vous restiez en observation quarante-huit heures. C'est plus simple que de vous amener à Tuzla.

Évidemment, le petit hôpital de Treblinje n'était pas hyper-moderne et ses médecins ne devaient pas souvent soigner des gazés.

– Comment vont les autres ? demanda Malo.

– Ils sont O.K., assura l'Américain, mais il était temps. Sans le lance-roquette, vous y restiez. Seulement la porte de la chapelle a beaucoup souffert...

Ce n'était pas vraiment le souci de Malko. Il referma les yeux. Maintenant qu'il se sentait mieux, il recommençait à penser et la rage le tenaillait. Non seulement Radovan Karadzic lui avait filé entre les doigts, mais lui avait failli y laisser sa peau.

– Vous n'avez trouver personne dans le monastère ? demanda-t-il.

– Personne. Le pope s'était volatilisé. « Teddy Bear » se cachait sûrement dans le presbytère et a été évacué par le lac en direction du Monténégro... Nous avons aperçu une embarcation qui s'éloignait dans cette direction.

– Et vous n'avez rien pu faire ?

Le colonel Carter secoua la tête.

– Rien : le Monténégro est un pays souverain, nous n'avons pas le droit d'y intervenir. Bien entendu, nous avons signalé l'incident aux autorités de ce pays en leur demandant de rechercher d'urgence Radovan Karadzic. Mais il ne faut pas trop compter dessus.

Malko eut un geste las.

– Tant pis, fit-il. *Ich gebe auf*[1] ! J'aurai fait tout mon possible.

1. J'abandonne.

Pour le moment, il ne pensait plus qu'à récupérer. Et à retourner à Liezen.

Les gaz qu'il avait respirés lui avaient ôté toute son énergie.

*
* *

Les rues de Podgorica semblaient étrangement animées à Radovan Karadzic, habitué au calme de la campagne. La capitale du minuscule Monténégro avait l'air d'une grande ville, avec ses larges artères parallèles, ses restaurants, ses buildings modernes. Ils la traversèrent en direction du sud, et la Mercedes stoppa cinq kilomètres plus loin, rue Tolstoieva, en face d'un portail en fer forgé en trois parties, doublé d'une protection opaque blindée. Les deux battants principaux s'ouvrirent automatiquement et Tomislav Tesic désigna à Radovan Karadzic une terrasse au dernier étage de la villa ornée de colonnades blanches et de statues.

— Voilà ton appartement ! J'espère que tu y seras bien. Tes amis coucheront au rez-de-chaussée.

C'était la première fois depuis longtemps que l'ex-leader bosniaque se trouvait chez quelqu'un. Heureusement, il avait entière confiance dans son ancien ministre de l'Intérieur.

— Tu peux passer l'été ici, proposa Tesic. Nous irons à la mer. J'ai un bateau à Kotor.

— Merci, souffla Radovan Karadzic. Pour le moment, je vais me reposer.

Il regrettait déjà sa chambre du monastère de Dobricevo et ses promenades au bord du lac.

*
* *

Malko regarda les bulles du Taittinger Comtes de Champagne Blanc de Blancs 1996 pétiller dans sa flûte. Il se sentait revivre. Certes, le restaurant de l'*Excelsior* à Dubrovnik n'avait pas trois étoiles, mais les langoustes étaient délicieuses et fraîches, et le Taittinger bien frappé.

Depuis le début du dîner, Jovan Oric et Dragana l'avalaient comme de l'eau. Pour la jeune Serbe, c'était son premier contact avec la vraie civilisation.

Jovan Oric avait encore le teint jaune, comme s'il relevait d'une hépatite, et Dragana, bien que maquillée, ressemblait à un cadavre. Seuls ses seins, toujours offerts sur un balconnet, avaient bien supporté l'épreuve.

Quarante-huit heures après leur « gazage », à part un mal de tête persistant, Malko se sentait d'attaque.

Sans vraiment savoir ce qu'il allait faire.

– Quels sont vos plans ? demanda-t-il à Jovan Oric. Vous voulez toujours vous expatrier ?

Le Serbe but un peu de Taittinger avant de répondre.

– Non, dit-il, je ne crois pas. Simplement, je n'irai plus jamais en Bosnie.

– Je veillerai à ce que vous ayez une compensation financière très substantielle, promit Malko. En sus du million de dinars. Et Dragana aussi.

La jeune femme lui expédia un regard humide, à la limite de la provocation.

– *Hvala, hvala* [1].

Comme la bouteille était vide, Malko commanda un Taittinger Comtes de Champagne rosé, pour accompagner le dessert. Ils l'avaient déjà bien entamé lorsque le portable de Malko sonna. C'était Vladimir Djorgevic, qui appelait de Belgrade.

– J'ai su par Munir ce qui vous était arrivé, dit le haut fonctionnaire serbe. Ces types ne reculent vraiment devant rien… Radovan Karadzic est dans une véritable coquille d'acier. C'est déjà bien de vous en être approché aussi près.

– Désormais, il est au Monténégro, dit Malko. Chez

1. Merci, merci.

lui. Il y a encore moins de chance de l'y coincer. Je vais repartir en Autriche et votre ami Jovan va regagner Belgrade. Il a été formidable.

– Attendez ! Vous êtes tout près du Monténégro. Je connais quelqu'un, à Podgorica, qui pourrait vous donner un coup de main.

– À Podgorica ? s'étonna Malko, incrédule. Le Monténégro est corrompu jusqu'à l'os…

– Pas tous, corrigea Vladimir Djorgevic. Avant de laisser tomber, allez donc voir un de mes amis, Dusko Markovic.

– Qui est-ce ?

– Le patron des Services monténégrins. Il est honnête et joue la carte européenne. Si Radovan Karadzic se trouve là-bas, il le sait et pourra vous aider à le localiser.

– Et ensuite ?

Le Serbe ne se troubla pas.

– Ensuite, il faudra négocier. Souvenez-vous que le terroriste Calos a été exfiltré du Soudan *avec* la complicité des autorités soudanaises. On pourrait faire la même chose au Monténégro qui a envie de s'acheter une conduite… C'est un *long shot*…

Malko soupira.

– Bien, j'irai à Podgorica avant de rentrer à Liezen, mais je ne me fais aucune illusion…

CHAPITRE XXI

Du restaurant *Macha*, la perle culinaire de Podgorica, on avait une vue imprenable sur le building rose du ministère de l'Intérieur, juste en face, sur le boulevard Saint-Pierre-de-Stetinié, les Champs-Élysées de la capitale du Monténégro. Minuscule métropole pleine de verdure, de larges avenues ombragées, et relativement moderne. Ici, on n'avait pas connu la guerre civile et les gens vivaient plutôt bien, grâce aux innombrables trafics gérés par les mafias monténégrines…

Un tram jaune passa en faisant sonner son timbre et un groupe de filles s'écarta en courant, avec des rires, faisant voler leurs robes légères. C'était la Méditerranée heureuse. Les filles étaient sexy, les hommes des bêtes au profil de bûcheron, mais on se serait cru en Italie, à cause des terrasses et des multiples cafés se succédant sur les trottoirs du boulevard.

Évidemment, la nourriture du *Macha*, vendue à prix d'or, était infecte. Pourtant, Dragana remonta du rez-de-chaussée, où se trouvaient le café et la pâtisserie, avec une assiette où étaient empilés à peu près tous les gâteaux de la pâtisserie. De véritables étouffe-chrétiens. Au Monténégro, la diététique était une notion totalement inconnue. Si on pouvait manger, on avalait jusqu'à éclater…

Malko baissa les yeux sur sa Breitling et soupira.

– Qu'est-ce qu'il fait ?

Ils étaient arrivés le matin, deux heures plus tôt, après une route magnifique à partir de Treblinje, jusqu'à Niksic, redescendant ensuite jusqu'à Podgorica. Dès qu'ils avaient été en ville, Jovan Oric avait appelé Dusko Markovic, le responsable des Services monténégrins, sur la recommandation de Vladimir Djorgevic, son ancien homologue serbe. Dusko Markovic avait fait répondre qu'il les recevrait après le déjeuner. On viendrait les chercher au *Macha*.

Du coup, Malko en avait profité pour acheter deux gros bracelets d'or travaillés dans le style oriental et les avait offerts à Dragana Obrenovic pour lui faire oublier le monastère de Dobricevo.

La pulpeuse copine de Jovan Oric avait failli s'en évanouir de bonheur. Son amant ne l'avait pas habituée à des cadeaux aussi somptueux.

Depuis, elle ne cessait de contempler ses présents…

Le déjeuner expédié, ils attendaient. Avec comme seule distraction un policier monténégrin muni d'un radar mobile posté en face du restaurant qui épinglait les automobilistes en excès de vitesse sur le long boulevard rectiligne. Férocement. Il faut dire qu'au Monténégro, les accidents de voitures étaient la première cause de mortalité chez les jeunes. En effet, on trouvait facilement des bolides de grandes marques, volés en Italie ou en Allemagne, et vendus à Podgorica pour une bouchée de pain.

Ensuite, la Slibovica aidant, ces jeunes se lançaient dans des courses poursuites à plus de 200 à l'heure qui se terminaient à l'hôpital ou au cimetière… D'où les contrôles multiples.

– Je crois que c'est la fille à qui j'ai parlé, annonça Jovan Oric.

Une brune, portant un corsage noir et une jupe jaune, perchée sur des escarpins, venait d'émerger du grand parking situé devant l'immeuble du ministère de l'Intérieur au toit de tuiles rouges, avec des climatiseurs accrochés comme des bubons à la façade, un par fenêtre. Elle pénétra dans le *Macha* et surgit quelques instants plus tard au premier. Elle échangea quelques mots avec Jovan Oric et le Serbe la présenta à Malko.

– Lydia, la secrétaire de M. Dusko Markovic. Il nous attend…

Lydia avait des yeux noirs magnifiques, une jupe de soie moulant une croupe ronde et un je-ne-sais-quoi de salope qui n'écartait pas le soupçon de la promotion canapé.

Sans l'insistance de Vladimir Djorgevic, Malko n'aurait pas fait le voyage de Podgorica. Il n'avait pas envie d'essuyer une nouvelle déception… Les gens de Tuzla n'y croyaient guère plus. Le Monténégro avait toujours accueilli Radovan Karadzic qui y était né… Le monastère d'Ostrog, à trois quarts d'heure de Podgorica, l'avait souvent hébergé, avec la bénédiction des autorités.

Bref, à ses yeux, c'était un coup d'épée dans l'eau.

Il s'en voulait d'avoir failli provoquer la mort de ses deux alliés serbes. Lui, c'était son métier ; pourtant, même la pulpeuse Dragana ne semblait plus lui en vouloir, surtout après les bracelets, d'après les regards en coin qu'elle lui jetait.

Ils débouchèrent dans un hall immense avec deux escaliers monumentaux. Apparemment, il n'y avait pas d'ascenseur. Les murs en crépi jaune dépourvus de la moindre décoration fleuraient bon le communisme, comme les couloirs surdimensionnés et les hauts plafonds dont la peinture s'écaillait. Le Monténégro avait peu de ressources naturelles, à part les cigarettes de contrebande.

Devant lui, la croupe de Lydia se balançait harmonieusement, comme un appel à la suivre. Ils arrivèrent au troisième étage, et la secrétaire les fit entrer dans un petit bureau où officiait une blonde aux cheveux courts, en pantalon très ajusté, tout aussi sexy.

– C'est la secrétaire particulière de M. Markovic, souffla Lydia.

Déjà, la blonde ouvrait une porte massive en bois sombre.

Dusko Markovic, le chef des Services monténégrins, vint à leur rencontre, la main tendue ; carrure de bûcheron, cheveux gris en brosse, regard net. Il fit tout de suite bonne impression à Malko. Il accueillit celui-ci par une longue phrase en serbe où surnageait le nom de Vladimir Djorgevic, puis les installa sur un canapé, les deux filles l'encadrant avec gourmandise. Le bureau respirait le sérieux avec ses meubles en bois sculpté sombre, sa bibliothèque et le drapeau monténégrin au fond. On apporta du café, turc évidemment, avec son petit carré de loukoum. Puis, Malko, par l'intermédiaire de Jovan Oric, expliqua la raison de sa visite, suite à l'incident du monastère où ils avaient failli périr gazés.

La réponse de Dusko Markovic fut sans ambages.

– Radovan Karadzic est venu souvent dans le passé, mais notre président avait interdit qu'on s'occupe de lui, par solidarité avec les Serbes ; en plus, qu'aurions-nous eu à gagner, sinon l'inimitié de ces gens qui sont des fanatiques ? Aujourd'hui les choses ont changé. Notre nouveau Premier ministre souhaite se rapprocher de l'Europe.

– Ce qui veut dire ? interrompit Malko.

Dusko Markovic ne baissa pas le regard.

– Que M. Karadzic n'est plus le bienvenu au Monténégro…

Malko sentit la moutarde lui monter au nez.

– Pourtant, releva-t-il, il y a trois jours, on l'a vu traverser le lac de Bilecko et débarquer sur la rive monténégrine. Où se trouve-t-il désormais ?

Dusko Markovic alla récupérer sur son bureau une mince chemise rouge, l'ouvrit et lut :

– Ce que vous dites est parfaitement exact. M Karadzic, en compagnie de quatre hommes qui n'ont pas été identifiés mais font vraisemblablement partie de sa garde personnelle, est arrivé clandestinement au Monténégro. Il a été accueilli par un de ses vieux amis, M. Tomislav Tesik, qui fut son ministre de l'Intérieur en Republika Srpska. Cet homme est très lié à notre président et réside désormais au Monténégro, ici à Podgorica.

– Radovan Karadzic est chez lui ?

Dusko Markovic sourit.

– Il y *était*. Comme le téléphone de M. Tesic est écouté en permanence en raison de ses activités, nous avons pu obtenir certaines informations. M. Tesic a été averti qu'il ne pouvait héberger M. Karadzic sans que nous avertissions les autorités de l'Union européenne. Il en va de notre crédibilité…

– Pourquoi ne l'avez-vous pas arrêté ? s'étonna Malko. Il y a un mandat d'arrêt international contre lui depuis longtemps.

Nouveau sourire de Dusko Markovic.

– Mon service n'a pas de pouvoir de police ; c'est une décision qui relève du ministre de l'Intérieur.

Un ange passa, agitant des menottes. Radovan Karadzic pouvait couler de vieux jours tranquilles : seuls les fantômes de ses victimes le poursuivraient.

– Donc, conclut Malko, il est bien au chaud chez son ami !

– Non. Un arrêté d'expulsion lui a été signifié et il a quitté le territoire monténégrin hier.

– Il est retourné en Bosnie ?

– Je l'ignore, avoua le chef du service de renseignements. Son ami Tesic l'a conduit avec ses quatre amis jusqu'au port de Bar, sur l'Adriatique. Il a embarqué sur un bateau privé appartenant à M. Tesic, dont nous ignorons la destination…

– Vous avez au moins son nom ?

– Je ne suis pas autorisé à vous le communiquer, avoua le policier. Il s'agit d'un citoyen monténégrin, désormais.

Malko se leva, exaspéré. Une fois de plus, Radovan Karadzic avait filé pour une destination inconnue. Il y eut un silence lourd de sous-entendus. Il était fou de rage de s'être une fois de plus embarqué dans une galère. Désormais, il comprenait beaucoup mieux pourquoi Radovan Karadzic était insaisissable depuis dix ans.

Toute la région lui était acquise…

— Je vous remercie, dit-il. Je transmettrai ces informations à qui de droit.

Les deux secrétaires semblaient transformées en statues de sel. Très affable, Dusko Markovic sortit de son bureau, accompagnant Malko jusqu'en haut des escaliers monumentaux. Au moment de le quitter, il demanda brusquement :

— Vous parlez russe ?

— *Da*. Pourquoi ?

Discrètement, le policier monténégrin sortit de sa poche un papier plié qu'il glissa dans la paume de Malko, et dit en russe à voix basse :

— Durant son séjour, un des assistants de M. Karadzic a donné un seul coup de téléphone. Nous n'avons pas pu écouter la conversation, mais nous avons noté le numéro appelé. Il le faisait de son portable. *Possiblement*, cela pourra vous aider. *Good luck*.

Malko n'attendit pas de descendre l'escalier pour ouvrir le papier plié. Il ne contenait qu'un numéro de téléphone : + 10 3432 786546.

Un numéro en Grèce.

D'abord, il ne percuta pas. Puis réalisa que la Grèce était *aussi* un pays orthodoxe très lié à la Serbie. L'entreprise qui avait fourni la chaux vive pour enterrer les cadavres de Srebenica était grecque.

Seule, la CIA pouvait l'aider.

Dans le grand parking, Jovan Oric se tourna vers lui, un peu gêné.

— Qu'est-ce qu'on fait maintenant, *gospodine* Dimitri ?

– Je crois que nos routes vont se séparer ici, répondit Malko. Vous allez retourner à Belgrade ?

– Oui, si vous voulez venir…

Malko secoua la tête.

– Je n'ai plus rien à faire là-bas. Ni en Bosnie. Ni au Monténégro. Je vais rentrer, moi aussi. Il y a un aéroport ici ?

– Bien sûr, il est tout neuf, payé par l'Union européenne, se rengorgea Jovan Oric. Vous voulez qu'on y aille ?

– Oui.

Dans un premier temps, il avait envie de quitter ce pays. Même si le tuyau de Dusko Markovic n'était pas crevé…

Effectivement l'aéroport de Podgorica, flambant neuf, surdimensionné pour ses quelques vols, était magnifique. Le tableau d'affichage annonçait un vol pour Budapest, un pour Rome et un pour Francfort, plus la « navette » de Belgrade. Il se dit que, de Francfort, il gagnerait l'Autriche plus facilement et alla prendre un billet.

Les adieux furent touchants. Visiblement, Dragana avait du mal à retourner à Belgrade, après cette aventure.

– J'ai 492 kilomètres de virages devant moi, soupira Jovan Oric. Dix heures de route si tout va bien.

Dragana pointa soudain un ongle rouge sur le tableau d'affichage, et se lança dans un grand discours à l'intention de Jovan Oric.

– Il y a un vol pour Belgrade dans deux heures. Elle veut le prendre, expliqua celui-ci. Évidemment, c'est moins fatigant que la route. Et moi, je vais faire le voyage seul…

Dragana alla se coller à lui, murmurant à son oreille, et Jovan Oric, qui était un brave garçon, céda avec un sourire résigné. Il paya même les 120 euros de billet sur Air Montenegro… Dragana et Malko l'accompagnèrent jusqu'à la Land Cruiser qui prit la route du nord.

– C'est vrai que la route est très mauvaise, avoua

Dragana lorsqu'ils furent seuls, en mauvais russe, mais
comme ça, je vais vous tenir compagnie. Votre vol est
dans deux heures aussi.

– Un peu plus, corrigea Malko.

Après toute la tension des derniers jours, la silhouette
appétissante de Dragana était en train de réveiller sa
libido. Comme si elle l'avait deviné, elle proposa :

– *Davai!* Je connais un endroit où on peut se reposer en attendant nos avions.

À première vue, l'immense hall vide n'offrait pas tellement de coins intimes. Ils longèrent les comptoirs de
location de voitures, pénétrant dans un couloir qui desservait plusieurs annexes de l'aérogare. Dragana semblait parfaitement savoir où elle allait.

Elle poussa une porte et pénétra dans une pièce sans
fenêtre, meublée d'un bureau métallique, d'un classeur
et de trois chaises. Heureusement, la clim marchait et il
y régnait une délicieuse fraîcheur. La jeune Serbe tourna
une clef qui se trouvait dans la serrure à l'intérieur et
jeta à Malko un regard à faire fondre une banquise.

– Voilà! *Dobre!* Nous pouvons nous reposer…

À moins de dormir debout comme les chevaux, Malko
ne voyait pas comment.

– Où sommes-nous ici ? demanda-t-il.

– Ce sont les bureaux pour la gestion des loueurs de
voitures. Ils sont encore inoccupés et les trafiquants s'en
servent pour entreposer des cigarettes. Là, il n'y a pas
eu d'arrivage. C'est sympa, non ?

Le dos appuyé au bureau, elle le regardait par en dessous, un peu penchée en avant, afin de mettre en valeur
ses gros seins dans leur écrin de dentelles ; dégageant
une sensualité sans détour.

Comme Malko se contentait de la regarder, elle prit
les nœuds qui retenaient les pans de sa robe et les
défit posément. Les deux pans de soie imprimée retombèrent sur les côtés, dévoilant ses jambes jusqu'en

haut des cuisses, et même jusqu'à la culotte d'un blanc immaculé.

— Viens te reposer ! dit-elle, adoptant brusquement le tutoiement.

Les jambes ouvertes, le bassin en avant, elle le provoquait ostensiblement. Malko s'approcha et, aussitôt, elle se colla à lui, nouant ses bras autour de son cou et lui enfonçant une langue d'un kilomètre dans la bouche…

En même temps, son mont de Vénus commençait une lente danse de Saint-Guy contre son ventre. Ils étaient collés comme des timbres-poste et ce n'était pas désagréable. Lorsqu'il posa la main sur le slip blanc, Dragana manifesta sa satisfaction en tirant vers le bas le Zip du pantalon d'alpaga.

On n'entendait dans la pièce, à part le chuintement du climatiseur, que leurs souffles de plus en plus précipités. D'elle-même, Dragana abaissa son soutien-gorge pour découvrir la pointe de ses seins qui se tenaient très bien. Puis, posant la main à plat sur le sexe de Malko, elle remarqua avec un sourire salace :

— Tu as l'air bien membré, tu vas bien me la mettre.

On nageait en plein romantisme.

En attendant cette issue heureuse, elle se pencha et fit à Malko l'offrande d'une bouche experte qui, visiblement, n'en était pas à sa première fellation. Quand elle se redressa, d'un geste preste, elle ôta son triangle de dentelles blanches, découvrant une toison blonde un peu broussailleuse, séparée en deux par un grand trait de corail, s'accrocha des deux mains au rebord du bureau et regarda le sexe du Malko entrer lentement dans son ventre.

— J'aime bien te voir me baiser ! souffla-t-elle.

C'était un animal sain, sexuel jusqu'au bout des seins. Elle se renversa en arrière sur le bureau, dressant ses jambes à la verticale, tandis que Malko allait et venait dans son ventre, profitant pleinement de cette récréation érotique. Dragana se mit à bouger son bassin comme si elle était assise sur des fourmis rouges, enfonça ses ongles dans sa nuque et hurla en sentant Malko se déverser en elle.

Ses jambes retombèrent et il recula pour qu'elle puisse se redresser. Le regard de la jeune Serbe se fixa sur le sexe encore raide et, sans hésiter, elle tomba à genoux devant le bureau et reprit sa fellation, lui rendant toute sa raideur. Ensuite, elle se releva, se retourna, les jambes en compas, la croupe haute, tournant le dos à Malko.

– Comme ça, un peu ! dit-elle.

Cela excita tant Malko qu'il la souleva presque du sol, en s'enfonçant d'un coup dans son ventre. Dragana frémit de tous ses muscles comme une pouliche saillie, puis, penchée en avant, le buste écrasé sur le bureau métallique, ponctua les coups furieux de Malko de commentaires dans sa langue. Lui, les deux mains crochées dans les hanches un peu grasses, s'en donnait à cœur joie, oubliant les gaz, les frustrations et le fantôme de Radovan Karadzic. Le grondement d'un jet qui décollait lui rappela fugitivement où ils se trouvaient.

Déchaîné, il se retira, déclenchant une exclamation dépitée de Dragona qui se transforma en hurlement lorsqu'elle sentit le sexe raide comme un manche de pioche forcer ses reins.

Malko la sodomisa d'un coup, comme s'ils se connaissaient depuis longtemps, et, en quelques secondes, il sentit le sphincter s'assouplir, le laissant plonger tout au fond de ses entrailles. C'est ainsi qu'il jouit pour la seconde fois, en criant comme un fou lui aussi.

Plus tard, lorsqu'elle eut refait les nœuds de sa robe, elle se retourna, jeta un coup d'œil sur ses beaux bracelets et soupira.

– Il faut que j'appelle Jovan. Sinon, il va m'en vouloir.

Elle avait quand même bon cœur.

*
* *

Le vol pour Vienne avait été interminable, avec un stop qui n'en finissait pas à Francfort. Lorsque Malko débarqua enfin à l'aéroport de Schwechat, seul Elko Krisantem, en tenue grise et casquette, l'attendait à côté de la Jaguar noire.

— Où est Alexandra? demanda Malko, avec un petit pincement au cœur.

Parfois, il se disait qu'un jour, il ne la retrouverait pas. C'était des choses qui arrivaient. Elko Krisantem le rassura.

— La *Gräfin* avait un vernissage à Vienne, elle m'a promis de ne pas rentrer tard, mais peut-être ne sera-t-elle pas là pour le dîner.

Le «peut-être» signifiait sûrement. Philosophe, Malko s'installa dans la voiture et regarda défiler les innombrables éoliennes qui défiguraient le paysage.

Content de rentrer chez lui, même si ce château était un gouffre à entretenir. On ne vit qu'une fois et il ne s'imaginait pas dans un appartement en ville. Même s'il payait l'entretien de Liezen en jouant à la roulette russe avec sa vie...

Son portable sonna comme il entrait dans la cour du château. C'était le colonel Carter qui l'appelait de Tuzla. Visiblement, très excité.

— Le tuyau de Dusko Markovic est formidable! annonça-t-il. Nous avons identifié le numéro de téléphone appelé en Grèce par un des hommes de Radovan Karadzic.

— Qu'est-ce que c'est?

— Celui d'un hôtel qui se trouve dans une petite ville de Thessalonique, Ouranopoli. L'hôtel *Alexandros*.

— Tiens, un hôtel? remarqua Malko, surpris.

— Le propriétaire de cet hôtel, Aslanidis Alexandros, est un fervent admirateur de Radovan Karadzic, continua l'Américain. Nous avions intercepté un courrier qui lui proposait de venir se réfugier en Grèce. Il est également proche d'un avocat d'Athènes, maître Lycourezos qui était l'avocat officiel de Ratko Mladic et Radovan Karadzic, en 1995.

Malko ne voulut pas s'emballer : il avait été trop déçu. Peut-être que ce coup de fil n'était qu'un appel banal. Mais, évidemment, il ne pouvait pas ne pas en tenir compte.

– Je pense que vous devriez faire un tour à Ouranopoli, suggéra le colonel Carter. La Grèce est un pays normal : si Radovan Karadzic s'y trouve, on pourra mettre la main dessus.

– Il ne faut pas vendre la peau de l'ours avant de l'avoir tué…, soupira Malko.

Il s'interrompit, une voiture entrait dans la cour. Il reconnut la Jaguar décapotable de la comtesse Alexandra. Elle en émergea, moulée dans un tailleur orange éblouissant et, provisoirement, il chassa Radovan Karadzic de ses pensées.

CHAPITRE XXII

Après s'être installé dans sa chambre, au premier étage du bâtiment principal de l'hôtel *Alexandros*, Malko gagna la piscine, éloignée et en contrebas, de l'autre côté d'une allée intérieure, assailli par des cris d'enfants et des bruits divers. L'*Alexandros*, huit kilomètres avant Ouranopoli, était un complexe de loisirs, avec plusieurs gros bungalows et une immense piscine, séparé de la mer Égée par la route d'Ouranopoli, dernière étape avant la presqu'île du mont Athos, véritable État dans l'État, regroupant vingt monastères orthodoxes, depuis la nuit des temps. On ne pouvait les atteindre que par la mer, des ferries assurant la desserte de cet étrange promontoire, au fin fond de la Thessalonique.

Aucune voiture ne pouvait accéder aux différents monastères, une «douane» inspectait les bagages des pèlerins et, pour mettre les pieds sur cette montagne «sacrée» (*Agion Oros*, en grec), il fallait obtenir un *diamonitirion*, passeport délivré par les autorités religieuses du mont Athos.

Malko, grâce à une intervention de l'ambassade d'Autriche, avait retiré le sien, en arrivant à Ouranopoli, au bureau de «Agion Oros». Sans ce précieux parchemin en grec, on n'avait même pas accès au ferry !

À l'*Alexandros*, les vacanciers semblaient bien loin

de cette quête spirituelle. Ils venaient trouver du soleil, parquer leurs enfants à la piscine et batifoler dans les eaux chaudes de la mer Égée. Mais il fallait mériter ce sous-paradis ! D'abord, un vol jusqu'à Athènes, ensuite un autre, Athènes-Salonique, et enfin, cent cinquante kilomètres de virages féroces au milieu de collines pelées.

Malko n'avait pas eu à se poser la question. C'est Frank Capistrano lui-même qui l'avait appelé à Liezen, mis au courant des derniers développements de l'affaire Karadzic, pour lui enjoindre de gagner la Grèce.

– C'est un pays membre de l'OTAN, avait-il précisé. Là-bas, nous sommes chez nous. Localisez ce salaud de Karadzic et le ciel va lui tomber sur la tête. Les Grecs ne peuvent *rien* nous refuser.

Paroles optimistes...

Malko avait été surpris en arrivant à l'*Alexandros* par son aspect «Club Med». Il voyait mal Radovan Karadzic gambader au milieu des gosses s'aspergeant d'eau ou participer aux jeux de société du soir. Si le criminel de guerre était vraiment en Grèce, ce n'était sûrement pas à l'*Alexandros*.

Il déboucha à la piscine, accueilli par les braillements d'une douzaine d'enfants. Les adultes, eux, des Allemands et des Britanniques couleur saumon, picolaient joyeusement le long du bar tandis qu'un animateur lançait le premier jeu de la soirée. Il dut s'écarter pour ne pas être enrôlé séance tenante...

Installé au bar, il commanda un ouzo, faute de vodka, et regarda autour de lui.

Il sentit soudain un flot d'adrénaline : à l'écart des bruyants touristes, il venait de repérer deux hommes tranchant nettement sur le reste de la clientèle.

Face à face à une table à l'écart, ils jouaient aux dominos. L'un, très grand, voûté, le crâne rose, l'autre, plus âgé, trapu, visage buriné, cheveux gris.

Immédiatement, il se dit qu'il s'agissait de membres de la «Preventiva» de Radovan Karadzic.

Du coup, l'ouzo lui parut délicieux. Il se retourna pour ne pas se faire remarquer des deux hommes. Il n'était pas venu pour rien ! Si des membres de la «Preventiva» se trouvaient dans ce coin perdu, c'est que Radovan Karadzic n'était pas loin.

Évidemment, il pouvait très bien se cacher sous un faux nom dans une des cent trente chambres de l'*Alexandros*, ne sortant même pas pour les repas...

Il observa de nouveau les deux hommes. Ils semblaient totalement décontractés. Certes, le leader serbe n'était pas en danger immédiat dans ce pays, mais c'était quand même moins sûr qu'en Serbie ou en Bosnie. Lorsque les clients s'installèrent pour dîner dans la grande salle à manger attenante à la piscine, il prit une table non loin des deux suspects.

Ceux-ci mangèrent très vite et disparurent.

Perplexe, Malko s'arrêta après le dîner à la réception où officiait une liane blonde d'un mètre quatre-vingt-cinq, dont les ancêtres devaient être des Vikings... Les deux supposés Serbes venaient de prendre l'ascenseur.

– Qu'est-ce qu'on fait ici le soir ? demanda-t-il à la réceptionniste.

Elle eut une moue amusée.

– Ici, rien ! Il faut aller à Ouranopoli. Il y a pas mal de cafés et même des endroits où l'on peut danser.

– Les deux qui viennent de monter, ils semblaient s'embêter à mourir, remarqua-t-il.

L'employée tomba dans le piège à pieds joints.

– Oh, eux, ils attendent un de leurs amis parti faire une retraite à *Agion Oros*. Ils ne sortent pratiquement pas. Ils ont demandé un taxi pour demain matin, je pense qu'ils vont rejoindre leur ami.

– Comment ? Il n'y a pas de route.

– Par le ferry, expliqua-t-elle. Il fait le tour de la

presqu'île et s'arrête plusieurs fois. C'est une belle promenade, même si on ne descend pas à terre.

– Tiens, j'essaierais bien.

– C'est facile : le bateau part à 9 h 45 tous les jours.
Il dessert tous les ports de la presqu'île et revient ensuite
à Ouranopoli où on achète les billets.

– Vous voulez m'accompagner ? suggéra Malko en
riant. À propos, comment vous appelez-vous ?

– Athinai.

De toute évidence la liane blonde était soulagée de
parler à quelqu'un d'autre qu'un enfant ou un gâteux.

– Ce serait avec plaisir, fit la réceptionniste, mais le
mont Athos est interdit aux femmes, et à toutes femelles
en général.

– O.k., conclut Malko, réveillez-moi demain matin.

*　*
*

Grâce au décalage horaire – neuf heures –, Malko
avait pu joindre facilement Frank Capistrano qui l'avait
ensuite basculé sur la Direction des Opérations de la
CIA. L'opération «Teddy Bear» était relancée. Cette
fois, tout serait fait pour que Radovan Karadzic ne
puisse pas échapper à ses poursuivants.

Dans un premier temps, le gouvernement grec n'avait
pas été mis au courant, mais la station de la CIA à
Athènes envoyait sur zone six de ses meilleurs *case officers*, qui se répartiraient dans différents hôtels d'Ouranopoli.

Une des bases de l'OTAN située en Grèce avait été
mise en alerte, au cas où on aurait besoin d'hélicos ou
d'avions. Plusieurs navires de la VI⁰ flotte US croisant
en Méditerranée avaient reçu l'ordre de gagner la mer
Égée. Il ne restait plus qu'à localiser le criminel de
guerre.

Les Grecs seraient prévenus quand aucune indis-
crétion ne serait plus à craindre. Pour cela, il fallait

localiser Radovan Karadzic de façon précise. Heureusement, la topographie était du côté de ses poursuivants. L'unique route de Salonique longeait la côte et se terminait en cul-de-sac à Ouranopoli.

Par la terre, impossible d'accéder à la presqu'île du mont Athos. Sous quarante-huit heures, des bâtiments de la VI\ flotte patrouilleraient la zone, au cas où Radovan Karadzic chercherait à s'enfuir par la mer.

Cette fois, les États-Unis mettaient le paquet.

Dans un pays ami, de surcroît…

En dépit de ces efforts, Malko était inquiet : Karadzic avait plus d'un tour dans son sac.

Dans un premier temps, il allait suivre les deux hommes de la «Preventiva». Pour une fois, depuis le début de sa traque, il avait un avantage certain : personne ne soupçonnait sa présence en Grèce, ni le déploiement de forces en préparation. Les gens de la station d'Athènes arriveraient le lendemain. Tous possédaient le numéro du «Blackberry» de Malko et devaient rendre compte au fur et à mesure de leur mise en place.

L'important était que ce dispositif ne se fasse pas remarquer par ceux qu'ils traquaient.

Malko eut du mal à trouver le sommeil, gêné par les hurlements des participants aux jeux de société, autour de la piscine.

*
* *

Deux popes barbus, la soutane noire brillante de crasse et d'usure, étaient installés au fond de la cabine du ferry *Halkidiki*, face au bar, offrant leurs bondieuseries – porte-clefs, bracelets de laine, icônes – aux passagers en route pour *Agion Oros*, la Montagne sainte.

Au bar, la plupart des passagers préféraient à cette nourriture de l'âme le réconfort des bières Mythos vendues par un barman désabusé et mal rasé. Le vieux ferry, comportant à l'arrière ce grand espace couvert, ainsi qu'une plage arrière en plein soleil, longeait la côte de la presqu'île à quelques centaines de mètres, desservant tous les «ports» du mont Athos. Entassés sur les banquettes ou des tabourets, les passagers jouaient aux cartes, lisaient ou bavardaient. Pour la plupart, des pèlerins, sac à dos, ou des popes regagnant leur monastère.

Malko, assis non loin des popes marchands, surveillait du coin de l'œil l'homme qui avait embarqué avec lui. L'autre était resté à l'*Alexandros*. Désormais, grâce à la police grecque, il connaissait son nom : Bozidar Popovic, un Serbe de Bosnie, non recherché par le tribunal de La Haye. Entré quatre jours plus tôt en Grèce, par Salonique… La CIA avait demandé au KOS – les Services grecs – une collaboration immédiate, sans préciser pourquoi. Il y avait désormais à Athènes une vraie cellule de crise à l'ambassade américaine, coordonnant l'opération «Teddy Bear».

Le Serbe était plongé dans la lecture d'un livre et ne levait pas le nez, indifférent au paysage défilant le long du ferry : une côte rocheuse coupée de bandes de sable, une végétation touffue, et surtout, pratiquement aucune habitation…

Les pèlerins de toutes nationalités venus arpenter les sentiers de la Montagne sacrée couchaient dans les monastères ou à la belle étoile.

Rien que des hommes.

Depuis toujours, le mont Athos était interdit aux femmes et à toutes les femelles en général, comme l'avait dit Athinai… Même pour le règne animal, cette interdiction était appliquée à la lettre. Les moines se privaient de lait, n'ayant pas le droit d'élever des vaches. À côté de ces fanatiques orthodoxes, les talibans d'Afghanistan étaient des modérés, presque des laxistes…

Il n'y avait aucun hôtel sur le mont Athos, où les véhicules n'appartenant pas au territoire sacré étaient interdits… Les vingt monastères orthodoxes se partageaient son territoire : dix-sept grecs, un russe, un bulgare et un serbe. Celui-ci, Chilandar, était un des plus anciens et occupait toutes les terres du nord de la presqu'île.

En attendant le ferry, Malko s'était documenté… Il cherpa des yeux les trois *case officers* de la CIA déguisés en pèlerins et chargés de l'appuyer. Chargés comme des baudets, jeunes, ils ressemblaient à tous les autres pèlerins. Il n'avait eu qu'un contact visuel avec eux depuis le départ. Hors d'Ouranopoli, les portables ne fonctionnaient plus…

Le ferry ralentissait. Malko aperçut une minuscule langue de ciment, surplombée par deux ou trois maisons : le premier stop du voyage.

En approchant, ils distinguèrent des véhicules en attente de chargement, un petit groupe de popes et quelques pèlerins. Personne ne bougeait parmi les passagers. Cette halte n'était pas prisée.

Le ferry s'approcha, perpendiculaire à la côte, et son avant s'abaissa, venant s'appuyer sur le débarcadère en béton. Malko vit Bozidar Popovic se lever et filer le long de la coursive surmontant l'espace réservé aux véhicules. Lui n'avait qu'un tout petit sac. Malko croisa le regard d'un des *case officers* et, de la tête, lui fit signe de suivre le Serbe…

En cinq minutes, l'escale fut terminée. Du pont, Malko vit Bozidar Popovic se diriger vers un minibus bleu Mercedes et serrer la main d'un pope qui prit aussitôt le volant. Tandis que le ferry s'éloignait, Malko aperçut l'agent de la CIA resté tout seul sur la plage de béton…

Le ferry repartit, longeant toujours la côte. Plus d'une heure de trajet.

Le prochain port s'appelait Dafni et c'était le terminus. Malko et les deux *case officers* de la CIA se mêlèrent à la foule. Plusieurs véhicules attendaient les passagers dont deux bus, marqués « Kyriès », la

« capitale » du mont Athos. Malko y prit place, parmi
quelques popes, des locaux et surtout des pèlerins chargés comme des baudets. Le bus se mit à grimper une
piste défoncée, digne de l'Afrique, serpentant au milieu
des collines couvertes de cyprès et de mimosas au bord
d'à-pics vertigineux. À certains moments, on se demandait comment il arrivait à tourner… Enfin, ils s'arrêtèrent au centre d'une minuscule bourgade aux maisons
de pierre grise, coincée entre deux collines : Kyriès,
capitale du mont Athos. Des nuées de chats faméliques,
quelques boutiques et une douzaine de minibus portant
chacun une inscription différente. Malko comprit rapidement que chaque monastère avait son véhicule. Les
pèlerins, brandissant leur *diamonitirion*, s'entassaient
dans les véhicules pour gagner leur destination finale.

Le ciel s'était couvert, la pluie commença à tomber
et, bientôt, il ne resta plus sur la place que les deux
agents de la CIA, Malko et une foule de chats affamés.
Visiblement, il y avait quand même quelques femelles
sur le mont Athos… Malko s'approcha d'un homme qui
baragouinait l'anglais et lui demanda comment se rendre
au monastère de Chilandar…

Le Grec, charmant, lui désigna une piste qui s'enfonçait dans la montagne.

– C'est par là !

Il lui tendit un petit livret rouge intitulé en anglais
The Paths of Agion Oros[1].

– Avec ça, vous ne pouvez pas vous perdre ! C'est
cinq euros.

Malko y découvrit les itinéraires détaillés des promenades possibles entre les monastères. Son guide posa le
doigt sur la carte, au verso :

– Voilà. D'abord, vous allez au monastère russe de
Panteleimonos. Il y a une vue superbe. Ensuite, en
suivant la crête, vous arrivez à Xenophontos, puis à

---

1. Les Sentiers du mont Athos.

Dochariou, qui vous mènera au monastère bulgare de Zografou. Après, il n'y a guère que deux heures de marche jusqu'à Hiliandariou, celui que vous appelez Chilandar. La route est très belle, mais faites attention aux serpents : ils pullulent...

Malko ouvrit le guide. Les indications étaient extrêmement précises : «Croisement avec une autre route, prenez à gauche»; «Croisement : continuez tout droit»; «Embranchement de trois routes : prenez celle à gauche qui descend».

Il avait l'impression de redevenir scout.

– C'est loin? demanda-t-il.

Le Grec hocha la tête.

– Si vous partez maintenant, vous arriverez bien avant la nuit !

La Breitling de Malko indiquait juste une heure et quart... Le Grec précisa :

– Si vous n'êtes pas invité dans un monastère, vous pourrez coucher à la belle étoile. Il ne fait pas froid, en ce moment...

Atterrés, les deux *case officers* de la CIA semblaient crouler sous le poids de leurs sacs. Malko essaya de rester calme.

– Il n'y a pas de taxi ?

– Non.

– Aucun véhicule ?

– Non !

– Et celui-là ?

Il désignait un pope barbu et sale au volant d'un 4x4. Le Grec sourit pudiquement.

– C'est un moine de Filotheou. Il n'acceptera jamais de vous conduire à Hiliandariou[1], il n'aime pas les Serbes, et puis, il retourne dans son monastère au sud.

Même sur cette montagne sacrée, le racisme sévissait. Malko insista :

_____

1. Chilandar, en grec.

– Il n'y a pas d'autre moyen de gagner ce monastère serbe ?

– Si, concéda le Grec. Vous pouvez redescendre à Dafni, reprendre le bateau pour Ouranopoli, à cinq heures. Et, demain matin, vous reprenez le même bateau, mais vous descendez à Yovantsa, le premier arrêt du ferry. De là, une piste monte jusqu'à Zografou et Hiliandariou. Tous les jours, un véhicule de Hiliandariou vient chercher des vivres. Ils accepteront peut-être de vous emmener…

– Comment redescendre à Dafni ? demanda Malko, vaincu par le mont Athos.

– À pied, cela prend seulement deux heures. Vous arriverez à temps pour le bateau.

– Pas de taxi ?

– Je peux essayer de vous en trouver un… Mais ce sera 50 euros.

La religion n'empêchait pas le business… Dix minutes plus tard, ils s'entassaient tous les trois dans une camionnette qui avait connu des jours meilleurs. À Dafni, il pleuvait aussi et ils s'installèrent sur des bancs de bois, à la terrasse déserte d'un café.

– Demain, dit Malko aux deux Américains, nous allons tenter de gagner ce fichu monastère. J'espère que votre ami a pu y parvenir…

**
**

Radovan Karadzic regarda le soleil se coucher, à travers la petite fenêtre de sa cellule, face à l'ouest. *L'iguman* du monastère de Chilandar l'avait installé dans la partie réservée aux moines de passage, derrière l'église qui occupait le centre de l'esplanade intérieure. Le monastère était construit en cercle, au fond d'une vallée, différents bâtiments collés les uns aux autres, avec des toits de tuiles, des parois de briques roses et grises, semées de balcons et d'excroissances en bois rouge, le tout dominé par une austère tour carrée qui avait résisté à toutes les invasions.

L'église, tout en longueur, était couverte, elle, de curieux toits en forme de chapeau. Quelques cyprès ornaient le gazon pelé de cet atrium en plein air.

Cela évoquait un château fort, avec des murs de quinze mètres de haut, de multiples ouvertures étroites. Au temps de sa splendeur, Chilandar avait abrité jusqu'à trois cents religieux. Il n'y en avait plus qu'une quarantaine, dont une douzaine de popes qui assuraient la liturgie.

Les autres étaient des moines qui n'avaient pas le droit de dire la messe. Ils étaient là pour prier et méditer. Certains ne sortaient de leur cellule que pour les repas pris en commun dans la *trapeza*, le réfectoire du monastère.

Chilandar étant un des plus anciens monastères du mont Athos, 20 % des terres lui appartenaient, des centaines d'hectares, permettant d'innombrables promenades. Radovan Karadzic en profitait largement, allant souvent méditer au pied d'une tour du XIIIe siècle en ruines.

La cloche annonça le dîner – il était sept heures – et il se dit qu'il n'aurait pas le temps de regarder tout le courrier amené par Bozidar Popovic, reparti le même jour par le ferry qui repassait vers trois heures du matin en direction d'Ouranopoli. Il lui avait remis une longue missive pour sa femme, Liliana. Il était heureux de retrouver ce monastère où il avait déjà effectué des séjours. Il y était connu sous le nom de frère Jaromir.

Seul le vieil *iguman* et son adjoint connaissaient sa véritable identité. À Chilandar, il n'était que le frère Jaromir.

Au monastère, on ne posait pas de question sur le passé des moines. Chacun adoptait le nom qu'il souhaitait et se mêlait à la cohorte noire qui, dès quatre heures du matin, priait ou chantait dans la chapelle à la triple nef. C'était comme à la Légion. On changeait de planète.

Derrière ces hauts murs, Radovan Karadzic se sentait en paix. Baignant dans un univers en harmonie avec le sien. De nombreux moines de Chilandar étaient des anciens des forces spéciales du corps d'armée de la Drina, qui avaient participé à la guerre. Vaincus, ils avaient préféré se retirer du monde dans un endroit où on ne les jugeait pas.

Vêtu de sa longue soutane noire, la tête couverte d'une calotte, les pieds chaussés de sandales, Radovan Karadzic se lança dans l'escalier aux pierres usées menant à la cour intérieure. Se disant qu'il resterait là plusieurs semaines, sinon plusieurs mois. À écrire, lire ou méditer. Loin de ses poursuivants. À l'abri.

Ici, personne ne viendrait le chercher. Même le gouvernement grec n'avait pas le droit d'y légiférer et encore moins d'entrer de force dans un monastère. Toutes les questions se réglaient par l'intermédiaire du patriarche grec. Aussi, Athènes avait toujours nié avoir eu vent de la présence d'un criminel de guerre sur son territoire. Le mont Athos n'appartenait pas à la Grèce, mais à Dieu.

En sortant de l'escalier, Radovan Karadzic retrouva Nikola Tolimir, un grand costaud de près de deux mètres, un des membres de la «Preventiva» qui partageaient son séjour monacal. Lui et Janko Jelisic logeaient dans un bâtiment situé près de la crypte, en contrebas du monastère, réservé aux pèlerins de passage.

Armés, les deux hommes étaient là pour prévoir l'imprévisible, tandis que les deux autres, restés à l'hôtel *Alexandros*, assuraient la liaison avec le monde extérieur.

*\
* *

Malko regarda l'invitation à séjourner trois jours au monastère de Chilandar qui venait de lui parvenir par le fax de l'hôtel, grâce à l'intervention de l'ambassade d'Autriche à Athènes. Le dernier élément de l'opération « Chilandar ». On l'avait présenté comme un chercheur spécialisé dans les monastères orthodoxes. Le passeport parfait pour pénétrer dans cet univers fermé.

Et le seul moyen de pouvoir confirmer la présence de Radovan Karadzic à Chilandar, s'il s'y trouvait.

Il prendrait donc le bateau du lendemain à Ouranopoli et descendrait à Yovantsa où une voiture du monastère viendrait le récupérer.

Il allait remonter dans sa chambre lorsqu'il vit un gros homme s'avancer vers eux. Il échangea quelques mots en grec avec Athinai et vint vers Malko, la main tendue.

Athinai, la liane blonde de la réception, lui souffla :

– C'est M. Alexandros, le propriétaire de l'hôtel.

Celui-ci s'adressa à Malko en grec, puis passa, bizarrement, à l'espagnol. S'inquiétant de savoir s'il était satisfait de son séjour. Rassuré, il enchaîna :

– Vous allez à *Agion Oros*, c'est bien. Vous avez choisi un monastère ?

Malko faillit mentir, mais le Grec savait très bien comment le système fonctionnait.

– Oui, dit-il, Chilandar. C'est, paraît-il, le plus ancien et un des plus intéressants.

– Très bon choix, approuva Aslanidis Alexandros. Je vous souhaite une bonne retraite.

Malko le regarda s'éloigner, avec un petit pincement à l'estomac. Cette sollicitude lui paraissait suspecte. Il se tourna vers la liane blonde et demanda :

– Il s'intéresse ainsi à tous ses clients ?

– Oh, non ! fit-elle, mais il a vu que vous êtes différent des vacanciers qui viennent ici. C'est un intellectuel…

Malko eut soudain envie d'en savoir plus sur cet « intellectuel ».

– Vous voulez prendre un verre à Ouranopoli ?

Elle lui jeta un regard reconnaissant.

– Oh oui ! Cela fait dix jours que je ne suis pas sortie d'ici. Mais il ne faut pas qu'on le sache. Je vous retrouve dans une demi-heure sur la route, devant le panneau de l'hôtel.

Ouranopoli était carrément sinistre. Malko et la liane blonde avaient terminé dans une *taverna* avec de la musique grecque en conserve et une assistance clairsemée. En bonne Grecque, Athinai avait méprisé l'ouzo, au profit d'un Defender « 5 ans d'âge », plus noble à ses yeux… Suivi d'ailleurs d'un second. Son babil n'avait pas grand intérêt et Malko commençait à se demander comment mettre fin à cette escapade. Il regarda sa Breitling et soupira :

– Je vais me lever tôt demain matin.

– Ah, c'est vrai ! fit Athinai, docile.

Tandis qu'elle sortait devant lui de la *taverna*, il admira sa silhouette : la liane n'était pas totalement lisse… Des seins très hauts et pointus, une croupe ronde, d'interminables jambes. Quand ils stoppèrent devant l'hôtel, elle souffla à Malko :

– Laissez-moi ici ! Il ne faut pas qu'on me voie avec un client. C'est interdit. Merci pour cette merveilleuse soirée.

Elle embrassait avec passion, dans une bonne haleine de scotch, et, lorsque Malko effleura les pointes de ses seins à travers sa robe, elle se mit à gigoter dans tous les sens et finit par supplier :

– Arrêtez, je suis très sensible…

Non seulement, il n'obéit pas, mais il continua son exploration, beaucoup plus bas. Les coups de pied d'Athinai faisaient trembler la carrosserie. Elle était vraiment *très* sensible. Ce qui avait sérieusement réveillé la libido de Malko. Mais lorsqu'il prit la main d'Athinai et la posa sur lui, la jeune Grecque poussa un gémissement plaintif.

– Oh non, pas ici !

– Venez dans ma chambre, alors.

Maintenant, il avait vraiment envie d'elle.

Elle ne dit d'abord « non » que pour la forme. Ses interminables jambes aussi ouvertes que le permettait l'espace restreint de la petite Toyota, elle sursautait à chaque effleurement de Malko, au bord de l'orgasme.

Soudain, elle plongea vers la portière, se retourna et lança à voix basse :

– Je vous rejoins !

Il n'eut pas longtemps à attendre. Il venait d'enlever sa chemise lorsqu'on gratta à sa porte. C'était Athinai, pieds nus. Elle enlaça fougueusement Malko, et ils se retrouvèrent sur le lit, lui à plat dos, elle agenouillée au-dessus de lui, appliquée à lui prodiguer ce qu'elle n'avait pas osé faire dans la voiture. Une admirable et consciencieuse fellation gorgée de soleil. Il n'eut qu'à inverser les positions pour retrousser sa longue robe d'hôtesse et s'enfoncer dans un ventre accueillant. Par pudeur probablement, elle avait déjà ôté sa culotte.

Elle était tout aussi sensible de ce côté-là. À peine Malko commença-t-il à bouger qu'Athinai se mit à jouir pratiquement sans interruption. D'abord, avec un cri rauque qu'elle étouffa aussitôt en se mordant la main, puis en laissant filtrer, à travers ce bâillon improvisé, des gémissements continus et ravis… Ses interminables jambes nouées dans le dos de Malko serraient ce dernier à l'étouffer.

Ce n'était pas la Grèce mièvre des cartes postales.

Lorsque Malko se répandit en elle, son cri dut traverser la cloison, bien qu'elle se soit déjà presque dévoré la main.

Ensuite, elle retomba comme une morte, bras et

jambes écartés. Ce n'est qu'après avoir repris son souffle, qu'elle remarqua sans malice :

— Tu n'es pas le seul à aller à Chilandar demain matin. J'ai vu sur le livre de la réception qu'un autre client y part aussi, mais beaucoup plus tôt. Un Serbe, je crois, un grand type au crâne rasé.

CHAPITRE XXIII

Malko s'était réveillé à l'aube, perturbé par la révélation d'Athinai : ce ne pouvait être une coïncidence qu'un des membres de la «Preventiva» se rende au monastère de Chilandar le même jour que lui. En plus, d'après la Grecque, sa demande n'avait été notée que tard. Après la conversation de Malko avec le propriétaire de l'hôtel, fervent supporter de Radovan Karadzic...

Malko allait quand même déclencher son opération. Le *case officer* de la CIA, débarqué le premier jour à Yovantsa, avait finalement atteint les environs de Chilandar et campait dans la nature, surveillant la route au bout de son Thuraya, indispensable sur le mont Athos dépourvu de relais de portables.

Deux autres *case officers*, déguisés en pèlerins, partaient sur le même bateau que Malko pour le monastère d'Esfigmenou, dominant la côte est, à quarante-cinq minutes à pied de Chilandar. Équipés de puissantes jumelles, ils pouvaient surveiller toute tentative de fuite par la côte nord.

Deux agents de la CIA – un couple – assuraient la coordination à partir d'Ouranopoli. Trois bâtiments de la VIe Flotte US croisaient à une demi-heure de mer de la presqu'île. Une corvette, une grosse vedette rapide et un petit porte-hélicoptères.

Les autorités grecques ignoraient toujours ce

déploiement. Mais, dès que Malko aurait été à même d'identifier positivement Radovan Karadzic au monastère de Chilandar, le procureur du Tribunal pénal international de La Haye, Carla Del Ponte, demanderait officiellement au gouvernement grec l'arrestation du criminel de guerre, s'appuyant sur le mandat d'Interpol. Et, en coulisse, les Américains mettraient la pression sur les Grecs, afin de s'assurer qu'il n'y ait pas de couac. Radovan Karadzic comptait de nombreux soutiens en Grèce, à commencer par l'avocat Lycourezos, politiquement bien introduit.

Malko déposa sa clef à la réception. La liane blonde devait encore dormir et les deux *case officers* de la CIA étaient déjà partis.

*
* *

Bozidar Popovic faisait le pied de grue depuis une heure, au milieu d'autres candidats au voyage, sur le port de pêche de Ierissos, à une dizaine de kilomètres à l'est d'Ouranopoli. Son second voyage en vingt-quatre heures. Le bateau jaune, censé partir à 5 h 30 pour le monastère Esfigmenou, était toujours amarré au quai. Cette liaison avec la côte nord d'*Agion Oros* était hasardeuse. Il suffisait de quelques vagues pour que l'embarcadère d'Esfigmenou soit impraticable.

Le capitaine de la vedette débarqua enfin d'un taxi en compagnie d'un pope. Après une brève discussion, il décida de tenter sa chance, mais si le vent était trop fort, ils reviendraient sans débarquer.

Bozidar Popovic sauta le premier dans le bateau. Depuis la veille au soir, il ne vivait plus. Le patron de l'*Alexandros* l'avait alerté dans sa chambre, après sa conversation avec un des clients de l'hôtel qui n'avait pas le profil d'un pèlerin. Or, il partait pour Chilandar.

Bozidar Popovic avait donc décidé de filer dare-dare prévenir Radovan Karadzic.

Il s'installa sur la banquette du fond tandis que le bateau s'éloignait du quai. Au fond de son sac de sport, il y avait deux grenades défensives, un poignard de commando et un gros Makarov 9mm automatique. Il embrassa la petite médaille pendue à son cou, priant pour que la mer soit belle de l'autre côté. Si tout se passait bien, il arriverait avant le ferry d'Ouranopoli.

*
* *

Malko sauta sur le béton en même temps qu'un homme portant une dizaine de cageots d'œufs. Accueilli aussitôt par un pope qui l'emmena jusqu'à un minibus bleu. Un autre pèlerin avait débarqué : un Grec sûrement, sale et barbu.

– *You go to Chilandar ?* demanda Malko.

– *Yes.*

Ils prirent place dans le véhicule qui commença à escalader un sentier de chèvre taillé au milieu des mimosas, des cyprès sauvages et des blocs de granit Pas une habitation, pas un signe de vie, pas un véhicule. Cette route était utilisée uniquement par les occupants des deux monastères de Chilandar et d'Esfigmenou. Ils doublèrent un groupe de pèlerins se traînant sous la canicule avec d'énormes sacs.

C'est beau, la foi.

Chilandar se trouvait dans un vallon et ils le découvrirent au dernier moment, avec ses impressionnants murs de pierre grise. Une forteresse de la foi.

Le minibus s'arrêta en face d'une voûte de pierre, face à une porte bardée de fer datant sûrement du Moyen Âge. Assez basse pour qu'un cavalier ne puisse la franchir à cheval : sage précaution, du temps des invasions plus ou moins barbares. Les croisés s'étaient conduits rudement avec les moines de l'époque. Vomissant la religion orthodoxe, ils avaient joyeusement massacré les

moines, brûlé le monastère et vendu les survivants
comme esclaves…

C'était avant la réconciliation des cultes…

Malko pénétra avec l'autre pèlerin dans une petite
pièce sous la voûte, à gauche. On y vendait les bondieuseries locales à prix d'or et on y accueillait les pèlerins avec du café, du thé et des loukoums.

Un moine immense dont la barbe et la moustache se
confondaient en une majestueuse toison noire, au point
qu'on se demandait comment il arrivait à se nourrir – on
ne voyait plus sa bouche –, pointa un doigt décharné vers
Malko.

– Malko ?

– *Da.*

Dans les monastères, on ne connaissait que les
prénoms.

– Suivez-moi.

Ils ressortirent et descendirent un chemin mal pavé
qui menait à des dépendances, traversant un cimetière
minuscule, en face de la crypte où reposaient les crânes
de tous les moines ayant vécu là depuis la création
du monastère. Le moine hôtelier installa Malko dans
une petite chambre uniquement meublée de deux lits et
de crochets plantés dans le mur pour y accrocher les
vêtements.

– Notre *iguman* vous rendra visite plus tard, comme
à tous nos hôtes, annonça le moine. Vous pouvez aller
prier quand vous voulez dans la chapelle. Le dîner est à
sept heures. Vous serez prévenu par la simandre…

Il s'éclipsa.

*   *
*

Bozidar Popovic était arrivé en nage à Chilandar
après un débarquement acrobatique dû au vent assez
violent, le *meltem*, qui soufflait sur la mer Égée tout
l'été. Comme personne ne l'attendait, il avait gagné

LE DOSSIER K. 289

le monastère à pied. Le moine hôtelier le connaissait et ne lui avait fait aucune difficulté pour l'installer dans le bâtiment des invités, le laissant ensuite circuler dans le monastère à sa guise.

La porte de la cellule de Radovan Karadzic était fermée et il ne répondait pas. Bozidar Popovic partit à sa recherche, empruntant le sentier menant à la vieille tour où le leader serbe aimait aller méditer. Sous sa chemise, il avait glissé son énorme pistolet automatique. Pris d'un mauvais pressentiment, même si l'environnement respirait un calme absolu.

* * *

— Je suis le frère Stevan. Voulez-vous faire quelques pas avec moi ?

Le moine, avec une petite barbe, des lunettes, une soutane propre, avait frappé à la porte de Malko et lui souriait. Ils s'éloignèrent dans l'immense domaine. Un tracteur arrachait des souches. Le père Stevan respirait la bonté et le calme.

— Qu'est-ce qui vous amène à Chilandar ? demanda-t-il. C'est une question spirituelle ? Un désir de calme ?

— Je m'intéresse beaucoup aux monastères serbes et à la lutte de l'Église orthodoxe pour maintenir ses valeurs, expliqua Malko. Nous aussi, en Autriche, avons subi la domination de l'Empire ottoman. Il y a encore des traces.

Le moine serbe s'arrêta net, comme touché par la grâce.

— Moins que nous ! dit-il. Les Turcs se sont conduits comme des sauvages. Savez-vous que, dès qu'ils envahissaient un monastère, ils crevaient les yeux des saintes icônes ?

— Non ! avoua Malko.

Le frère Stevan poursuivit :

— Ceux qu'ils ont convertis ont continué dans cette

voie. En 1941, les musulmans de Sarajevo ont coupé le nez et les oreilles de mon grand-père avant de l'égorger, précisa-t-il d'un ton douloureux ; des mercenaires travaillant avec les nazis.

– C'est horrible, reconnut Malko.

Le frère Stevan soupira.

– Le Christ a beau être dans mon cœur, ce sont des choses difficiles à oublier.

Visiblement, ce n'était pas son cas.

– Vous avez aussi connu le communisme, remarqua sournoisement Malko.

– Même Tito ne nous a pas persécutés comme les Turcs ! Et Slobodan Milosevic, en 1989, probablement touché par la grâce, a de nouveau autorisé les cérémonies religieuses. Cependant, quand il a voulu venir ici, à Chilandar, nous nous sommes enfermés dans nos cellules pour prier et avons refusé de le voir. Après son départ, nous avons désinfecté à l'encens l'endroit où son hélicoptère s'était posé…

– La Serbie a connu beaucoup de malheurs, conclut Malko. Y compris cette horrible guerre civile.

Le frère Stevan le fixa avec une expression grave.

– Ce n'était pas une guerre civile. Quelques hommes d'honneur ont voulu faire refluer l'influence turque. Reconstituer une Grande Serbie, puissante et religieuse. Seulement…

Il interrompit sa phrase et Malko dut le relancer.

– Seulement, quoi ?

Le moine serbe baissa la voix.

– Ils ont été vaincus par le complot des Juifs et des Américains qui veulent détruire l'Europe, et particulièrement la Serbie. Ils veulent nous prendre le Kosovo, le berceau de notre pays. Ils aident les musulmans partout dans le monde. Nous avons des informations sûres. En sous-main, ils arment ceux qui prétendent être leurs ennemis. En Bosnie-Herzégovine, les Américains ont réinstallé les Turcs dans les maisons serbes… Aucun criminel de guerre musulman n'a été arrêté.

Il était intarissable sur le sujet.

– Que pensez-vous de ceux qui ont amené la guerre en Bosnie ? demanda Malko.

Le moine se signa.

– Ce sont de saints hommes, que Dieu les protège !

Il valait mieux ne pas s'engager sur ce terrain glissant. Ils reprirent le chemin du monastère, en devisant politique, croisant quelques chats efflanqués et peureux.

– Il y a quand même des chattes, remarqua Malko.

Le frère Stevan leva les yeux au ciel.

– Hélas ! Certains novices vont jusqu'à les nourrir. Au monastère russe, nos frères sont plus intransigeants : ils attrapent les chattes et les étranglent avec du fil de fer, pour qu'elles ne polluent pas ce sol sacré.

Son regard brillait d'une lueur folle.

Arrivés au monastère, ils se séparèrent, et Malko gagna la chapelle : il fallait, coûte que coûte qu'il trouve une occasion de croiser Radovan Karadzic. Or, son séjour ne pouvait excéder trois jours.

Un chant d'une tristesse infinie montait de la nef centrale de la chapelle. Malko, en tant que non-orthodoxe, n'avait droit qu'à la première salle, bordée de sièges de bois très hauts en forme de cercueils verticaux, où l'on pouvait s'asseoir ou rester debout.

Trois moines étaient abîmés en prière. Un autre entra, alla embrasser trois fois les icônes à gauche de la porte, puis rejoignit dans la seconde nef des popes qui célébraient un office, à grands coups d'encensoir. Malko commençait à avoir des crampes. Ces chants incompréhensibles et lents dégageaient une atmosphère étrange.

Et pas de Radovan Karadzic.

Déçu, il s'éclipsa, regagnant sa chambre.

C'est un bruit bizarre, comme un pic-vert perçant un tronc d'arbre, qui le fit ressortir. Un moine silencieux se promenait à travers le monastère, armé d'un maillet et d'un morceau de bois – la simandre – afin d'avertir du repas. Malko le suivit.

Une vingtaine de moines étaient rassemblés en face de la chapelle, en train de grignoter des sortes de *zakouski*, debout ou assis sur des bancs. Le frère Stevan s'approcha.

– C'est la nourriture des morts, expliqua-t-il. Le vrai repas vient après.

Effectivement, une cloche se mit à sonner et les moines commencèrent à pénétrer dans la *trapeza*, la salle à manger du monastère. Une salle immense, au plafond et aux murs enluminés de vieilles gravures et de bois peint, meublée de longues tables de bois et de bancs.

Sur une petite estrade, un moine récitait une prière. On attendit que tous les moines soient arrivés. Malko et les autres invités avaient droit à une table à part. Son pouls monta. Presque en face de lui se trouvait le Serbe au crâne rasé de l'hôtel *Alexandros* ! Comment était-il arrivé jusque-là ? Il ne l'avait pas vu sur le bateau !

Claquement de doigts. Tout le monde s'assit et commença à manger dans un silence absolu. Les tables étaient préparées : des carafes d'eau, de vin, du pain et des assiettes garnies. Épinards, pommes de terre, fruits, olives, oignons frais.

Jamais de viande ou de poisson : les moines étaient végétariens…

Malko essaya de distinguer le visage des moines, mais beaucoup lui tournaient le dos. Tout le monastère semblait participer au repas. Radovan Karadzic *devait* se trouver parmi les soutanes noires…

La fin du repas arriva très vite. Tous se levèrent comme un seul homme. Les moines sortirent les premiers, à la queue leu leu. Cette fois, Malko put les dévisager *tous*. Pas de Radovan Karadzic. Alors qu'il allait sortir à son tour, il croisa le regard de l'homme au crâne rasé. Cela ne dura qu'une fraction de seconde, mais il sentit qu'il était repéré. Radovan Karadzic avait dû être prévenu de sa présence, ce qui expliquait son absence au dîner.

Il se retrouva dehors, la rage au cœur.

Comment faire sortir le criminel de guerre de sa cellule inviolable ?

CHAPITRE XXIV

Bozidar Popovic vissa avec application un long silencieux sur son Makarov. Sa chambre se trouvait juste au-dessus de celle de l'homme aux yeux dorés qu'il savait désormais être un agent de la CIA. Il avait, par téléphone, vérifié certains points avec Belgrade et le doute n'était plus permis.

Or, cet homme n'était probablement pas seul dans la région. Au monastère, Bozidar Popovic n'avait pas repéré d'autres suspects, mais ce n'était pas suffisant pour le rassurer. Une fois de plus il fallait exfiltrer Radovan Karadzic, par Ierissos, beaucoup plus discret que Ouranopoli. L'ex-leader serbe, en robe de moine, n'attirerait pas l'attention. De là, il filerait sur Salonique, puis vers le nord de la Grèce, dans la voiture d'un sympathisant grec, pour ensuite gagner la frontière avec la Macédoine et la Bulgarie. Grâce à ses faux papiers et à sa tenue, Radovan Karadzic avait peu de chances d'être intercepté. Et, de Bulgarie, il lui serait facile de regagner la Serbie.

Ce plan exigeait de neutraliser l'homme qui l'espionnait au sein du monastère, afin de leur donner un peu d'avance. Les communications étant très difficiles avec l'extérieur, l'absence de cet espion pouvait passer inaperçue un ou deux jours. Bozidar Popovic, après le dîner, était parti se promener, repérant un endroit parfait où enfouir le cadavre : un chantier dirigé par des ouvriers serbes où il y avait tous les outils nécessaires pour creuser une tombe. Dès la nuit tombée, à part des dizaines de chats faméliques, personne ne se hasardait dehors. Facile donc de transporter le corps.

Il glissa le Makarov dans une des vastes poches de son pantalon de toile et descendit. Il y avait de la lumière dans la salle de bains commune de l'étage, mais pas un bruit. Les autres occupants du pavillon étaient déjà couchés afin de pouvoir s'extraire de leur lit à quatre heures du matin, pour les premières prières. Au moment où le Serbe arrivait au rez-de-chaussée, la porte de l'espion s'ouvrit et il n'eut que le temps de se réfugier dans la salle de bains ! Il l'entendit sortir, attendit un peu et se risqua dehors à son tour.

Il aperçut la silhouette qui s'éloignait dans la propriété. Qu'allait-il faire dehors à cette heure-ci ? Avait-il rendez-vous ? Le plan des Américains était-il plus avancé qu'il ne le pensait ? Il résista à l'envie de le suivre : trop dangereux… Cette sortie lui offrait une occasion providentielle de simplifier sa tâche, lui évitant de le tuer dans sa chambre. Il regarda autour de lui et repéra la porte de la crypte où étaient conservés les crânes des moines. Elle n'était pas fermée à clef. Il entra, laissant le battant légèrement entrouvert. Pour revenir dans sa chambre, son adversaire devrait passer par là. Il surgirait derrière lui et lui tirerait une balle dans la nuque.

*
* *

Malko, debout à côté de la vieille tour du XIIIᵉ siècle, orienta son Thuraya afin d'attraper le satellite. C'était un appareil crypté, correspondant à un autre, quelque part à Washington, à la CIA. Dès qu'il eut composé le numéro, une voix neutre répondit, se contentant de le répéter.

– Ici, Teddy Bear, annonça Maklko. Je veux parler à Max.

– Un moment, s'il vous plaît.

Trente secondes plus tard, il avait en ligne « Max », le coordinateur de l'Agence pour l'opération « Teddy Bear ». Il lui rendit compte rapidement, expliquant que Karadzic ne s'était pas montré et avait probablement éventé sa présence.

– Il faudrait alerter les autorités grecques, conclut-il, je suis *certain* qu'il est ici.

– Mais vous ne l'avez pas identifié positivement.

– Non, dut reconnaître Malko.

– Il peut rester enfermé longtemps dans sa cellule ?

– Oui. Certains moines se réfugient pendant des mois dans des « skites », des minimonastères, pour méditer et prier. Or, je ne peux rester ici que trois jours…

– Bien, conclut « Max ». Je vais transmettre et je vous tiens au courant. Continuez à surveiller. Si vous le voyez, appelez immédiatement. Toute notre opération est conditionnée par une *positive identification* de votre part.

Il n'y avait plus rien à dire. Malko regarda le ciel étoilé, écouta les cris des oiseaux de nuit. Rêvant secrètement de se trouver nez à nez avec Radovan Karadzic… Le Thuraya refermé, il reprit la route du monastère. Se demandant comment faire sortir le Serbe de sa cellule… Impossible de fouiller les lieux, il y avait des centaines de pièces, des dédales de couloirs et d'étages.

Des chats se battaient autour d'une poubelle. Il aperçut une ombre et s'arrêta, les artères brusquement chargées d'adrénaline.

Une silhouette noire était en train de distribuer de la nourriture aux chats… Un moine « dépravé » qui se cachait pour accomplir cette bonne œuvre.

Il continua sa route. En passant devant la crypte, il remarqua soudain que la porte était entrouverte. Curieux, il se dit que le spectacle devait être impressionnant et poussa le battant qui pivota en grinçant. Il tâtonna pour trouver la lumière.

* *
*

Bozidar Popovic sentit son pouls s'envoler quand la porte de la crypte s'ouvrit en grinçant. Il ne croyait pas aux fantômes mais il éprouva une sorte de brève panique, reculant brusquement et heurtant une des étagères supportant des dizaines de crânes bien rangés.

Sous son poids, l'étagère s'effondra et les crânes se répandirent sur le sol.

Juste au moment où la lumière s'allumait.

Dévoilant l'homme qu'il attendait pour le tuer. Lequel parut tout aussi stupéfait que lui. Pendant quelques secondes, ils se regardèrent en chiens de faïence, puis Bozidar Popovic plongea la main vers sa poche pour sortir son arme. Qu'il le tue là ou dehors, cela ne changeait rien.

* *
*

Malko, de l'adrénaline plein les artères, photographia la scène et comprit. Il n'avait pas d'arme et, s'il s'enfuyait, l'autre l'abattrait. Il le vit esquisser un geste vers son pantalon de toile et lui envoya un violent coup de pied dans l'entrejambe. Le Serbe se plia aussitôt avec un grognement de douleur, comprimant des deux mains ses parties nobles.

Au hasard, Malko rafla sur une étagère un des crânes et l'abattit de toutes ses forces sur le visage de son adversaire. L'autre, le nez probablement brisé, poussa un nouveau cri de douleur et recula, trébuchant sur les crânes renversés et s'étalant sur le sol.

Comme il était deux fois comme Malko, pas question d'engager un combat.

D'un bond, celui-ci fonça vers la porte et fila, non

vers sa chambre mais vers le monastère. Là-bas, il pourrait se cacher… Il se retourna et aperçut une silhouette
qui courait derrière lui. Puis, son oreille exercée perçut
deux *psshit* coup sur coup. Il raidit ses muscles, s'attendant à recevoir un projectile dans le dos…

Il était hors de souffle lorsqu'il franchit la voûte
menant à l'intérieur du cloître. La lune éclairait les
cyprès et la masse sombre de la chapelle. Ce qui lui
donna une idée. Son poursuivant n'était pas encore en
vue.

Il poussa la lourde porte qui s'ouvrit sur la première
nef de la chapelle. Un moine, à genoux devant des
icônes, priait en silence, éclairé par les bougies. Malko
s'installa dans un box derrière lui et reprit son souffle.
Le contraste entre le tueur lancé à ses trousses et cet
homme en prière, serein, avait quelque chose d'irréel.
Immobile comme un gisant, Malko sentait les pensées
se bousculer sous son crâne. Il ne voyait que le dos du
moine. Et si c'était Radovan Karadzic ?

Il n'avait pas encore répondu à la question quand il
entendit la porte s'ouvrir. Quelques secondes plus tard,
le grand Serbe au crâne rasé surgit à son tour, fit un
signe de croix et lui adressa un regard féroce. Les deux
hommes demeurèrent immobiles, se mesurant du regard.
Il sentait le tueur mal à l'aise. Un seul risque : que le
moine cesse de prier, les laissant en tête à tête. Les
minutes s'écoulaient dans un silence absolu… Puis, le
moine agenouillé se leva, se retourna et Malko vit son
visage : ce n'était pas Radovan Karadzic.

Il faillit partir sur ses talons, mais se ravisa. Autant
affronter la mort en face.

Le Serbe lui expédia un regard haineux, glacial. À
chaque seconde, Malko s'attendait à ce qu'il tire son
arme. Pourtant, il n'en fit rien. Au bout d'un moment, il
s'approcha des icônes, s'inclina profondément, fit un
signe de croix et sortit sans un regard pour Malko.

Celui-ci se détendit un peu, faisant craquer le bois de

son siège. Le Serbe n'avait pas voulu le tuer dans la chapelle. Il n'avait plus qu'à tenir sur son siège inconfortable jusqu'à l'aube, car l'autre devait l'attendre à l'extérieur.

*
* *

Bozidar Popovic avançait silencieusement dans les couloirs de l'aile du monastère où demeurait Radovan Karadzic. Un vrai labyrinthe. Il était presque onze heures mais il savait que le leader serbe lisait souvent très tard. Il frappa un léger coup à sa porte et attendit. Il y eut un frôlement de l'autre côté et il fit à voix basse :

– *Sma* Bozidar [1].

Radovan Karadzic ouvrit le battant. Il avait ses lunettes et était sûrement en train de lire. Le Serbe le mit au courant de ce qui venait de se passer, et conclut :

– Vous devez partir le plus vite possible. Demain matin, si le bateau peut accoster. Ils savent que vous êtes ici.

L'ex-leader de la Republika Srpska réfléchit longuement et laissa tomber :

– Non, je reste ici.

– Mais, protesta le Serbe, si…

Radovan Karadzic sourit.

– C'est encore ici que je suis le plus en sécurité ! Plus tard, on verra. Allez vous coucher et continuez à me protéger. Dieu vous protègera à son tour.

Il referma doucement le battant et Bozidar Popovic s'éloigna dans le couloir, maudissant l'entêtement du vieil homme ; cerné par les Américains qui voulaient sa perte, il refusait de se protéger. Tout en regagnant sa chambre, il adressa au ciel une prière silencieuse pour que Carla Del Ponte aille brûler pour l'éternité dans les flammes de l'enfer.

1. C'est Bozidar.

*
* *

Malko allait passer sa troisième et dernière nuit au monastère de Chilandar. Depuis sa rencontre avec le tueur serbe, rien ne s'était passé. Il avait, par prudence, passé la nuit dans la chapelle jusqu'au moment où les moines étaient arrivés pour les premières prières du matin.

Il avait encore patienté une heure, noyé dans les fumées d'encens, ankylosé, bercé par la mélopée triste des chants grégoriens.

Au déjeuner, le lendemain, le frère Stevan s'approcha de lui avec un sourire chaleureux.

— J'ai été heureux de vous voir ce matin, à notre premier office. J'espère que ce court séjour dans notre communauté vous apportera la paix intérieure et que vous prierez pour nous.

Difficile de lui avouer que la piété avait peu à voir avec sa présence, due uniquement à sa volonté de survivre. Ensuite *l'iguman* lui proposa de lui faire visiter la crypte. Comme s'il se doutait de quelque chose.

Tous les crânes avaient été remis en place. Le frère Stevan sortit une boîte en bois où voisinaient deux tibias et un crâne bizarrement doré.

— Celui-ci est un saint, annonça-t-il en se signant. Il a vécu au XIVe siècle. Nous le voyons à la couleur de ses os.

Malko regarda les alignements de crânes. La plupart n'avaient plus de dents, l'un d'eux lui parut beaucoup plus petit que les autres : un microcéphale. Impossible de savoir de qui il s'agissait : les crânes étaient anonymes.

Le soir arriva avec la cloche du dîner. Jusqu'à la dernière seconde, Malko espéra apercevoir Radovan Karadzic à la *trapeza*, mais il ne se présenta pas. Le tueur serbe avait disparu. Les pèlerins se relayaient dans le pavillon, passant des heures en prière. Le rythme immuable de cet endroit unique, hors du temps, était celui de l'Éternité.

En regagnant sa chambre, il vit qu'il avait un message sur son Thuraya. Il fallait rappeler « Max ».

Lorsqu'il établit la communication avec lui, l'Américain lui dit immédiatement :

– Je crois que nous avons trouvé un moyen de vous aider. Dans les prochaines heures, soyez vigilant.

– De quoi s'agit-il ?

– Je ne peux pas vous le dire, mais cette fois, je crois que nous le tenons. Je vous le répète, dès que nous avons une *positive identification*, la colère de Dieu s'abattra sur ce fichu monastère et la cavale de ce criminel de guerre s'achèvera. O.K., je vous laisse.

Malko referma le Thuraya, perplexe. Il savait que des éléments de la CIA se trouvaient à pied d'œuvre autour de Chilandar, mais ne voyait pas comment ils allaient agir.

* *
*

Les quatre hommes progressaient en silence au milieu des broussailles, sur un sentier presque invisible. Équipés d'appareils de visée infrarouge, ils se dirigeaient sans difficulté. Le premier arriva sur la crête boisée qui dominait le monastère de Chilandar et s'arrêta.

Aucun bruit, sauf les oiseaux de nuit et, de temps en temps, une cloche.

Un puissant dinghy les avait débarqués, la nuit tombée, sur une petite plage de sable, non loin du monastère d'Esfigmenou. Chargés comme des baudets, ils avaient mis plus de trois heures, hors de la piste principale, à rejoindre leur objectif.

Le chef attendit que ses hommes aient un peu soufflé et ils se lancèrent dans la descente. À une dizaine de kilomètres de la côte, leur bateau-mère attendait pour revenir les récupérer. Ils devaient être loin avant l'aube.

*
* *

C'est l'odeur qui réveilla Malko. Il se dressa en sursaut sur son lit et, automatiquement, regarda par la
fenêtre dépourvue de volets, apercevant une lueur rouge
qui éclairait les murs du vieux monastère comme en
plein jour. Il sortit sur le palier.

Un pèlerin barbu l'interpella aussitôt.

– Le monastère brûle ! Mon Dieu, c'est horrible.

Sans se concerter, ils s'habillèrent et se ruèrent à l'extérieur. Le spectacle était féerique et abominable. Les
flammes grimpaient le long des murs, accompagnées
d'une épaisse fumée noire. Les beaux balcons de bois
peint en rouge flambaient comme des torches.

Malko demeura tétanisé, comprenant le sens du message sibyllin de « Max ». La CIA avait mis le feu au
monastère pour forcer Radovan Karadzic à se montrer !

C'était à la fois logique et complètement fou !

Arrivés sous la voûte, le pèlerin et lui durent reculer.
Toute la partie droite, des charpentes en bois, flambaient
avec des flammes de vingt mètres ! Ils firent le tour et
parvinrent au centre du monastère, franchissant un tun-
nel sous la grande tour carrée. Le cyprès, à côté de la
chapelle, brûlait comme un feu de Bengale.

Des moines surgissaient de tous les coins, se regroupant dans l'espace découvert, affolés. Malko en aperçut
qui priaient à voix haute, agenouillés. L'atmosphère
était irrespirable, et l'incendie semblait s'étendre à tout
le monastère. Soudain, il se heurta au frère Stevan qui
semblait étrangement calme.

– Comment cet incendie s'est-il déclaré ? demanda
Malko.

– Dieu nous a envoyé un avertissement, répondit
calmement le moine. Peut-être pour nous faire partager
la souffrance de notre peuple. Ici, nous sommes trop
protégés.

Il y eut un fracas épouvantable derrière lui. Des poutres venaient de s'effondrer dans des gerbes d'étincelles géantes. Le vent rabattait la fumée vers la colline, heureusement. Malko ne pensait même plus à Radovan Karadzic. Serrés les uns contre les autres comme des animaux paniqués, les moines regardaient sans réagir leur monastère partir en fumée…

– Il n'y a pas de pompiers ? s'étonna Malko.

Le frère Stevan eut un geste résigné.

– Je les ai prévenus, mais ils viennent de Kyriès. Il leur faudra au moins deux heures pour arriver jusqu'ici. Si leurs véhicules sont en état…

Malko recula pour s'asseoir à l'abri de la fumée dans la partie épargnée par les flammes, en face de la *trapeza*. Les moines affluaient, de plus en plus nombreux, mais calmes, comme si cela ne les concernait pas.

Les pompiers arrivèrent deux heures et demie plus tard. Les deux tiers du monastère avaient brûlé. Il ne restait plus que des murs calcinés, des poutres fumantes, des ouvertures béantes. Malgré lui, Malko examinait tous les visages.

Pas de trace de Radovan Karadzic.

Il regagna sa chambre alors que le jour se levait, laissant les moines essayer d'aider les pompiers. Dégoûté.

* *
*

Malko arriva à l'entrée du monastère, là où on accueillait les touristes. Tous les pèlerins s'en allaient. Des pompiers s'activaient encore dans les ruines fumantes. Seule la grande tour carrée avait résisté au feu. Des moines erraient çà et là, effarés, désemparés. Malko regarda sa Breitling. Midi. Dans une demi-heure, il partirait avec la navette du monastère pour Yovantsa.

Le frère Stevan surgit, toujours aussi calme.

– Je suis venu vous dire au revoir, dit-il. J'espère que ce malheureux incident ne vous aura pas perturbé.

– C'est horrible, répondit Malko, sincèrement choqué.
Lorsqu'on commence à utiliser les méthodes de ses
ennemis, on y laisse généralement son âme.

L'*iguman* lui adressa un signe apaisant.

– Dieu a voulu nous éprouver. Heureusement, notre
musée, dans la tour, a été épargné. Nous reconstruirons
le monastère. Nous sommes là depuis si longtemps…

– Personne n'a été blessé ?

Le regard du frère Stevan se planta dans le sien.

– Si, hélas ! Un de nos frères n'a pas pu quitter sa cellule à temps et a péri asphyxié. C'était la volonté de
Dieu : le frère Jaromir n'était ici que depuis quelques
jours, venu pour une courte retraite. Il sera enterré en
face de la crypte.

Il fit un signe de croix et adressa à Malko un sourire
impénétrable.

– Priez pour lui. Nous prierons pour vous. Revenez quand vous le souhaitez. Vous serez toujours le
bienvenu.

Il traça rapidement un signe de croix sur le front de
Malko, fit demi-tour et regagna ce qui restait du monastère de Chilandar.

Cercle
Poche

Charles
Bösersach

*Dies
Irae*

Gianni
Segré

*La
Confirmation*

S ylvain
Saulnier

La petite
Marie

Faiblesse II

Anatole
Parthes

*L'Amant
de
mon père*

Albert
Russo

Rose
et
Carma

Nicolas
Meilcourt

*L'érotisme a trouvé
sa collection...*

Le Cercle poche
Prix France TTC 6 € et 9 €

Hank Frost, soldat de fortune.
Par dérision,
l'homme au bandeau noir s'est surnommé

LE MERCENAIRE

Il est marié avec l'Aventure.
Toutes les aventures.
De l'Afrique australe à l'Amazonie.
Des déserts du Yemen
aux jungles d'Amérique centrale.
Sachant qu'un jour,
il aura rendez-vous avec la mort.

CHEZ VOTRE LIBRAIRE LE N° 14

COUP FOURRÉ
EN COLOMBIE

Désormais, vous pouvez retrouver les premières aventures de MACK BOLAN

L'EXÉCUTEUR

COLLECTOR

N°1 Guerre à la mafia
N°2 Massacre à Beverly Hills
N°3 Le masque de combat
N°4 Typhon sur Miami
N°5 Opération Riviéra
N°6 Assaut sur Soho
N°7 Cauchemar à New York
N°8 Carnage à Chicago
N°9 Violence à Vegas
N°10 Châtiment à Chicago
N°11 Fusillade à San Francisco
N°12 Le Blitz de Boston
N°13 La Prise de Washington
N°14 Le siège de San Diego

HORS SÉRIE

ROUGE IMPAIR ET MORT

5,99 €
(+ Frais de port : 2,00 € par livre)

AVEZ-VOUS LU LE DERNIER SAS?

164

SAS   LE TRÉSOR DE SADDAM : 2

LE TRÉSOR DE SADDAM : 2

La fin de la traque !

GÉRARD DE VILLIERS

PARU EN JUIN 2006

LE TRÉSOR DE SADDAM

SAS THÉMATIQUES : 20 €

5 titres rassemblés
pour mieux traquer la vérité

SÉRIE CULTE

SÉRIE KILLER

INTÉGRALE

INTÉGRALE BRUSSOLO

BRUSSOLO
DOCTEUR SQUELETTE

INTÉGRALE BRUSSOLO

BRUSSOLO
LA NUIT DU VENIN

INTÉGRALE BRUSSOLO

BRUSSOLO
LA MEUTE HURLANTE !

INTÉGRALE BRUSSOLO

BRUSSOLO
DANGER, PARKING MINÉ !

INTÉGRALE BRUSSOLO

BRUSSOLO
LES SEMEURS D'ABÎMES

INTÉGRALE BRUSSOLO

BRUSSOLO
L'AMBULANCE

BRUSSOLO

PRIX TTC : 6 €

Achevé d'imprimer sur les presses de

BUSSIÈRE
GROUPE CPI

*à Saint-Amand-Montrond (Cher)
en septembre 2006*

Mise en pages : Bussière

ÉDITIONS GÉRARD DE VILLIERS
14, rue Léonce Reynaud - 75116 Paris
Tél. : 01-40-70-95-57

— N° d'imp. : 61726. —
Dépôt légal : octobre 2006.

Imprimé en France